JN223630

The Vortex

新訳

人間関係と引き寄せの法則

パートナー・家族・セクシュアリティの秘密

エスター・ヒックス＋ジェリー・ヒックス　本田健 訳

Originally published in 2009 by Hay House LLC

Japanese translation rights arranged with Hay House UK Ltd
through Japan UNI Agency, Inc., Tokyo

精神的な気づきとウェルビーイング（健康と幸せ）を求めて質問してくれたすべての人に、この本を捧げます。もうすぐ11歳になるローレル、8歳のケビン、7歳のケイト、4歳のルークにこの本を捧げます。本書の教えを実践してくれている、愛らしいこの4人は、まだこの本を求めてはいません。すべてのことをまだ覚えているからです。

また、わたしたちの友人であり、ヘイ・ハウス社の創立者であるルイーズ・ヘイ、CEOであるリード・トレイシー、編集部長のジル・クレイマー、ヘイ・ハウス社で働く方々にも、この本を捧げます。これまでに、ずっとエイブラハムの教えを世界に広める活動が続けられていることに、心から感謝いたします。

「訳者はじめに」に代わって訳語解説

本田健

この本を手に取ってくださって、ありがとうございます。

本書は、エイブラハム「引き寄せの法則」シリーズの中でも、人間関係、パートナーシップ、子育てなど幅広いテーマを扱ったとっても貴重な一冊です。本書の法則を使えば、きっとあなたの人生に、素晴らしいものが引き寄せられるでしょう。

一般的に翻訳書の訳者解説は、本の最後に出てくるものですが、あえて最初にもってきました。それには理由があります。このユニークな本の中には、鍵となる英語の単語がいくつも出てきます。その単語の深さと広がりがわからないと、さっぱり理解ができなくなってしまうので、最初に、訳語解説をもってくることにしました。

エイブラハムは難しいと言われることが多いようですが、そんなことはありません。鍵となるコンセプトだけ理解できれば、エイブラハムの教えは、誰にでも伝わるシンプルなメッセージだと思います。

英語がもつ独特の世界が把握できれば、日本語でもすっと入ってくると思います。本書の翻訳は、「一度読んで理解できなければ、誤訳だ」という基準で何度も読み直し、書き直しました。

この作業をスムーズに、かつとっても楽しいものにしてくれたのが僕の友人で、エイブラハムのことにとても詳しいレイチェル&こうちゃん夫妻です。

彼らは、毎年行われるエイブラハムクルーズに参加して、最新のエイブラハムの情報に触れています。各訳語について、彼らにサポートしてもらいながら、プチ対談形式で解説していきたいと思います。

インナービーイング

健「インナービーイング」は、本書で77カ所出てきます。直訳だと、「内なるあり方」という意味ですが、おふたりはどういう意味だと思いますか？

レ わたしたちが自分だと認識している「肉体の自分」だけでなく、同時に「インナービーイングである自分」も存在しています。なので、インナービーイングとは目には見えない、ピュアでポジティブな波動の、史上最高の「本当の自分」でもあると言えます。

こ 例えば、あなたが映画館にやってきたとします。席に着いてスクリーンに映る物語を観るあなたは、いつから存在していたでしょうか？ もちろん、映画館に入る前からずっと存在していましたよね。それがインナービーイングとしての自分です。そして、映画館の席に座って映画を観ているのが肉体を持つ僕たちです。

驚くべきことに、僕たちが映画館に入ってからも、インナービーイングは映画館の外に存在しつづけています。それだけでなく、非物質世界のいわば映写室の中で、新しい物語の映画をつくり直してくれているのがインナービーイングです。しかも、その物語は、僕たちが人生という映画を観ながら発見した新たな願望をもとにつくられています。

インナービーイングは、今も映画館の映写室の中で働いていてくれていて、僕たちが観たい最高の物語を準備してくれているのです。

ウェルビーイング

健 「ウェルビーイング」もいっぱい出てきます。35カ所です。これは、日本語でもごく最近語られるようになりましたよね。僕は、「健康と幸せ」という訳語でいいかなと思いますが、こうちゃんとレイチェルはどう思いますか？

レ おっしゃる通りだと思います。そして、エイブラハムが言うウェルビーイングは、「心身の健康と幸せ」に加えて「すべてのよきもの」も含まれていると思います。

こ エイブラハムは、この世界にはウェルビーイングの流れしかないのだと言います。逆に言うと、悪いものが流れてくることはないということです。健康や豊かさなどすべての良きものが僕たちに流れてきています。それに抵抗することなく、ありのまま受け取ればいいだけだと教えてくれています。

健 日本語に置き換えてしまうと、せっかくのウェルビーイングの言葉が溶け込んでしまうので、あえてウェルビーイングという言葉を残しましょう。

コントラスト

健　悩ましいのが、「コントラスト」です。なんと67カ所も出てきます。

レ　英語の会話で言う「コントラスト」は一般的に、試練や大変なことなどを指しますが、エイブラハムは「多様性」と表現しています。つまり、肉体を持たないエイブラハムたちからすると、「コントラスト」に良いも悪いもなく、その多様な体験によってわたしたち一人一人、さらに宇宙をも拡大させるので、価値あるものとして見ています。

こ　コントラストを絵の具にたとえるとわかりやすいと思います。パレットにある色が増えれば、選択肢が増えますよね。コントラストという絵の具の中から、すべての色を使う必要はありません。好きな色だけを使って、望む人生を描けばいいのです。

　コントラストというさまざまな色の中から好きな色を見つけ、無限に創造という絵描きを楽しむことができるのです。

ボルテックス

健　なんと164カ所も出てきます。コントラストと同じように、難しい概念が、「ボルテックス」かなと思います。

レ　ボルテックスは「波動の現実」で目に見えませんが、わたしたち一人一人がそれぞれのボルテックスをもっていて、人生経験を通して中身が構築されていくので、その人特有のものです。そして人間として生きている限り、さまざまな経験をする中で常に拡大していきます。その拡大に追いつくこと、近づくことで真の幸せを得られると言います。

こ　ボルテックスは植物の種にたとえられます。種が土の中にある段階では、まだ僕たちの目には見えません。それはボルテックスという波動の現実も同じです。
　この世界では、僕たちが何かを願った瞬間に、願いの種が目に見えない世界の中に植えられます。あとは、いい気分という環境を用意してあげれば、自然に土から芽を出して、いつか花を咲かせ、果実が実ります。

アライン

健　ほかにも、「アライン」という言葉が、何百カ所も出てきます。これはほぼ調和という言葉と語感が似ているので、読みやすくするために、「調和」で統一しました。自分本来の姿と波動的に調和がとれるという言葉が、それだけ大切だということでしょう。

こ　アラインとは、家電製品を使う前にプラグをコンセントにさすようなものです。掃除機をかける前に、まずはプラグをコンセントにさすことを考えるように、まずは波動的に調和することで源（ソース）のエネルギーを受け取りながら楽しく行動することができます。

車にとって、どれだけ燃料の補給が大切かを考えてみてください。運転中に燃料メーターを見たら燃料が減っていて、目的地までもちそうにないと気づいたら、まずは燃料を補給できるところを探しますよね？　それと同じように、自分自身の感情のメーターが減っていることに気づいたら（つまり、ネガティブな気持ちに気づいたら）、まずは源のエネルギーを補給できる思考を探すことです。源のエネルギーを補給するとは、すなわち、ポジティブな気持ちになる考え方をすることです。

源のエネルギーは、わたしたちに向かって絶え間なく流れてきています。ガソリンスタンドとは違って、物理的な場所は関係ありません。ポジティブな気持ちになる思考を見つけるだけで、いつでもどこでも源のエネルギーを補給できます。


レ インナービーイングとのアラインは、大学の学位のように一度手に入れたら一生ものというわけではなく、今この瞬間そうであるかそうでないか、です。

インナービーイングとアラインしていれば、いい気分だし、アラインしていなければ、嫌な気分になります。それはまるで燃料メーターのようなものです。

ネガティブな気持ちになっているなら、インナービーイングと同じ思考を頭の中に補給すればいいのです。すると、燃料が満タンになるのと同じように、心がポジティブな気持ちで満たされます。

これが感情のガイダンスシステムの基本的な使い方です。

はじめに

ジェリー・ヒックス

あなたはこれから、「リレーションシップ（人間関係）」というテーマについて、深く掘り下げることになります。今までに考えたことのない視点から、このテーマを見るようになるでしょう。本書は、一般的に知られている「リレーションシップ（人間関係）」よりもはるかに幅広く、深い側面にフォーカスしています。一般的に「リレーションシップ（恋愛関係）」というと、女性と男性が恋に落ち、一緒に住みはじめるシーンをイメージする人が多いでしょう。多くの場合、子どもが生まれ、フルタイムで働き、たまに自由な時間を過ごすようになります。子どもには、文化的・社会的に「正しい」とされる言葉、行動、信念を教え込もうとします。長生きすれば、仕事を退職し、自由な時間を満喫する……という関係を思い浮かべます。ですが本書では、こういった関係よりも、はるかに幅広く、奥深いものを扱っています。

本書で取り上げる質問と、それに対する答えを読んでいけば、典型的な家族関係について、より深く理解することができるでしょう。その理解を日々の生活で活かせると思います。本書は、人間関係が想像以上に多岐にわたるものだと理解し、その深い意味や広がりが意識できるように意図して書かれています。多くの人間関係は、あなたのウェルビーイング（健康と幸せ）が渦巻いているボルテックスに、日々、影響を与えています。

エイブラハムの教えの中心には、とても奥深く、重要な考え方があります（エイブラハムと言っても、聖書や歴史上の人物ではありません）。それは、「自由が人生の土台にある。経験を通して、人は成長し進化する。人は、幸福を感じるために生きる」という考えです。

「自分が経験してきたこと」と「本書に書かれている内容」を照らし合わせていくと、エイブラハムの教えがはっきりと感じられるでしょう。また、あなたにとって「一番心地良く感じる人間関係」を意図的に築くための考え方が見つかるでしょう。簡単に言うと、今の人間関係、これから築きたい人間関係について、望むものをもっと受け取り、望まないものはあまり受け取らないために、エイブラハムの教えがあるのです。

本書は、４冊出版される予定の引き寄せ本のシリーズの３冊目にあたります。１冊目の『引き寄せの法則　エイブラハムとの対話』は、２００６年に出版され、わたしたちにとって2度目のニューヨーク・タイムズ・ベストセラーのリスト入りを果たしました。次に、シリーズ2冊目となる『お金と引き寄せの法則』が２００８年に出版されました。シリーズ3冊目がこの『人間関係と引き寄せの法則』で、シリーズ最後に『スピリチュアルと引き寄せの法則』を予定しています。

この引き寄せ本シリーズのもととなった内容は、もともと、２つのテーマを扱ったカセットアルバムの一部として１９８８年（20年以上前）に発売されました。この20本ものテープでは、引き寄せの法則と、リスナーの経済状況、キャリア、健康状態、人間関係について、実用的な視点が紹介されています。20個のトピックにフォーカスして、数百もの質問とエイブラハムの回答が収録されています。それは、ウェルビーイング（健康と幸せ）を受け取る方法を学ぶことができる内容になっています（エイブラハムに出会った経緯を説明している、『エイブラハムとの出会い（Introduction to Abraham）』を聴きたい人は、わたしたちのウェブサイト（www.abraham-hicks.com）で70分の音源をダウンロードするか、テキサス州サン・アントニオにある事業所へCD版をご注文ください）。

2005年、引き寄せの法則のクルーズのセミナーでのことです。オーストラリアのテレビプロデューサーであるロンダ・バーンが、「エイブラハムの教えをテレビ番組シリーズにしたい」という依頼をしてきました。その後、わたしたちは契約を結び、2005年、わたしたちのアラスカクルーズに彼女と撮影班は参加し、14時間にわたるセミナーを撮影しました。2006年、『ザ・シークレット』というドキュメンタリー映画が制作され、非常に大きな成功を収め、このドキュメンタリー映画はDVD化された後に書籍化されました。そのときの番組の基盤となっているのが、1988年に発売された『引き寄せの法則』の基本原則です。

エスターとわたしは、初版にだけ登場しており、改訂版『ザ・シークレット』には登場していません。初版が配信されたときは大きな反響を呼びました。増補改訂版の『ザ・シークレット』の配信は、引き寄せの法則に関するエイブラハムの教えが世界的に広まるのに重要な役割を果たしました。エイブラハムの引き寄せの法則の基本的な概念を世界に広めるという夢をロンダが実現してくれたことに、大変感謝しています。ロンダのおかげで、何百万もの視聴者が「より良い人生を実現させる能力が自分にはあるのだ」という信念をもつようになり、より良い人生を求めるようになったのです（エイブラハムは、「求める」ことが創造のプロセスにおいて最初のステップだと言っています）。彼らが求めた結果、求めたものは与えられています。次のステップは、与えられたものを抵抗せずに受け取る方法を学ぶことです。

本書を手に取ったとき、あなたはいい気分でしたか？　そうであれば、本書に書かれていることを活用し、意図的に考えることで、人生はもっと気分のいいものになります。あまりいい気分でなくても、人生のどん底にいたとしても、本書に書かれている視点を学べば、徐々に良い方向に向かうでしょう。本書を読めば、自分という存在に対して根本的に考え方が変わるかもしれません。長い間、感じていた無力さから解放され、本来備わっている内なる幸せと長期的に調和し、喜びを感じられる珍しい人になれるでしょう。あなたが、内なる幸せと調和できたら、自分の波動と合致するすべてのものや人間関係を、磁石のように引き寄せることになるでしょう。

もし、本を読んだり講演を聞いたり、誰かと話すことで、実践できるアイデアを一つでも得られたなら、その時間やお金を費やす価値は十分にあると思います。なぜなら、たった一つの視点がわたしの思考を変え、人生も変えることができたからです。例えば、１９７０年、友人で牧師であるチェット・キャステローはわたしにこう言いました。「ジェリー、きみは、望んでいるような成功を手にすることはできないよ」

「どうしてだい？」わたしは彼に尋ねました。

するとチェットは、「きみは、成功している人々に批判的だからだよ」と答えました。

「だって、成功している人は嘘をついたり、だましたり、盗んだりしているからだよ」とわたしは答えました。

チェットは言いました。「嘘をついたり、だましたり、盗んだりすることを批判するのはかまわないけど、そういうことをやって彼らは成功したと、きみは批判しているわけだ。でも、大成功している人を批判している限り、きみは大きな成功を手に入れることはできないよ！」

わたしが答えを見つけた瞬間でした。38年前、このたった一つの異なる視点がわたしの行動を変えるきっかけとなったのです。それ以来、人が「偶然」と呼ぶような出来事が次々と起こり、それまでに望んだものがすべて実現するという、喜びに満ちた状態になっていきました。

あなたも、本書からヒントを得て、新しい思考パターンを生み出してほしいのです。

そうすることで、なりたい姿、したいこと、手に入れたいと願うものを最大限に引き寄せられるようになってほしいと思っています。

本書『人間関係と引き寄せの法則』では、エイブラハムは、道しるべとなる、より広い視点にフォーカスしています。さまざまな人間関係に関して一般的に広まっている、あらゆる間違った前提を明らかにしています。そうした間違った前提（宇宙の自然な法則との関係においての「誤り」）に出会ったとき、エイブラハムの視点と、あなたの人生経験を重ね合わせてみてください。もし、人生がより良い方向に向かう余地があると感じたならば、今の人生が良いものであっても、さらに良いと感じる状態へもっていくことができるでしょう。

長年、わたしが抱いていた「間違った前提」をいくつかご紹介しましょう。「間違った前提」によって、わたしがどれほど不快な思いをしたかに注目してください。さらに重要なのは、ちょっとした視点の変化で、人生がすぐにポジティブな方向へと変わったことです。

母は、根っからの型にはまらない人でした。わたしもまた、かたくなに型にはまらないタイプの人間でした。母は、わたしが母の望む通りの人間になるよう、30年以上もの間、わたしを従わせようとしました。わたしも、母のふるまいが自分の思う通りになるよう、自分を守ろうと強い態度で母と接しました。わたしはいつも、母の、型にはまらないような人間性を恥ずかしく（しかし、どこか誇らしく）思っていました。

そんな具合だったので、30年以上もの間、わたしと母は会うたびにけんかばかりしていました！　しかし、父が亡くなったすぐ後に、わたしは自分の考えを改めることにしたのです。そんな折、突然、ある考えが頭に浮かんだのです。長年にわたって、わたしたちが従ってきた「間違った前提」は、「がんばれば、生まれつき型にはまらないような人でも、自分に従わせることができる」というものでした（その結果、うまくいったのでしょうか？　うまくいきませんでした！）。

そこで、わたしはその考えを改めることにしたのです。「わたしは、母をコントロールすることはできないし、母も、わたしのことをコントロールできない。だから、わたしはこれからも楽しく、他人に操られることのない人でいよう。母が、他人に左右されない母であることを受け入れよう。ほかの人が、母の特異な性格を嫌がるのではなく、楽しんでいるのだから、わたしも母との違いに面白さを見出そう」と。それから、わたしたちは幸せに暮らしました。

30年以上も母から暴力を受け、押さえつけられ、争ったのち、わたしは新たな前提をもつことにしたのです（母に変わるように求めたわけではありません）。その結果、その後の40年間、わたしと母は一度も言い争うことはなかったのです！　もしこれが自分の身に起こっていなかったら、そんなことが可能だとは信じていなかったでしょう。でも本当にそうなったのです。

このセクションを終える前に、もう一つ、「前提」に関わる個人的な経験をシェアします。若い頃、周りの人が「豊かさ」に対して抱いていた前提は、「貧しいままでいることができた者は、針の穴を通ることができるが（神の国に入ることができるが）、豊かになり太ってしまったら、針の穴は通れなくなるだろう」といったものでした（そんな内容の話でした。教会で教わった話です）。もう一つの前提は、「金持ちは、わたしたち貧しい者からお金を奪うことで（もしくはお金がいき渡らないようにして）豊かになっている」というものでした。この前提で物事を見ると、例えば、あるお金持ちの人が「高級車を買った」ら、中古車を運転している貧しいわたしたちが使える「お金や贅沢品が減る」ことを意味しました。この間違った前提のため、「わたしが高級車を買えば、ほかの人の経済状況に悪影響を与える可能性がある」と思うようになり、どうしても気が進みませんでした。

その後、「宇宙には豊かさが無限にある」という考えをもつようになりました。これもまた、自分の生活に取り入れて実践したシンプルな考え方で、わたしの人生を劇的に変えてくれました。わたしの行動を見て影響を受けた人の人生も、大きく変えることになりました。わたしの新しい前提はこうです。

「高級車を何台も購入することで、わたしは仕事を創り出している。お金を贅沢な形で再分配している。つまり、高価な車を購入することで、その車が出来上がるまでの過程で携わった何千もの人に仕事を提供し、お金を分配していることになるのだ。中には裕福な人も、これから裕福になる人も、裕福になるつもりがない人もいる。針の穴の比喩のように、金持ちは神の国（天国）には行けないと信じている人もいる。しかし、そうした人たちも何らかの形で自分の幸福度を上げる選択肢をもっている。裕福であろうとなかろうと、わたしがその車を購入することで何かしら利益を得たのだ。高級車の販売員、ディーラー、開発や生産に携わる専門家、中間業者、卸売業者、製造業者、株主、（もしかしたら）自動車組立工、何千もの部品を開発した人、ハンドルやホイールカバーや音響システムをデザインした人も何かしら恩恵を受けている。

もっと言うなら鉄鉱石を掘った人、ガラスやプラスチックを製造した人、塗料やタイヤを製造した人、配送トラックの運転手、配送トラックを製造した人も……（おっと！　話が長くなりすぎるので、このへんでやめておきましょう）」。

でも、わたしの意図は、おわかりいただけたでしょう。「すべての人にとって、すべてのことがうまく進んでいる」という前提を受け入れた瞬間、経済的な豊かさが、どっと流れ込んできたのです。受け入れる決断をして以来、わたしは高級車を次々と買いました。「わたしの行動が、受け取る準備ができている人に豊かさを間接的に届けている」と心でいつも思いながら。

そうして今、わたしは、200万ドル（約3億円）のツアーバスの中で、本書の「はじめに」を書き、エスターは後方のデスクで仕事をしています。

最近、よく思います。このツアーバスは、わたしたちに喜びをもたらしただけでなく、バスの製造に関わり、収入を得た何千人もの人たちにも喜びをもたらしたと。

たった一つの良い考え方を取り入れたおかげで、長期的にいい影響があったことを理解してもらうために、個人的なお話をしました。それと同様に、間違った前提に一つでも気づき、それを修正すれば、さまざまな形で影響を及ぼすこと、その価値をわかってもらいたかったのです。

本書『人間関係と引き寄せの法則』には、日々実践できる、素晴らしいアイデアがたくさん詰まっています。また、あなたの人生に影響を与えてきた可能性のある数々の「間違った前提」にも触れています。読み進めていけば、「間違った前提」を意識的に、自分にとって「最も役立つ前提」に、置き換えることができます。

エスターとわたしは、エイブラハムと一緒に、あなたと共同創造の冒険の旅に出られることをとてもうれしく感じています。あなたが、エイブラハムの教えに含まれている学びのプロセスや新しい視点を試しながら、喜びを受け取っていくことを楽しみにしています。

愛を込めて　ジェリー

新訳 人間関係と引き寄せの法則　目次

Part 1 ボルテックスと引き寄せの法則

Part 2

パートナーと引き寄せの法則

Part 3
セクシュアリティと引き寄せの法則

Part 4
子育てと引き寄せの法則
コントラストのある世界でポジティブな親子関係を築く 301

Part 5

自己肯定感と引き寄せの法則

Part 1

ボルテックスと引き寄せの法則

喜びに満ちた瞬間を共に創造してくれる相手を引き寄せるには

喜びに満ちた瞬間を共に創造してくれる相手を引き寄せるには

人生とは、本来、気分がいいものです。

物質世界の体験の中でも、人間関係こそが、わたしたちの拡大に最も貢献し、最大の喜びを与えてくれます。あなたは、生まれる前から、それを知っていました。多様な人間関係を楽しみ、創造するものを選ぶことが、あなたの計画でした。そうして、今あなたはここにいます。

あなたは生まれる前、最先端の時空の現実にフォーカスすると決めたとき、すべての瞬間を楽しみたいと、心の中で強く願っていました。非物質世界のあなたの視点で見ると、あなたは自分を創造者だと知っていました。創造していく過程で、楽しくて心を満たすような経験ができる可能性をもってこの世界に生まれてくることをわかっていました。あなたは創造者であり、地球で経験することが最適な土壌になって、満足のいく創造をしていくことを知っていました。そうして今、あなたはここにいます。

わたしたちは、地球上に生まれた瞬間から、他者との関わりを通して、「コントラスト」を経験することになります。あなたは、今の肉体に生まれてくる前から、それを知っていました。また、コントラストのある人間関係は、自分自身が拡大していくための土台となるだけでなく、「永遠の拡大」に対しても大いに貢献することを理解していました。また、体験するすべての人間関係のコントラストを待ち望んでいました。そうして今、あなたはここにいます。

地球に生まれて、苦しみや困難を経験することは、あなたの計画には全く入っていませんでした。過去の過ちを正すため、壊れた世界を直すために物質的な肉体に生まれるのだとは、考えていませんでした。ましてや、（これまでの自分には何かが欠けているからという意味で）進化するために生まれてきたわけでもありません。あなたがわかっていたのは、この物質世界がバランスのとれた違いをもたらしてくれる環境であることです。その違いによって、あなたはますます、より良い選択ができて、それはあなたの拡大につながるだけでなく、「存在するすべてのもの」の全体的な拡大にもつながることを知っていたのです。この違いのある世界こそがあなたを拡大させ、まさに永遠を永遠たらしめることを知っていたのです。この地球という惑星で体験する違いは、非常にありがたいものだと考えていました。違いが拡大の基礎であり、拡大することは喜びだと理解していたからです。そうして今、あなたはここにいます。

肉体に生まれてくる前、あなたは多様性の価値を理解していました。どんな好き嫌いや願望、アイデアも、その違いから生まれると理解していたからです。この違いが、まさしく拡大の土台となり、喜ばしい体験の土台でもあることを知っていたのです。何より、あなたの喜びに満ちた体験こそが、「存在するもの」のすべての、そのまたすべてが存在している根本的な理由だと知っていたのです。日常生活の目の前に絶え間なく現れる喜びを感じる瞬間のために、すべてが存在することをあなたは知っていました。そうして今、あなたはここにいます。

あなたは生まれる前、「コントラスト」とは、選択できる多様性をもたらしてくれるものだと理解していました。あなたを取り囲む環境は、目の前に広がるビュッフェのようなもので、その中から選択することができることを知っていたのです。新しい選択をするたびに、環境も変わりつづけるので、不変なものは何もないことがわかっていました。そうして今、あなたはここにいます。

あなたは生まれる前、「何かにフォーカスすることで、すべてのことを選択できること」をわかっていました。あなたは、まさに自分の「意識」を物質世界の肉体や、物質世界の時空の現実に向けていたことを知っていました。ビュッフェのように、いろんな選択肢に注意を向け、フォーカスし、考えることで、その中から選べることを知っていました。

あなたは生まれる前、すべての環境がそうであるように、この地球という環境は――物質世界も非物質世界も――波動に基づいた環境であることを理解していました。その環境は「引き寄せの法則」（それに似たものが引きつけられる）によって動かされていることも、わかっていました。また、あなたが意識を向けるどんなものでも自らの体験に招き入れられるのを知っていました。そうして今、あなたはここにいます。

生まれる前のあなたは、地球で物質世界の体験をしようと考えました。地球では、異なる意見や選択肢が出尽くして、人生をどう生きるべきかすべて決まっていて、何もかもが同じで、みんなが同じ価値観をもつ環境に生まれることを求めていませんでした。あなたは力強い創造者として、自分自身で決めるため、自分にとって喜びのある体験を創造するために、やってきたからです。あなたは「多様性」が最高の友達で、どんな場合も「同じである」ことは、全くその正反対なものだと知っていました。自分の居場所を見つけ、個人の価値ある力強い視点からコントラストのある環境を探検したくてたまらなくて、文字通り物質世界に飛び込んできたのです。そこから新たに創造していくために。そうして今、あなたはここにいます。

生まれる前に決めたことを覚えていない人はたくさんいますが、中にはそのことに関して不安や不満、怒りや憤りをあらわにする人がいます。でも、あなたは、もっと大切なものを失わないまま、今の肉体に生まれてきました。それは、自分の歩み（思考）が、生まれる前に考えていたのとは違う方向か、順調に進んでいるかを一歩進むごとに教えてくれる専用の「ガイダンスシステム（誘導してくれる仕組み）」です。あなたが「非物質世界の確かな知識」と調和して、創造の新領域を探検するためのガイダンスシステムの存在に、意識的に気づくことが、わたしたちの願いです。

あなたは、再び「本当の自分」と意識的につながります。物質世界で誤って受け取ってしまった数々の間違った前提を捨て、宇宙の「法則に基づく人生の前提」を受け取るサポートをしたいと、願っています。

一見、謎解きが不可能に思える人間関係を解き明かしましょう。世界中の何十億人もの人と地球を共有することについて細かく整理して、違いがあることの醍醐味（だいごみ）を再発見するのです。わたしたちはそのお手伝いがしたいと思っています。何より、永遠の非物質世界の源という「本当のあなたとの一番大切な関係」を再び築くのを助けたいのです。そうして今、わたしたちはここにいます。

人生とは、関係性から成り立っているものである

あなたが「今」経験していることには、常に何かとの関係があるはずです。あなたが見るもの、気づくもの、知ることのすべては、ほかのものとの関わりがあってこそだからです。何かと比較するような経験がなければ、それを理解したり、そのものにフォーカスすることはできません。そのため、誰かほかの人やものとの関わりなしに、あなたが存在することはできない、と言えるのです。

この本を読むことで、「本当の自分」という意識がさらに強くなることを心から願っています。あなたがすでに経験している、さまざまな関係を探求しはじめるとともに。

あなたが住む惑星、身体、家族、友人、敵対する人、政府、さまざまなシステム、食べもの、経済状態、世話をする動物、仕事、趣味や楽しみ、目的、**源**(ソース)、魂、過去、

未来、現在――。すべてに対して、あなたが感謝の気持ちを深めることを願っています。

どんな関係も「永遠」で、いったん関係が築かれたら、それは永遠にあなたの波動の一部となることを思い出してほしいと願っています。あなたは、「今のあなたをつくってきたものすべて」と、「あなたがこれからなろうとするすべて」が交わる強力な瞬間に、創造する力をもっています。そのことを思い出してほしいと願っています。

自分が望んでいなかった心地の悪い経験をしたとき、自分には関係ないと信じてしまうことがよくあります。望んでいない経験から距離を置き、客観的な立場から傍観しているだけでいいのだと。ですが、そんなことはあり得ません。どんなにあなたが「望んでいない状況から距離を置いた」と信じていても、その状況を観察している限り、あなたは、その状況を共に創り出しているパートナーの一人なのです。

人々は交流するうちに、人生の生き方について、多くの人と共通の好みをもつことになった一方で、人生の生き方が一致しないときは、「自分の」好みをほかの人にも押し付けつづけています。

最初に調和してから行動する

あなたの惑星には膨大な数の社会が存在しています。どの社会においても、ルールや要求されること、タブーや法律があります。それに従うか、従わないかに関して、さまざまな報酬や罰が設けられています。どの社会も、「望ましいもの」と「望ましくないもの」を分けようという、強い意志があるようです。しかし、あなたがいくら必死に、「望ましいもの」と「望ましくないもの」を分けようとしても、分類した山は、変わりつづけます。そのため、「望ましいもの」と「望ましくないもの」、「正しいこと」と「間違っていること」、「良いこと」と「悪いこと」といった価値観が一致することは、ほぼないのです。

この一冊を読むことで、地球規模、地域社会、パートナーの同意がなくても、あなたが自信、方向性、力を見つけられることを願っています。覚えておいてください。**誰かほかの人から合意が必要だと感じるのは、「宇宙の法則」を誤解しているからで、「本当の自分」とは反するということを**。

自分の「ガイダンスシステム」を理解することで、あなたの内側に向かって流れ込む力と、あなたが再び調和することを願っています。あなたが、自分の内側から湧き出る力と調和して初めて、ほかのすべての領域やすべての物事、そしてすべての人と、望み通りに調和することができるからです。

ハンドルが重くてサスペンションが故障して、路上を走るのがほぼ不可能な大型トラックがあるとしましょう。そんな車に、一番大切な荷物を積むのは賢明でないと多くの人は考えるでしょう。また、今日初めて自転車に乗って出かける5歳の息子の自転車のカゴに、貴重なガラス製のアンティークの小物を入れるのは賢明ではないと考える人がほとんどでしょう。長年にわたって蓄えた貯金と、お気に入りの宝石が入った袋を手に持って、氷で覆われた湖の上を歩き出すのは判断に欠ける、と多くの人は思うはずです。その氷が、自分の体重を支えるだけの強度があるかどうかを確かめる前に歩き出すのは、無計画と言えます。

つまり、どんな旅にしろ、基本的な部分がしっかり安定していることを確認してから出発するのが賢明だ、ということです。その旅が、あなたにとって重要であるならなおさらです。それでも、大事な事柄について誰かと接するとき、本当に安定した土台を築く前に、すぐさま話しはじめたり、十分に考えずに決定したり行動に移してしまうことがよくあります。そのために、安定した状態に戻るのに長く時間がかかってしまうのです。一度バランスを崩してしまうと、手に負えない状況に次々と直面してしまう、ということもよく起こります。この本で紹介する例を通して、調和を優先し、行動はその後にするということを思い出すお手伝いをしたいと願っています。まずは調和して、それから対話するという順番です。調和が先にきて、他者との関わりをもつのです。まずは自分との調和を優先させ、その他すべてのことは、その後です。

人は「話す前に考えなさい」と言います。なるほど、賢明な考え方ですが、わたしたちは、それをさらに深めたいと考えています。わたしたちは次のように提案します。「まずは考えなさい。自分がどう感じているかによって、その思考の価値を評価しなさい。迷わず本当の自分と調和した状態だとわかるまで、それを繰り返しなさい。それから、話す。それから、行動する。それから、ほかの誰かと関わりをもつのです」

源との関係を理解するための時間をもち、より広い視点との調和を積極的に求め、「本当の自分」と意識的に調和しようとする人は、ほかの何百万人よりもカリスマ性があり、魅力的で、影響力があり、力強いはずです。

あなたが尊敬する歴史的な指導者やヒーラーたちは、調和の価値をわかっていました。あらゆる関係について触れる本書で、わたしたちには提案があります。今ここで、物質的な身体に宿ったあなたと、あなたがもともとやってきた「魂／源／神」との関係ほど重要な関係はありません。その関係を一番大切にすることで、初めて安定した基盤のもとで、ほかの人や物との関係をもつことができるでしょう。まずこの根本的で、一番大事な関係を整えると、自分の身体、お金、親、子ども、孫、職場の人、政府、あなたの世界、そういったものすべてがすぐに、簡単に調和するようになるでしょう。

わたしたちは間違った前提をもったまま生きているのか？

あなたは今、誰かとの人間関係がうまくいっていないので、この本を手に取ったのかもしれません。あなたが欲しいと思っている答えは、この本の中にあります。この本の目次を見たら、あなたが一番どうにかしたいと思っている「関係性」について書かれてあるところをピンポイントで見つけられるかもしれません。もちろん答えを見つけるためにそのページをさっと開きたくなるのは理解できます。そうすれば、求めていた答えは見つかるでしょうし、答えとしては正しいことが書かれてあるはずです。ですが、はじめから順番に本書を読み進め、あなたが一番和らげたい関係性について書かれている箇所にたどり着いたほうが、和らぐ効果はより大きくなります。解決策も理解しやすくなり、問題となっている関係もより素早く和解に向かうことをお約束します。

この本を一気に読み進めたとしても、数日にわたって読んだとしても、あなたの中で重要な変化が起きるはずです。人生を生きる上でこれまでに身につけてきた間違った前提が、一つまた一つと崩れ落ちていくでしょう。本当の自分が理解していることに立ち返ることができるのです。それができたとき、現在と過去のすべての関係について理解しはじめるだけでなく、どの関係も自分のためになっていた、ということがすぐにわかるはずです。

間違った前提や不安定な土台の上に立って生きている人が多いのは、例外なく「自分がどう感じるか」よりも、「他人の目を気にしている」からです。そのため、多くの人たちと関わり合うなかで、時間が経つにつれて自分の中にある「ガイダンス」を見失ってしまい、「本当の自分」からどんどん遠ざかってしまうのです（彼らも良い気分になりたいと思っているので、一時的にでも自分が良い気分になるようなふるまいをするよう周りの人たちに教え込みます。それはすなわち、「あなたではなく、わたしを喜ばせなさい」ということを意味します。つまり、「自己中心的になって自分を満足させてはいけない。わたしを喜ばせなさい」ということです）。そうやって、時間が経つにつれて、どんどん心地が悪くなり、次々と誤った結論に至ってしまい、最後には完全に自分を見失ってしまうのです。

普通に考えると、そういった間違った前提が明らかになりさえすれば、物事がクリアになり、ウェルビーイング（健康と幸せ）の道に戻ることができるように思えるでしょう。しかし、間違った前提の中にいると、その前提から生まれた結果にフォーカスしながら、その波動に飲み込まれてしまいます。つまり、間違った前提に基づいた結果を引き寄せてしまうのです。前提そのものに誤りが含まれているようには見えなくなってしまいます。あなたが「信じていた」ように人生が進むと、その前提が間違っているようには感じないということです。

間違った前提を発見して、理解するためには、今の状況を客観的な立場で見て、

「本当の自分」と再びつながらなければいけません。例えば、思いやりがない（本当の自分とつながっていない）人に、「あなたは頭が悪い」と繰り返し言われたら、最初は反発を覚えるでしょう。「あなたは頭が悪い」という言葉が、あなたの「源」が本当に知っていることとは全く異なるため、あなたはネガティブな感情を覚えるはずです。でも、この言葉を何度も聞くうちに、あなた自身もその間違った前提を信じはじめ、頭の中で繰り返すようになります。こうして自分には知性があるという感覚は、相反する波動の活性化によって干渉を受けます。自分の知性が欠けているという証拠を引き寄せはじめ、事実上、間違った前提が真実になります。真実である証拠が示されてしまうと、その前提が「間違っている」と言うのがますます難しくなってきます。時間の経過とともに、それが本当のことだと信じるようになってしまうのです。

これに関してうれしいことは、望まないものがわかれば、それと同等の釣り合いのとれた願望があなたの中から湧き出るということです。その願望のロケットが波動の現実に向かって放たれるということです。つまり、望まない経験から、より望ましい経験が生まれる可能性は常にあるのです。抵抗をやめたとき、やがて状況は良くなります。

結局は、今、あなたの世代が経験しているコントラストのおかげで、次の世代は大いに恩恵を受けるでしょう。でも、せっかくならあなたがこの人生を生きているうちに、今の状況が早く良くなるように願って、本書を書きました。このような、誤った役に立たない前提を理解しやすく解きほぐし、手放すサポートをしたいと願っています。あなたがとらわれた間違った前提から、自由になれるように。「本当の自分」を思い出し、すべての面で自分の望むものを引き寄せるために新たな視点をもてるようになってほしいと思っています。

誰かの望ましくない言動を見たとき、そういう状況がなければそれを目にすることはなかったのに、と多くの人は思うでしょう。

誰かの不快な言動を目にしたとき、不快に感じるのはその人の言動のせいで、その言動がなくなれば、（それを目にしている自分たちは）気分が良くなると考えるわけです。

誰かの不快な言動を目にしたとき、相手の言動さえコントロールできれば、望ましくない状況もコントロールでき、気分も良くなるはずだと多くの人は考えます。その人に影響を与えたり、説得したり、圧力をかけたり、ルールを設けたり、法律の力を使ったり、罰で脅すことによってです。

今の状況や相手をコントロールすれば、自分の気分も良くなると思っている人は多くいますが、その信念こそが、最大の間違った前提です。望まない状況を目にしたとき、その状況をすべて変えることができたら、自分の気分も良くなる、という信念は、「宇宙の法則」に反するだけでなく、あなたが存在する理由にも反することになります。あなたは、周りの状況をすべてコントロールしようとしていたわけではありません。あなたが目指していたのは、自分の思考の方向をコントロールする、ということなのです。

この本を通して、物質世界の現実の混乱や歪みの原因となっている一連の「間違った前提」を明らかにしていきます。わたしたちは、あなたがこの本を読み進めるうちに、「より広い視点」と矛盾する間違った前提を手放せるように願っています。あなたが本来の自分に戻り、流れてくる人生のウェルビーイング（健康と幸せ）を受け取れるようになることも。

一歩引いて見ることで、クリアな視点をもつ

今のあなたの人間関係を一つ一つ良くするお手伝いをする前に、やりたいことがあります。それは、リラックスして、わたしたちと一緒に、肉体の誕生から死に至るまでの一般的な人間関係について、深く理解していくことです。もちろん、みなさんはいろいろな意味でそれぞれ違います。でも、いつ生まれたか、どこに住んでいるかにかかわらず、ほとんどの場合、多くの人に共通する典型的な人間関係のパターンがあります。そうしたパターンを深く考えることは、非常に価値があります。あなたが今、人間関係のどの局面にフォーカスしているとしても、物質世界で経験する人間関係の進展を全体的に見ることで、長い間、受け継がれてきた、数々の間違った前提に気づく手助けになるでしょう。わたしたちがこの本で紹介しているように、現在あなたが経験している出来事から一歩引いて、物質世界での人間の人生経験を全体にわたって見ることで、あなたの人生の目的がはっきり見えてくるはずです。今後、喜びに満ちた人生を歩めるようにしてくれる揺るがない足場がすぐそばに見つかるでしょう。

あなたが物質世界の身体に生まれる前

あなたが今「自分」だと認識している物質世界の身体に意識の一部を集中する前、あなたは賢くて、明晰(めいせき)で、幸せな、抵抗することがない意識でした。これから待っている新しい体験に熱意を抱いていたのです。生まれる前、唯一あなたが経験していたつながりは、あなたと源との関係だけでした。でも、そのときは、あなたは非物質世界の存在だったので、抵抗することがありませんでした。また、あなたと源との間に識別できるほどの分離もなかったため、源とのはっきりとした「関係」もありませんでした。あなたが源そのものだったのです。

あなたは、指やつま先、腕や脚に対して、自分とは別の存在だとは見ていないですよね。自分の一部として見ているでしょう。だから、あなたは、自分の脚との関係を説明しようとはしません。「自分の脚は、自分だ」と認識しているからです。あなたは、物質世界に生まれる前、源（あるいは「神」とも呼ばれていますが）と、波動的に密接に結びついていました。あなたと神は完全に一体化していたので、あなたと神との間に「関係」は、存在しませんでした。あなたと源は完全に一つだったからです。

あなたが生まれる瞬間

生まれる瞬間、あなたは「自分の意識の一部」を物質世界の身体に向け、そこで最初の関係が始まりました。物質世界のあなたと、非物質世界のあなたとの関係です。

ここで、物質世界にいるわたしたちの友人であるみなさんのほとんどが信じているかなり間違った前提があります。

間違った前提 その1

わたしは、物質的存在か非物質的存在のどちらかで、生きているか死んでいるか、そのどちらかである。

多くの人は、「物質世界に生まれる前から、自分が存在していた」ということがわかりません。また、「もし生まれる前に非物質世界に存在していたのなら、今の肉体に生まれた瞬間に非物質的な部分の自分は存在しなくなる」と信じている人もたくさんいます。つまり、自分は、「非物質的存在か物質的存在

――か」「生きているか死んでいるか」のどちらかであると信じているのです。――

思い出してほしいことがあります。それは、あなたがこの最先端の時に、最先端の肉体に意識を宿している間も、あなたの一部は、非物質世界において意識をフォーカスしたままであるということです。「非物質世界のあなた」は、もっと古くから存在し、より賢く、より大きく、永遠の存在です。「非物質世界のあなた」と「物質世界のあなた」という2つの重要な側面には、永遠に続く関係が、はっきりと存在するのです。

「非物質世界のあなた」と、「物質世界のあなた」との関係（波動的な関係）は、多くの理由からとても大切です。

❶ あなたが感じる感情（感情のガイダンスシステム）は、あなたの2つの波動的な部分の間の関係によって成り立っています。

❷ 最先端の人生で、「あなた」が新しい思考や拡大に向かうときには、「非物質世界のもう片方のあなた」がもっている安定した知恵が役立ちます。

❸最先端の人生で、「あなた」が新しい思考や拡大に向かうときには、物質世界での経験を通して「あなた」が切り拓いた拡大から、「非物質世界のあなた」も恩恵を受けます。

❹最も大事な関係である「非物質世界のあなた」と「あなた」の関係は、すべての関係（つまり、人間、動物、自分の肉体、お金、考え方や概念、人生そのものとの関係）に、深く影響を与えています。

親との関係

物質世界でのあなたの親は、もちろん、あなたにとって非常に大切な存在です。あなたの両親が、お互いに関わりをもっていなかったら、あなたは今の物質的な肉体として存在していなかったからです。ですが、あなたと親との人間関係に関して、わたしたちが「間違った前提」と呼ぶような、多くの誤解があります。

非物質世界の視点から見たとき、物質世界にいる親は、「物質世界を経験するための、重要な入り口であること」をあなたは理解していました。物質世界での足がかりを築くのに十分に安定した環境に生まれることも、あなたはわかっていました。親や同じような立場の人が、あなたを受け入れ、新しい環境に入る手助けをしてくれることを知っていました。新しい環境に慣れるのに、一定の時間がかかるということをわかっていました。あなたを迎え入れてくれる人たちに対して、深く感謝もしていました。

自分の親が物質世界にすでに慣れていて、生存に必要な食料や安全な住居、物質的に安定した環境を見つけてくれるのを知っていました。ですが、どう生きるかといった人生の目的まで、親に決めてもらおうと思っていたわけではありませんでした。物質世界でのあなたの旅が正しいかどうか、効果があるかどうか、親に助言を期待していたわけではなかったのです。実際、生まれる前の非物質的な視点で見たとき、誕生した日の「あなたの内なる導き」のほうが、「あなたを迎えてくれる大人たちの導き」よりも完全なものである（従って、より有効である）ことを知っていました。つまり、あなたが物質世界に生まれた最初の時は、「あなた」と「あなた（非物質世界のインナービーイング）」の関係は、１つのほぼ純粋でポジティブなエネルギーの状態を保っていたのです。

物質世界の身体に生まれて間もない日々のなかで（あなたが予想していたように）、あなたの意識は徐々に変化しはじめました。物質的な身体を持った状態で、あなた自身の視点で、地球という新しい環境を捉えるようになっていったのです。その過程で、あなたのエネルギー、つまりあなたの意識は、1つではなく、2つに分かれていきました。どういうことかと言うと、あなたが新生児として母親の腕に抱かれていたとき、あなたの中には、2つの波動的な視点が働いていたわけです。そこで、あなたは感情を感じはじめました。

あなたは宇宙のウェルビーイング（健康と幸せ）、地球や存在するすべてについて絶対的な知識がある環境からやってきたばかりでした。母親があなたを抱きながら心配すると、あなたは、心地の悪さを感じました。親が生活のストレスを感じているときも、心地悪く感じました。両親が純粋な愛と感謝の眼差しであなたを見つめているときは、彼ら自身が調和しているので、あなたは心地の良さを感じました。でも、たとえあなたが赤ちゃんであったとしても、調和している状態を見せることは、彼らの仕事ではないということを覚えていました。あなたがまだ話せず、歩けないときでも、心地良く安らげる場所を提供したり、調和したエネルギーをあなたに与えることは、親の仕事ではないことを忘れてはいなかったのです。それはあなたの仕事であり、そのやり方を自分で見つけ出せることを知っていました。それに、あなたは、内なる存在と一体になる状態に、簡単に戻ることができました。そのためにあなたは眠ったのです。それも頻繁(ひんぱん)に。

あなたは、生まれた最初の瞬間から、コントラストに囲まれることを知っていて、この物質世界にやってきました。このコントラストが、あなたが自分の人生において人生経験を創造していく核となることを知っていました。あなたは、この地球という環境にいるだけで、自分が何を好んでいるかを自然に見つけられるとわかっていました。望む側面も、望まない側面も、自分のためになるということもわかっていました。何より大事なことは、自分のために選ぶ（または、選ぶことができる）のは自分である（自分だけである）ということをあなたは知っていたのです。ですが、あなたが生まれてくる頃には、あなたの親は（ほとんどの場合）そういう力をあなたがもっていたのを忘れてしまいました。ここで、もう一つ、間違った前提をご紹介しましょう。

間違った前提 その2

わたしの親は、わたしが生まれるずっと前からこの地球にいるし、実の親だから、わたしよりも、何が正しいか、何が間違っているかをよく知っている。

あなたは、自分の信念、願望、行動が適切なものかどうかを親の意見をもとに判断するつもりはありませんでした。その代わり、「あなたの中の源の視点（知識）」と、「あなたが現在抱いている思考」との関係によって生まれる感情が、どんな瞬間でも完璧な導きを与えてくれることをあなたは知っていました（生まれた後も長い間、覚えていました）。あなたは、自分の「感情のガイダンスシステム」を親の意見と置き換えるつもりはありませんでした。たとえ、あなたの親があなたを導こうとしている瞬間に、親自身の「感情のガイダンスシステム」と調和していたとしても。他者から正しいと思われたり、認められたりすることよりも、自分自身の「ガイダンスシステム」の存在を認識し、それを活用することのほうがあなたにとってははるかに大切なことでした。

子ども時代を過ごした家を出て長い時間が経ってから、心のバランスを崩す人がいます。それは、自分の親に認めてもらうために、自分自身の「ガイダンスシステム」を「親の承認」と置き換えようとしてしまったことが原因です。あなたの内側（つまり、あなたの「インナービーイング」）から発せられる波動と調和するのではなく、あなた以外の人（例えば、あなたの親）の意見に合わせようとするたびに、あなたの「自由である」という感覚は損なわれます。

例えば、最初に「あなた」と「内なるあなた」との間に調和を見つけたとしましょう。その場合、もちろん、あなたはあなたの親と、お互いにとってプラスになる素晴らしい関係を築くことができます。しかし、あなたと内なるあなたが調和した状態でなければ、どんな関係も良いものにはなりません。

兄弟姉妹との関係

あなたが、今の家庭に迎えられた最初の子どもでも、すでにほかの兄弟姉妹がいても、子どもが複数いることで、あなたと親との関係は変わります。ほとんどの場合、関わる人数が多くなればなるほど、一人一人が内なる存在と不調和を起こす可能性が高くなります。ですが、必ずしもそうなるとは限りません。

母親も父親も、自分の中の「ガイダンスシステム」を自覚していない家庭はよくあります。そのため、自分自身とも、パートナーとも、一貫して調和した状態を保てないのです。彼らは、あなたが行動を変えたら、自分たちの人生も良くなる、と思い込んでいます。そのため、あなたが家族の一員として、彼らの生活に慣れてきてしばらくしたら、自分たちが好ましいと考える行動パターンを身につけさせようとあなたを教育します。しかし、これは実現不可能なことをやろうとしているだけです。彼らは、「本当の自分」と調和する代わりに、自分たちの気分が良くなるようなふるまいをあなたに求めています。これは、「条件付きの愛」です。つまり、「あなたのふるまいや様子が変われば、それを見たわたしの気分は良くなるでしょう。わたしがどう感じるかは、あなたに責任がある」ということなのです。

第二子が生まれると、あなたの親がコントロールしなければと思う行動の対象がさらに増えます。それだけでなく、あなたにとって、状況はさらに複雑になります。自分の行動に対して、親がどう反応するかを気にするだけでなく、今度は、兄弟姉妹の行動に対して親がどう反応するかも、あなたは観察することになります。新しい家族が加わるたびに、誤解や混乱が生じる可能性は、急激に増大していきます。

一緒に生活している相手の願望や要求に合わせるようにしても、適切なふるまいができるようになることは、決してありません。人の性格も、興味も、意図も、人生の目的も、人によって違いがありすぎるので、あなたがどうふるまえばいいかというレベルの話ではないのです。でも、こうした人間関係の一つ一つをあなたにとって満足のいくものにするために、できることがあります。**それは、ほかの人と関わる前にまず、「あなた」と「あなたの内なる存在」との調和を見つけることです。また、自分がいい気分になりたいとか、心地良い見方がしたいからという理由で、誰かにふるまいを変えるように求めないことです。単純に不確定要素があまりにも多すぎて、それはうまくいかないはずです。**

ボルテックスと「引き寄せの法則」

物質世界での人生経験が、全体像の中でどのような位置づけになるかが、この本を読むことで新たに明らかになることを願っています。あなたには、本当の自分と、あなたがなぜこの物質世界にいるのかを思い出してほしいのです。何より、あなたがどれだけ価値ある存在であるかという感覚や、絶対的なウェルビーイング（健康と幸せ）の感覚を取り戻してもらいたいのです。あなたがこのコントラストに満ちた最先端の時空の現実に存在することで、果たしている大切な役割を理解してもらいたいのです。

今の身体に生まれる前、あなたは非物質的なエネルギーでした。源としての非物質的な視点で、物質世界の時間、物質である地球、物質世界の肉体にまで意識の一部を広げ、フォーカスしたのです。今の身体に生まれ、身体の感覚を通して新しい環境を認識しました。その時に、「あなた」という意識は、「非物質的な部分のあなた」と、「物質的な部分のあなた」という2つの側面になったのです。

自分の非物質的な側面のことを魂や源と呼ぶ人もいます。わたしたちはインナービーイング、より広大な非物質的な視点、本当の自分といった呼び方を好んで使いますが、あなたに理解してもらいたいもっと重要なことがあります。それは、あなたの「非物質的な側面」も、「物質的な側面」も、同時に存在しているということです。ほとんどの人は、物質世界に生まれる前にも自分が何らかの形で存在していたことを受け入れつつ、死後は再び非物質的な存在になると信じています。しかし、実際に起きていることは全く違います。あなたは源のエネルギーとひと続きであって、物質世界においてフォーカスするようになったときも、あなたの非物質的な側面が存在しなくなったわけではありません。実際、あなたの非物質的な側面は、物質的な側面が存在し、物質世界の体験をすることで、拡大しはじめたのです。

あなたには、今の素晴らしい肉体に生まれ、地球のいろんな人の意図や信念や願望に関わることで拡大するという、明確な意図がありました。あなたは、自分の周りにある多様なもの、ありとあらゆるものに触れることで、自然にもっと良いものが明確になることがわかっていました。嫌な経験をすることで、「より良い経験をしたい」というリクエストが生まれることを知っていたのです。リクエスト、求めたもの、願望が、波動として発せられると、あなたのインナービーイングがあなたの新たなリクエストに気づき、それに従い、フォーカスし、それになることを知っていました。あなたが物質的な環境からインスパイアされたすべてのリクエストと、インナービーイングが即座に同じ波動となることを知っていたのです。

だからこそ今、拡大したインナービーイングに目を向けましょう。そうすれば、インナービーイングがどんな存在なのか、物質世界にいるあなたがどのようにそれを拡大させてきたのかを、より深く理解できるでしょう。インナービーイングは、これまでに生きてきた人生すべての集大成であり、拡大してきたあなた全体を表現する波動を放っているのです。

あなたが物質世界の肉体でフォーカスし、思考し、言葉を話し、行動している間も、この物質世界に来る前にいた非物質世界に、あなたの非物質的な側面も同時に存在していることに気づいてください。物質世界でのあなたの体験によって、あなたの非物質的な側面は拡大してきたのです。

多くの人は、物質世界での人生経験を現実と呼びます。あなたは、肉体の感覚を通じて、物質世界の現実を解釈します。いろいろな場所や人々、経験などを地球上で見回しながら、それを現実だと言うわけです。ここで理解してもらいたいことは、確かに、見たり、聞いたり、味わったり、匂いを嗅いだり、触ったりしている現実世界の証拠がありますが、現実というのは、あなたが現実だと信じている肉体を超えたものであるということです。物質世界であなたが目にしているすべてのものは「波動」であり、あなたが生きている人生は、あなたの「波動の」解釈なのです。

あなたが経験することのすべては、パワフルな引き寄せの法則に原因があります。永続性があり、不変の、常に正確なこの法則の前提となるのが、「それ自体に似たものが引き寄せられる」ということです。

あなたが何かに思考を向けると、その要素が人生経験の中に引き寄せられはじめます。何かに注目したために、その思考の波動が活性化すると、それが拡大していきます。つまり、どんなことであれ、注目すればするほど、その波動があなたの中でより活性化されるのです。その時間が長ければ長いほど、引き寄せの力は強くなり、やがて、その活性化された波動があなたの経験の中に動かぬ証拠として現れます。あなたが経験することはすべて、あなたの思考が要望となって起こるのです。

「引き寄せの法則」は、宇宙のすべての波動を管理していて、宇宙に存在するすべてにわたって作用しています。従って、「引き寄せの法則」が、あなたの物質世界における思考の波動の中身に反応するのと同時に、あなたの「インナービーイング」の波動の中身にも反応しているのです。

その力強い非物質的な側面と、そこに働く引き寄せの法則を見ていきましょう。物質世界での経験をもとに何かを求めるたびに、波動のリクエストがロケットのように打ち上がり、インナービーイングがそれを受け取ります。インナービーイングは、その拡大したバージョンのリクエストの波動となります。その拡大のプロセスを説明するために、その波動のことをわたしたちは「波動の預け場所」または「波動の現実」と呼んでいます。それは最も遠くまで拡大したバージョンのあなたのことです。

あなたの物質世界における思考、言葉、行動に「引き寄せの法則」が反応しているのと同じように、「引き寄せの法則」は、あなたの「波動の現実」に対しても常に力強く反応しています。全宇宙にわたってすべての波動を管理している「引き寄せの法則」が、拡大したあなたのインナービーイングが放った明瞭な波動に反応することで、パワフルな引き寄せの渦「ボルテックス」が生まれます。

こうして生まれていく「ボルテックス」――すべてのリクエスト、修正されたリクエストも全部、あなたが求めたすべての一つ一つの詳細が集まっている「ボルテックス」――に「引き寄せの法則」が反応しているのです。ぐるぐると渦巻いているボルテックスを思い描いてみてください。抵抗なくフォーカスされた純粋な願いに「引き寄せの法則」が反応することで集まった引き寄せのパワーを想像してみてください。

ボルテックスは、その中にあるすべての願望を叶えるために必要なもの全部を引き寄せているのです。創造を実現させるため、問いに答えるため、問題を解決するために、助けとなる要素が集められているのです。

この本の目的は、あなたに創造のプロセスを思い出してもらい、あなたがピュアでポジティブなエネルギーの場所からやってきたことを思い出してもらうためだけではありません。あなたがこのボルテックスがもつ力を思い出し、あなたの中にある「感情のガイダンスシステム」を再認識することで、意図的にボルテックスの周波数と一致するのを手助けするためでもあります。

この本の目的

- あなたに「本当の自分」を思い出してもらうため
- あなたに物質世界における経験の目的を思い出してもらうため
- 地球で、物質的な身体を通して成し遂げていることに対して、自己肯定感を取り戻してもらうため

- あなたが何よりもまず波動の存在であることを思い出してもらうため
- あなたの非物質的な側面もまた、同時に存在していることを思い出してもらうため
- あなたに、自分自身の2つの波動的な側面の関係性を把握してもらうため
- あなたのすべての願望、それからこれまで成長してきたあなたのすべてが渦巻いている創造のボルテックスへと、一貫して意識を向けてもらうため

要するに、この本は、あなたがボルテックスに入るのをお手伝いするために書かれています。

友人や恋人から、敵対する人や知らない人まで、あなたの人生に現れる人はみんな、あなたの「波動の求め」に応じて現れています。あなたは、その人を招くだけでなく、その人の性格的な特徴も招いているのです。多くの人は、自分の周りにいる自分にとって望ましくない特徴をもつ人のことを考えたときに、自分が招いているとは受け入れ難いと感じるものです。そういう人は、自分がこんな望まないものを求めた覚えはないと反論します。なぜなら、彼らは、何かを「求める」ということは「望むものを求めること」だと思い込んでいるからです。しかし、わたしたちが言う「求める」

とは、ぴったり合う波動を発することを意味しています。これまでの人間関係や経験を思い返してみると、引き寄せのことをもっと理解していたなら意図的には引き寄せていなかったものが多かったでしょう。**あなたは意図して引き寄せているのではなく、むしろ意図せずに引き寄せていることが多いのです。大切なのは、あなたが望むかどうかにかかわらず、考えたことを手にするのだと理解することです。**望まないことについてずっと考えていると、それにぴったりの経験を招く、あるいは求めることになります。「引き寄せの法則」が働いて、そうなるのです。

人間関係、あるいは他者との共同創造は、あなたの人生において経験する、ほぼすべてのコントラストのもととなっています。人間関係は、あなたの人生において悩みの種となりますし、最高の喜びをもたらすものにもなります。しかし、何より重要なことは、あなたの拡大の大部分が他者と関わる経験が土台となっているというところです。そのため、人間関係というのは、あなたの人生のどの瞬間においても喜びのもとになり得るし、苦しみのもとにもなり得る、と言っても間違いではないでしょう。要するに、もし誰かが、あなたにさらなる拡大を促していなかったら、自分の拡大についていけない痛みを感じることもできないということです。人と関わったり、お互いに影響を与え合ったり、共同創造したりすることは、あなたの経験を大いに豊かにします。人間関係をもつことで、最高の喜びを感じたり、最もつらい悲しみを感じたりします。ですが、あなたは自分が思っている以上に、喜びと悲しみのどちらを経験するのかをコントロールする力をもっています。

パワフルで、永遠の、普遍的な「引き寄せの法則」

強力な「引き寄せの法則（それ自体に似たものが引き寄せられる）」は、あなたが経験することすべての根っこになっています。つまり、何かについて考えると、その要素を自分の人生経験に引き寄せるプロセスが始まります。それについて注目することで、あなたの中で思考の波動が活性化されると、その波動が拡大していきます。言い換えると、何かについて注目すればするほど、あなたの中でその波動がより活発になるのです。それが長く続けば続くほど、引き寄せの力が強くなります。ついには、その活性化した波動の動かぬ証拠を経験することになるでしょう。あなたの人生で起きることはすべて、あなたから思考による要望が送られることで実現します。

「**望むこと**」を考えていても、「**望まないこと**」を考えていても、あなたの思考に似たものを引き寄せる「要望」をしたことを忘れないでください。あなたのもとにやってくる人々やもの、経験、状況は、すべてあなたの波動的な招待に応える形でやってきているのです。

あなたが引き寄せる人間関係や状況、出来事は、すべてあなたの波動の要望への間違いのない正確な反応として集まります。自分がどんな波動を要望として送っているのかをはっきり理解するための方法の一つは、あなたの周りで起きていることを見てみることです。望んでいる、いないにかかわらず、考えていることの要素が常に引き寄せられるからです。わたしたちはそれを「実現した後の気づき」と呼んでいます。意図的に方向を定めず考えると、例えば、銀行口座の残高不足や、望ましくない体調、不愉快な人間関係の波動を発しながら考えて、実際に具体的なものが現実化して初めて、その結果に気がつくことがあります。

もって生まれた素晴らしい「感情のガイダンスシステム」の存在を認識して、それを活用できれば、望まない状況を引き寄せていることに気づけ、実際に自分の経験として起きる前に回避できます。

ですが、ほとんどの人は、無意識に目に入るものすべてに注意を向けて、その思考から生まれる感情的な反応はどうしようもないと諦めています。世の中には嫌なことがあるのだから、そういうことにフォーカスすれば嫌な気分になるものなのだと、彼らはその不快さに甘んじています。なぜ嫌な気分を感じるのか、その重要な理由を彼らが理解することはほとんどありません。ですが、わたしたちがここで、その理由をシンプルに説明しましょう。

何かについて、または、ある状況にフォーカスして、嫌な気持ちになるとき、その嫌な気持ちの原因は、その何かやその状況にあるわけではありません。その思考が源と波動が離れる原因となって、嫌な気持ちになるのです。つまり、内なる「源」が目を向けていないものに注目することをあなたが選んだということです。注目するとあなたを嫌な気持ちにさせるものに対して「源」が注目していないのには理由があります。「源」は引き寄せの力を理解しており、望まないことの創造に加担したくないのです。**というわけで、あなたがそうするたびに嫌な気持ちになるのです。**

反対に、あなたが情熱や幸せ、愛、意欲を感じるときは、大きな部分の自分も完全に集中している思考をあなたは選んでいます。この場合、「源」から離れることなく、力と明晰さ、ウェルビーイング（健康と幸せ）をもったまま、源とのパートナーシップ、関係性を築けています。

あなたが生まれもっている「感情のガイダンスシステム」の存在を理解することは、ほかのどんな理解よりも価値があります。自分には大事な2つの波動の視点があることに気づき、それがどのように関わっているかを認識すれば、楽しく意図的に創造する鍵を手に取ることができます。それを理解していないと、あなたは、まるで荒れ狂う海に浮かぶ、小さいコルクが潮の流れや風に吹き流されるように、自分の力ではどうしようもできない状態になってしまいます。

どの瞬間でも、あなたがアクセスできるのは、実は2つの感情だけだ、と言うこともできます。それは、「より良い気分」か「より悪い気分」かの2つです。どんな状況でも、何にフォーカスをしていたとしても、そこから見つけられる中で最も良い気分になるような思考を探そうと心に決めれば、「インナービーイング」「源」、あなたが望むすべてのものと、関係を築いていくことができるでしょう。すると、あなたの人生は喜びが絶えないものになります。それが、あなたが計画していたことだったのです。つまり、多様性を吟味しながら、さまざまなトピックにおいて、はっきりとした個人的な好みを見つけ、永遠に進化しつづける自分と調和すること、これがあなたの計画だったのです。

わたしたちは他人のことを我慢している？ それとも受け入れている？

ジェリー　でも、一人一人、全然違うのに、みんながどのように生きるべきかについて、意見が一致するとは、あまり思えません。

エイブラハム　そうですね。もしみんなの意見が一致するようであれば、地球はとても退屈な場所になってしまうでしょう。

ジェリー　わたしたちは一人一人違うし、望むものも違います。他者との違いを我慢したり、耐えたりする苦痛を感じずに前に進むにはどうすればいいですか？

エイブラハム　あなたが感じる苦痛やネガティブな感情は、ほかの人と意見が合わないせいで感じるのではありません。「あなた」と「あなた」の間で意見が合わないせいで感じるものなのです。望まないことから気をそらし、あなたが好きなことにフォーカスすれば、苦痛は和らぎます。望むことに長くフォーカスすればするほど、苦痛を感じなくなるだけでなく、興味や熱意、幸福感のような、ポジティブな感情を感じられるようになります。

ジェリー　そうは言っても、わたしたちは何らかの形でみんなつながっているわけですよね。どうすれば、ほかの人の人生で困ったことが起こっていても、それを受け入れることができるようになるでしょうか。

エイブラハム　人生では、比較せずに何も理解することはできません。ここでわたしたちが「比較」というのは、「源」からくる真の知識と、あなたが今観察しているすべてのものを照らし合わせることです。より広い視点のあなたは、望まないことに注目すれば、それを強めてしまうことを知っています。

ですから、「源」としてのあなたは、望まないことすべてから気をそらします。物質世界の身体を持つあなたが、望まないことに目を向けるとき、「あなた」と「あなた」との波動の関係に不一致が生じます。あなたがネガティブな感情を感じるときは、調和していないサイン、あるいは調和が欠如しているサインです。調和していない状態では、あなたが心配している相手や、腹を立てている相手に対して、何の役にも立てません。よく考えてみると、他人の状況はコントロールできないので、自分が幸せになりたいのであれば、彼らの困った状況から気をそらす以外に、選択肢はありません。

ジェリー　でも、もしわたしたちが、その人たちの苦しみに目を向けるのをやめたら、その人たちは見捨てられたと感じませんか？　困っている人を助ける責任は多少なりともありませんか？

エイブラハム　これは、あなたの社会で共有されている基本的な間違った前提を理解するいい機会ですね。

間違った前提 その3

望まないことに対して十分に強く反抗すれば、望まないことは消えてなくなる。

あなたがいるのは、「引き寄せの法則」によって成り立っている宇宙です。つまり、この宇宙は「排除すること」ではなく、「含めること」が基本です。言い換えれば、含めること、引き寄せることがベースの宇宙では、「NO」というものは存在しません。望むものを見て「YES」と言えば、あなたはそれを波動に含めています。すると、それはあなたが発する波動の一部となります。つまり、あなたの引き寄せポイントの一部となるのです。ということは、それが、あなたのもとにやってきます。一方で、何かに対して「NO」と声を大にして言うことも、それをあなたの波動に含めていることになります。ですから、それもあなたが発する波動の一部となり、あなたの引き寄せポイントの一部となるので、それがあなたのもとにやってくるのです。

相手に対してネガティブな見方をしていたら、あなたは何の助けにもなりません。他人の言動や状況を目にして嫌な気持ちになるとき、そのネガティブな感情は、あなたが望まないものに加勢しているというサインです。ネガティブな感情をもった最初の段階では、単に不快に感じるだけですが、望まないものにフォーカスしつづけると、より顕著な形で、その望まないことがあなたの経験の中に現れはじめます。

あなたが意識をもっているすべての瞬間において、引き寄せのポイントが活性化しています。すなわち、あなたの活性化している波動に「引き寄せの法則」が反応していて、その方向にさらに進んでいる状態だということです。あなたの感情は、ポジティブでワクワクしている「源」に向かっているか、その反対方向に進んでいるかがわかるサインです。あなたは、動かずにじっとすることはできません。目が覚めている限り、あなたは拡大する過程にあるのです。

「望まないこと」がわかれば、同時に「望むこと」がより明確になります。他人の望ましくない状況を見て心を痛めたとき、あなたは、こうなってほしいというあなたの思いを、波動の現実の中に自動的に打ち上げます。ここで大切なのは、相手がこうなってほしいという思いに集中することです。それが、あなたの役目であり、相手や自分にとって役立つことであり、あなたにとって自然な状態なのです。それができるようになれば、あなたは他人にとってますます価値ある存在となるだけでなく、他者との関わりによって、自分自身がどれだけ計り知れないほど拡大することになるかが見えてくるでしょう。

「ありのまま受け取ること」を学ぶ

ジェリー　「ありのまま受け取ること」については、これまでよく話してくれましたよね。ここで話しているのもそういうことでしょうか？

エイブラハム　そうです。「ありのまま受け取ること」は、あなたが最も理解したいことであるはずです。なぜなら、意図的にそれを活用することで、拡大した自分のすべてを「受け取る」ことができるからです。あなたがあなたでいられないでいるときはいつも、あまり心地良く感じません。つまり、コントラストとして経験するすべてのおかげで、最も遠く拡大したところまで非物質世界のあなたが常に進んでいくことで、

「本当のあなた」が拡大するわけです。しかし、あなたが拡大するきっかけの出来事や状況、原因を振り返ってばかりいると、拡大に抵抗してしまうことになります。拡大を受け取れないことで、あなたは嫌な気分になるのです。

「ありのまま受け取ること」というのは、単純に、意図的に思考を選ぶことによって、拡大する自分自身を受け取るということです。時空の現実にあるコントラストによって、拡大は実際に起きています。そのため、もしあなたが幸せでいたいなら、その拡大についていくほかに選択肢はありません。

「より広い視野をもつ非物質世界のあなた」は、あなたと永遠のつながりをもっていて、愛そのものです。あなたが愛していないときは、あなたは「ありのまま受け取ること」が実践できていません。

「より広い視野をもつ非物質世界のあなた」は、あなたには価値があることを知っています。自分には価値がないと感じるとき、あなたは「ありのまま受け取ること」が実践できていないことになります。

ここで、みなさんの社会で共有されている、基本的な間違った前提をもう一つ理解する良い機会ですね。

間違った前提 その4

わたしは、正しく生きるために生まれてきて、ほかの人も同じように正しい生き方をするよう影響を与えるために生まれてきた。わたしにとって正しい生き方だと感じるものは、ほかの人全員にとっても正しいに違いない。

あなたは、たくさんの考え方の中から、誰もが同意する一握りの良い考え方を残すために、この物質世界を経験しにきたわけではありません。実際は、逆のことを意図していました。「コントラストの海に出て行こう。そこからもっとたくさんのアイデアが生まれるだろう」とあなたは言ったのです。あなたは、多様性から喜びに満ちた拡大が生まれることを理解していたのです。

みんな良い気分でいたいと思っています。ですが、ほかの人がやっていることには、見ていてあなたが心地良く感じないことがたくさんあるために、「自分が良い気分になるには、他人の行動に影響を与えたり、コントロールしなくてはならない」という結論になってしまうのは、よく理解できます。でも、(プレッシャーを与えたり強制したりして）その人たちをコントロールしようとしても、抑えることはできないでしょう。また、その人たちに注目することで、同じような人を自分のもとへ引き寄せてしまうことに気づくはずです。現在の社会では、違法薬物、貧困、犯罪、10代の妊娠、がん、エイズ、テロといった問題との戦いが繰り広げられています。しかし、こうした問題はますます大きくなっています。望まないものをコントロールしたり、排除したりすることで、望んでいる結果が得られるわけではないのです。

どの生き方が「正しい」か、一体誰に決める権利があるのでしょう？　最も大きなグループこそがその「知識」をもっているのでしょうか？　それとも、ほかのグループの命を奪う能力が最も高いグループこそが、「正しい」のでしょうか？　貧しい人たちが答えを知っているのでしょうか？　お金持ちの人たちがその鍵を握っているのでしょうか？　どの宗教が「正しい」宗教なのでしょうか？　どの生き方が「正しい」のでしょうか？　子どもをもつことが正しいのでしょうか？　何人の子どもをもてば正しいのでしょうか？　もし女性が子どもをもったなら、子ども以外のことを考えてもいいのでしょうか？　その女性はキャリアをもってもいいのでしょうか？　それとも、子どものことだけしか考えてはいけないのでしょうか？　男性は、妻をどのように扱うべきでしょうか？　妻は何人もつべきでしょうか？

地球上で起きている不幸の大半が、「自分のグループの生き方――つまりわたしたちの生き方が、唯一正しい方法だ。だから、ほかの方法はすべて禁止されるべきだ。自分と意見が合わないものを目にすると、嫌な気分になる」という間違った前提に起因しています。**反対される側だけでなく、反対する側も痛みを感じます。実際、最も不幸で満たされない気持ちになるのは、他人に反対している人たちなのです。なぜなら、反対することによって、その人は一番大切な関係を受け取っていないからです。それはあなたと「あなた」の関係です。**

あなたは、自分の中に新しい願望が生まれたら、そういう願望を実現するつもりでしたが、ほかの人の願望を邪魔するつもりは全くありませんでした。あなたは、誰もが自分の願望を創造できるくらい世界は広いということを知っていたのです。ほかの人が創造したものを目にしても（たとえそれが自分の好みではなくても）、自分が邪魔される心配はしていませんでした。自分には望むものにフォーカスする力があることを知っていたからです。そのため、自分が望まないものを取り除く必要はなかったのです。あなたは自分が望むものを判断し、それにフォーカスする自分の力と「**引き**

寄せの法則」の力によって、それを引き寄せるつもりでした。ほかの人も同じようにすることを、受け入れるつもりでいました。あなたは、多様性が、自分の強さと拡大の基盤となるだけでなく、自分の存在そのものの基盤となることを理解していました。なぜなら、もし拡大がなければ存在しつづけることができないからです。

他人をコントロールする力ではなく、影響力をもっている？

ジェリー　人間関係において、お互いに対しての影響力やコントロールする力について、もっと話したいです。わたしたちは、他人に対して実際にはどのくらい影響力やコントロールする力があるのでしょうか？　どうしたら、自分の望みとは違うものを望むべきだと考える他人から影響を受けず、望むものから気をそらさずにいられますか？

エイブラハム　「コントロール」と「影響」の違いがわかっているのはいいことですね。

その理解をさらに深めてもらいたいと思います。他人や状況をコントロールしようとする人がいても、その人がそれを達成することはできません。なぜなら、コントロールしようとすると、自分が望んでいないことが頭の中を占領するため、あなたの波動と引き寄せのポイントが、実際の願望とは反対の方向へと作用してしまうからです。たとえほかの人たちと協力して望まないものに対抗したとしても、決して相手をコントロールすることはできません。それが、いくら相手の力を圧倒しているように見えたとしてもです。むしろ、望まないものを引き寄せる力がさらに強まり、増幅します。人や場所は変わっても、望まないものが現れつづけるので、コントロールが持続しないことがわかるはずです。

また、「その状況をコントロールしようとすること」と、「今の状況を変えるために影響を与えたいと思うこと」は、その実現のために、どこまで踏み込もうとするのかということ以外には、ほとんど違いはありません。

例えば、相手の状況に影響を与えようとする場合、言葉で説得しようとしたり、何らかの行動に出るぞと脅して従わせたりするかもしれません。実際に相手をコントロールしようとする場合、さらに強い言葉を使ったり、相手のふるまいを変えようとして、具体的に行動することもあるでしょう。

　ですが、影響とコントロールの違いよりも、ここで区別しておきたいもっと重要な違いがあるのです。それは、「望まないことを認識しながら望む場所へ行こうとすること」と、「望むことを認識しながら望む場所へ向かうこと」の違いです。前者は、異なるふるまいをするよう相手を「モチベート（動機づけ）しようとする」もので、後者は、異なるふるまいをするよう相手を「インスパイア（啓発）する」ものです。

　相手をモチベート（動機づけ）しようと試みるとき、あなたは「望まないこと」にフォーカスしているために、本来もっている力を活用することも、その助けを借りることもできません。ですが、あなたが「望むこと」だけにフォーカスしたとき、自分自身の願望に対する抵抗や対立を手放すことができ、世界を創造するエネルギーが使えるようになります。すると、あなたの影響力は強大になります。こうして自分の本来の力とつながり、それを受け取れば、あなたが与える影響はとても大きくなり、ほかの人たちが自分自身の力を取り戻しやすくなります。

家庭内の多様性を調和させるには？

ジェリー　親子の関係について教えてください。子どもは自分で考えながら学び成長しつづけている、最先端の存在です。そんな子どもが、頭が固く、子どもをしつけたがる親と調和して生活するには、どうしたらいいでしょうか？　つまり、もし親が変化や新しい考えを受け入れたがらない場合は、どうしたらいいですか？

エイブラハム　ここで、さらにもう一つの間違った前提をご説明しましょう。

間違った前提　その5

わたしはあなたより年をとっているので、あなたよりも賢い。だから、わたしの指導を受けるべきだ。

あなたより先に地球にきた、親やほかの人たちは、あなたが生まれたときに安定した環境を提供しようと助けてはくれますが、あなたの求める知恵をもち合わせているわけではありません。あなたは自分自身の経験をもとに拡大するわけですし、あなたが知識を得るのも、より広い視野とのつながりからです。世代から世代へ受け継がれるガイダンス、ルール、法律のほとんどは、自分自身のより広い知識とのつながりを「ありのまま受け取る」状態ではない人たちによってつくられたものです。つまり、あなたに押し付けられるガイダンスの大半は、何かが不足しているという視点からくるもので、より良い状況にあなたを導くことはできないのです。

もちろん、お互い学び合える物質的な性質のものもあります。あなたが生まれる前に発明されたものや開発された技術は多いので、その恩恵を受けるのに一から始める必要はありません。ですが、地球には「本当のあなた」やあなたの存在理由とは、全く正反対の信念が拡散されています。これが次の間違った前提につながります。

間違った前提 その6

物質世界に生まれたその日から、わたしという存在は始まった。わたしは価値のない存在として、人生で苦労を味わうことで、もっと自分の価値を高めようとして生まれた。

あなたの存在が始まったのは、物質世界の肉体に生まれた日からではありません。あなたは永遠の意識であり、永遠に拡大しつづける、永遠に価値のある存在です。その価値のある、非物質的な、永遠の、神の力をもった、創造的な意識の一部が、あなたが知る「あなた」という存在として現れました。けれども、より大きな部分の「あなた」はそのまま残っていましたし、今も残ったまま、ピュアでポジティブなエネルギーの状態で、絶対的な価値ある存在としてフォーカスしています。

あなたは、この物質世界の時空の現実に、熱意をもってやってきました。ここが創造の最先端で、あなたが創造者（クリエイター）だからです。あなたは、このコントラストのある世界にフォーカスするという考え方をものすごく気に入っていました。創造者であるあなたがフォーカスして創造する上で、コントラストがもたらしてくれる価値を理解していたからです。あなたは人生を生きれば、自分の中から新しいアイデアが常に生まれてくることを理解していました。それから、そのアイデアは、フォーカスの力によって、物質世界で知られているような「現実」になるということを理解していました。あなたは、選択し、フォーカスし、創造的な現実化をありのまま受け取ることの喜びを知っていたのです。何かについての現在の思考（波動）が、あなたの内側の「源」が同じものについて同時にもっている理解（波動）と、どれだけ波動的に調和しているかを、すべての瞬間に感じることができると知っていました。そういうポジティブな感情とネガティブな感情が唯一のガイダンスとなり、あなたが永遠に拡大しつづける道のりで、創造し、発見し、拡大するのを助けてくれることを理解していました。

子どもの頃、誰かに非難を浴びせられたとき、どう感じたかをあなたは覚えているかもしれません。その時に感じたネガティブな感情は、あなたに対する彼らの意見が、「本当のあなた」や、「あなたが本当に知っていること」と調和しないことを教えてくれるサインでした。その瞬間、他人の歪んだ見方によって、「本当の自分」のより広い視点から、引き離されるのをあなたは感じていました。あなたのガイダンス（ネガティブな感情）は、「彼らをきっかけとしてフォーカスしたこと」が、「あなたの源がフォーカスしていたこと」とは調和しなかったと教えてくれていたのです。内なる「**源**」とは違う視点で、自分自身のこと（あるいはほかの何か）を見たときは、決して良い気分にはなりません。ですが、時間が経つにつれて、力を失う不愉快な気持ちに、だんだん慣れていってしまったのです。最終的に、あなたは自分のガイダンスを脇に追いやり、他人にガイダンスを求めはじめるようになりました。

ここで、先ほどのあなたの質問に戻りましょう。子どもは、親自身の考え方に従わせようとする親とどうすれば調和できるのか。わたしたちなら、その子どもが「本当の自分」を思い出せるように手助けすることを最も心がけますね。その子ども自身の「ガイダンスシステム」を思い出させてあげたいです。その子どもが、自分本来の力と再びつながり、自分自身の夢を叶えられるように助けてあげたいと思います。

しかし、多くの人は、そんなに単純なことではないと言うでしょう。

「たとえその子どもがすべて思い出したとしても、本来の自分を覚えておらず、そのような考えにも賛同せず、その子どもより力が強くて、その子どもの経験を自分の思い通りにするような人たちとの関係からは逃げられませんよね。そんな状況で、その子どもは、一体どうやって調和を見つけられるというのでしょうか？」
まずは、この状況にいる子どもに向けてお答えしましょう。次に親に向けてお答えしてから、最後に、質問してくれたあなたにお答えしましょう。

子どもへの答え

親は、良かれと思ってやっています。多くの場合、これまでに彼らが経験してきた苦労に備えさせようとしているだけなのです。彼らのふるまいを見れば、彼らが「本当のあなた」を忘れているだけでなく、「本当の自分」のことも覚えていないことがわかります。だからこそ、彼らは用心深いふるまいをするわけです。自分たちのことを弱いと感じているし、あなたのことも弱い存在だと思い込んでいるのです。

あなたの親に思い出してもらうには、かなりの説明が必要になります。彼らが求めていなければ、わたしたちが伝えようとすることにも、聞く耳はもたないでしょう。彼らが求めたり、耳を傾けたり、思い出したりする頃には、あなたはすっかり成長して家を出ている可能性が高いです。

もし、あなたが求め、耳を傾けているのであれば（年齢は関係ありません）、何よりも一番大切なことをお伝えしたいと思います。それはほかの誰かがあなたのことをどう思うかは、どうでもいいということです。重要なのは「あなた」がどう思うかだけです。ほかの人がどう思おうが――それが何についてでも、たとえあなたのことであったとしても――考えたいように考えさせてあげたら、あなたは「本当の自分」と調和した思考を保つことができるでしょう。そのうち、何があっても良い気分でいられるようになります。

これを聞いて、あなたはパワフルな創造者で、自分が今望むものを決めるためにコントラストを経験したかったのだという真実を思い出したなら、その真実を覚えていないほかの人に対して、もっと寛容になれるでしょう。すべてが自分や自分の気持ちに反応していることを思い出して、自分の気持ちをコントロールできれば、いろいろなところからたくさんの協力を得られ、自分の経験をコントロールできるようになるでしょう。

一人のときに、「親と揉めている状態」について考えていたら、同じような出来事をもっと招こうとしていることになります。でも、もし、一人のときにもっと楽しいことを考えていたら、さらなる問題を招こうとしていることにはなりません。ほかの人があなたをどう扱うかについては、あなたが自分で考えている以上にあなたには大きな影響力があります。問題について考えなければ考えないほど、問題が減ります。親があなたをコントロールしようとしていることを考える時間が少なくなるほど、親はあなたをコントロールしなくなります。自分が楽しいと感じることを考えれば考えるほど、気分が良くなります。気分が良くなれば良くなるほど、いろんな物事が、あなたにとって良い方向へ進むはずです。

親があなたをどう扱うかは、親次第だと感じるかもしれませんが、それは違います。親があなたをどう扱うかは、「あなた」次第です。これを理解して、実践すれば、親のふるまいにも変化が現れるでしょう。親は気づかないかもしれませんが、何より、相手に「要求」するのではなく「インスパイア（啓発）」することによって、調和がとれた関係を楽しむ方法を見せてあげるのです。

親への答え

子どもの望まない部分に目をやればやるほど、それをもっと目にすることになります。あなたが子どもから引き出すふるまいは、子どもというよりも、むしろあなたに関係しています。これはすべての人間関係に言えることです。誰よりもその子のことを考えているあなたの意見は、子どものふるまいに大きな影響を与えています。

もし、子どもの望ましくないふるまいを無視できれば、強調しないようにできれば、そのふるまいを引き出す原因をつくりつづけることはなくなります。具体的に言うと、「子どもの望ましくないふるまいについて、繰り返し考えない」「ほかの人に話さない」「そのふるまいについて、心配しない」ことです。

人にしても物にしても、あなたが何かに注目するとき、あなたは2つのうち、どちらかの方向に傾いています。「望むもの」か、「望まないもの」のどちらかです。子どものことを考えたときに、「望ましいもの」にフォーカスする練習をすれば、子どものふるまいも、あなたがもっと望むようなふるまいのパターンにシフトしていくのを目にするようになるはずです。あなたの子どもは、パワフルなクリエイター（創造者）

です。心地良い気分でいたいし、役立ちたいと思っています。その瞬間の子どものふるまいだけを見て評価せず、否定的なレッテルを貼らなければ、その子の本来の良さが出てくるでしょう。

あなたが、恐れ、心配、怒り、いら立ちなどを感じているときは、子どもから望ましくないふるまいを引き出すことになります。

あなたが、愛、感謝、熱意、楽しさを感じているときは、子どもから望ましいふるまいを引き出すことができるでしょう。

あなたの子どもは、あなたを喜ばせるために生まれてきたわけではありません。

あなたは、あなたの親を喜ばせるために生まれてきたわけではありません。

質問者への答え

何も知らない親のせいで、子どもが自由を失うことや、何も知らない親が、子どものせいで自由を失うことなどは、心配しないでください。新たな願いに気づいていくために、共同創造する体験をみんなが望んでいるのだと理解してください。彼ら全員が、望んでいるものを明確にしていく「ステップ1（求める）」の経験をしているのだと思って見てあげてください。

親に支配されていると感じることによって、子どもは新たな願望を生み出します。

- もっと自由が欲しいという願望
- 感謝されたいという願望
- ほかの人に対してもっと感謝したいという願望
- 自立したいという願望
- 拡大する機会が欲しいという願望
- 自分の能力を発揮する機会が欲しいという願望

子どもをコントロールしようとすることで、親は新たな願望を生み出します。

- もっと自由が欲しいという願望
- もっと協力したいという願望

・子どもに良い人生を送ってもらいたいという願望
・子どもが将来、社会に出る準備ができてほしいという願望
・理解してもらいたいという願望

つまり、このコントラストのある経験を共同創造することで、関わった人がみんな、新たに願望のロケットを打ち上げているのです。その結果、新しい領域へと、みんなが波動的に拡大していきます。そこで、誰かがネガティブな感情を感じるのであれば、その唯一の理由は、その感情を感じている瞬間に、その人がその波動の拡大をありのまま受け取っていないからです。彼らは人生経験をもとに、なりゆく自分をありのまま受け入れておらず、その双方が、つまり親も子どもも、本来の自分になれていないのを相手のせいにしているのです。生まれる前のあなたは、拡大をもたらすコントラストがある人間関係を楽しみにしていました。

あなたがその拡大に追いつくことをありのまま受け取れたら、困難に思えることも、拡大させてくれた恵みに感じることでしょう。

「引き寄せの法則」は家事にも当てはまる？

ジェリー　家族の一人一人が、家事の責任をうまく協力して分担して、日常の活動がスムーズに進むようサポートしながらも、個々の自由な感覚を維持する方法について、もう少し詳しく説明してください。

エイブラハム　あなたが「責任」と言うとき、普通は「行動」のことを言っていますよね。家庭環境を管理し維持するには、多くの行動が必要で、その責任を分担すべきだというのは、わたしたちもよく理解しています。やるべきことが具体的にいくつかあって、特定の人数とその作業を分担する場合、誰が何をするかという行動の計画を立てるのが理にかなっていると、多くの人が感じることも理解しています。そういう状況で問題になるのは、家事の割り当てをする人自身が、バランスを欠いた状態の場合が多いことです。そのアンバランスの原因は、その人が実際にこなしている仕事の量の問題ではありません。ほかの人に比べて多くの仕事をしなくてはいけないという不満や、思ったように周りがやってくれないことへのいら立ちが原因で、バランスを崩しているのです。わたしたちは今、家庭を管理し維持するための行動について話していますが、まずは自分との調和を見つける必要があるのです。これが次の間違った前提につながります。

間違った前提 その7

十分に努力すれば、一生懸命働けば、何でも達成できる。

望んだものと波動的にバランスがとれていなければ、どれだけ行動しても、その埋め合わせをするには不十分です。望んでいるものと波動的に調和せず、目の前の問題を解決しようとするだけでは「引き寄せの法則」によって問題が次々と引き寄せられます。これでは、永遠に問題を解決しきることはないでしょう。問題に注目すると、「引き寄せの法則」は解決しきれない速さで問題を運んできます。散らかった家にフォーカスすれば、「引き寄せの法則」が混乱や問題を次々ともってきて、手が回らなくなります。

簡単に言うと、**あなたの行動による対応力よりも、あなたの波動に反応する**

引き寄せの法則のパワーのほうが常に強いのです。そこからは望む結果には到達できないのです。人生、家、人間関係を整える唯一の方法は、調和したエネルギーの強力なレバレッジ（てこの原理）を利用することです。そうすると、以前は苦労していたことが、ラクに流れていくのがわかるはずです。

やり終えていない作業のことや、協力的ではない家族のことを気にしているうちは、周りから心地良い協力を引き出すことはできません。もがくのをやめて、望む結果にフォーカスすることです。**ほかの人をインスパイアして協力してもらうには、あなたがまず、整理されていて心地良い協力的な家の雰囲気を感じとらなくてはいけません。**あなたが人生で関わる人は、いつもあなたが期待したものを与えるはずです。例外はありません。

ネガティブなふるまいを見たために、ネガティブな期待が生まれたわけで、その逆はないと、多くの人は信じています。「息子が繰り返しごみを出すのを拒みつづけるまでは、ごみ出しは無理だなんて、考えていませんでしたよ」といったように。それだと、他人のネガティブな行動のために、自分がネガティブな気持ちになる、という無限ループにはまることがわかりますよね。でも、「自分の感情はコントロールできるものだ」と自覚して、より気分を良くするために、思考の改善に取り組めば、ネガティブな流れになっていたとしても、**あなたが**反対方向へ向きを変えることはできるのです。**ほかの人の波動（あるいは行動）は何もコントロールができないので、彼らの好きにしてもらうしかありません。でも、自分の思考、波動、感情、引き寄せのポイントは、完全にあなたがコントロールできます。**

お互いの興味が一致しなくなった場合は？

ジェリー　かつては調和していた関係でも、お互いの興味が変わって、しばしば意見が対立するようになったとします。対立する信念や願望がある状態で、調和を見つけるにはどうしたらいいでしょうか？

エイブラハム　あなたの質問にお答えするために、間違った前提をもう一つお話ししましょう。

ほかの人と調和するためには、同じことを望み、信じないといけない。

間違った前提 その8

たいていの人は、望まないことに対して、強く反発しすぎてしまいます。そのため、同じように考え、同じように望まないことに反発する仲間を見つけたとき、それが調和だと信じてしまうのです。ここで問題なのは、彼らは望まないことにフォーカスしているので、自分の願望とも、大きな部分としての自分（常に願望と調和している）とも、調和していないことです。ですから、望まないものに反対している彼らの状態というのは、全く調和がとれていないものなわけです。さらに言うと、同じ反対意見や同じ敵に対抗している人同士で意見が一致している場合があります。でも、それは、これ以上ないほど調和からほど遠い状態なのです。

まず、「あなた」は「あなた」との調和を見つけなければいけません。それができて初めて、ほかとも調和できるようになります。「あなた」が「あなた」と一貫して調和できるようになれば（わたしたちは「ありのまま受け取る」状態と呼んでいます）、意見の相違があっても、他者との調和を見つけることが可能になります。それが、拡大し喜びを感じるには完璧な環境です。多様な信念と願望がありながらも、源と一致している状態です。

人間関係はたいてい、最初のほうがうまくいくものです。なぜなら、お互いに自分が見たいものを見ようとするからです。そのため、たいていの場合、その人間関係が始まった頃のほうが、あなたの期待はポジティブです。また、ポジティブな側面を見つけようとするのは、自分自身が調和するための、あるいは本当の自分との調和を見つけるための強力なツールです。最初の頃、素晴らしい気持ちになるのは、相手との調和が見つかったからだと、もしかしたらお互いにそう思うかもしれません。でも実際に起きていたことは、相手の存在をポジティブな理由として使うことで、「本当の自分」との調和を見つけていたのです。

あなたの内側の源は、あなたのパートナーのポジティブな側面しか見ていません。**ポジティブな側面を見つけているときはいつも、あなたは「本当の自分」と一致しているのです。**

どちらかが関係を終わらせたくない場合は？

ジェリー　でも、もしあなたの望むものが、パートナーの望むものとは本当に違う場合はどうでしょうか？　もし片方が、関係を終わらせることを決めていて、もう片方は関係を続けたい場合はどうなのでしょう？

エイブラハム　確かに「違うものを望んでいる」ように見えるかもしれませんが、２人が望んでいるものの根底には、実は２人が共通して強く願っていることがあります。それは、より良い気分になりたいという願いです。より良い気分に最もなれそうな道として、片方は、それは別れることだと信じていて、もう片方は、それは関係を続けることだと信じています。

このことについて議論をするにあたって、もう一つ、間違った前提を明らかにしましょう。この問題で、混乱の大きな原因となっている前提です。

間違った前提 その9

喜びを手に入れるためには、行動することだ。悪い気分を感じているなら、行動すれば、もっといい気分を感じられる場所に行ける。悪い気分の原因だと自分が思う状況にフォーカスして、そこから離れればいい。望まないものから離れれば、望む場所にたどり着けるのだ。

かつてポジティブな瞬間を感じていたのは、お互いの間に（今は失われたように見える）調和を見つけたからではなく、あなたが「本当の自分」と調和していたからです。確かに、望ましくないことにフォーカスしていないときのほうが、自分と調和しやすいです。ですので、あなたにとって魅力的な人がそばにいることは、あなたの調和を乱すことはありませんし、あなたのポジティブな注目の対象となることも可能ではあります。しかし、ほかの人があなたを「幸せにしている」という考え方は正しくありません。幸せは、あなたの自然な状態なのです。正しくは、目の前の感じがいい人を理由に、「本当の自分」から目をそらさないようにしている、ということです。

一方で、あなたが不幸な状態のときは、目の前の感じが悪い人を理由に、「本当の自分」から目をそらしているのです。

本当の幸せが訪れるのは、「自分がどう感じるかは、ほかの誰でもなく自分の責任だ」と気づいたときです。「自分がどう感じるかは、ほかの人に責任がある」と信じていたら、あなたは本当の意味で束縛されていると言えます。なぜなら、他人のふるまいや気持ちはコントロールできないからです。

心地良くないものから離れたいと考えるのは自然なことですが、「含める」ことがベースの宇宙では、それは不可能です。望まないことにフォーカスすると、その波動が活性化されるため、望まないことから離れることができません。なぜなら、「引き寄せの法則」が引きつける力は、あなたがとるどんな行動よりも強いからです。

ある不快な状況から離れたとしても、たいていはあっという間に「**引き寄せの法則**」がよく似たような感じの状況を新たに運んでくるはずです。ただ移動すればいいというだけの話ではないのです。あなたが望む場所にたどり着くためには、つまり、**あなたがより良い気分になるためには、あなたと「あなた」の調和を見つけなければなりません。**

30分間でエネルギーを整えるプロセス

夜に眠りにつくときに、幸先のいいスタートを切るための調和したエネルギーを準備しておくことです。

ベッドやシーツ、枕など、身の回りにあるものに対して、感謝の気持ちを向けてみましょう。それから、よく眠れて、爽快な気分で目覚めることを意図しましょう。朝、目覚めたとき、少なくとも5分間は、さらなる感謝の気持ちをもってそのまま横たわっていましょう。その後、お風呂に入ったり、ご飯を食べたりしてリフレッシュしましょう。それから、15分の間、座ってマインドを静めましょう。自分の中に抵抗があったとしても、それが消えていき、波動が高まるのを感じてください。それから目を開けて、5分から10分かけて、自分の人生で感謝していることを書き出してみましょう。

このエネルギーを整えるワークをすれば、引き寄せのポイントも変わり、感じがいい人、場所、物事との出会いや活動を引き寄せるようになるでしょう。さらに、そういう経験をより深く味わう能力が、劇的に高まります。自分の気分を良くしようと、何かをしたりどこかに行ったりするよりも、心地良くなるように意識して、そういった物事や人々、場所があなたのもとにやってくるようにしましょう。「本当の自分」と調和すると、別の人間関係に引かれていく可能性もあります。今の人間関係も、もともとはあなたが調和している状態で引き寄せたものであって、今また本当の自分と調和することで、その人間関係が再び新鮮さを取り戻す可能性も高いでしょう。

今の人間関係が、調和した状態から始まったものなら、再び素晴らしく心地が良い状態に戻る可能性は高いでしょう。不快なものから逃れようとして今の関係が始まったのであれば、その関係は、「望むことよりも、むしろ望まないこと」に基づいているのかもしれません。

いずれにせよ、「行動する前に、自分を気分がいい状態にすること」がベストな手順です。気分が良くなければ、問題を解決する行動は何もインスパイアされることがありません。

わたしにとって完璧な人はいる?

ジェリー　どんな人にも、結ばれるべき「完璧な人物」は存在するのでしょうか? もし存在するのであれば、見つけるためにはどうすればいいか、何か良い提案はありますか? 一般的に「ソウルメイト」と呼ばれるものについて、どう思いますか? つまり、わたしたち一人一人に、理想的なスピリチュアルな伴侶は存在するのでしょうか?

エイブラハム　あなたは、人生を通じて他者と関わることで、自分にとって最も魅力的な特徴を見分けてきました。その好みの特徴に対して、あなたは願望のロケットを少しずつ送りつづけてきました。つまり、自分にとって完璧な相手を(あなたの波動の現実の中で)徐々につくり上げてきたのです。でも、あなたにとって理想的な相手を見つける前に、その願いとあなたの波動が一致していなければなりません。それは、あなたとあなたが望んでいることとが、波動的に常にぴったり合っている必要がある、ということです。

もし、まだ相手に出会えていないことに、寂しさやフラストレーションを感じているのなら、あなたは波動の現実と合致していません。そのため、出会いは先送りされてしまいます。ほかの人が素敵な関係を築いているのを見て、羨ましいと感じるとき、あなたは波動の現実と合致していません。そのため、出会いが遅れるのです。**過去の不愉快な人間関係を思い出したために、もっと良い関係を望んでいたとしたら、あなたは望まないものと合致していることになります。すると、望むものは後回しにされてしまいます**。ですが、願っている関係がまだ実現していなくても、常に良い気分でいることができれば、出会いは確実なものとなります。確実どころか、それは「**法則**」です。

「完璧な」パートナーとは、あなたが人生で求めるようになったものと、その人が合致しているということです。でも、そんなパートナーを見つけられるかどうかは、まず先にあなたが、自分の望んでいるものと合致することができるかどうかにかかっています。「自分にはパートナーがいない」ことを気にしているうちは、あなたにとって完璧な相手は見つけられません。「パートナーがいない」という波動を発しないようにする方法を見つける必要があるのです。

あなたが今、物質世界のいろいろな経験を通して、新しい願望を次々と打ち上げているのと同じように、生まれる前の非物質世界の視点から、物質世界での経験についての願望をあなたは打ち上げていました。時には、そういう願望や意図には、クリエイティブな特性や才能、あなたがやりたい具体的なこと、または共同創造するつもりの特定の人々、といったものが含まれていることもありました。「ソウルメイト」というのは、そのような人のことを指すのではないでしょうか。でも、多くの人が口にする「ソウルメイト」という概念を、わたしたちは普段、重要視することはありません。なぜなら、実のところ、この惑星を共有する人たちは、全員ソウルメイトのようなものだからです。人々が求めている「つながり」の感覚や、誰かと一緒にいることで感じる胸が躍るようなウキウキした気持ちは、本当は、一緒にいる人がくれるものではありません。むしろ、「あなた」との自分自身のつながりがもたらすものなのです。「ソウルメイト」は、自分自身の魂や源、インナービーイングあるいは内なる自分と結びつくこと、または意識的につながることだと、わたしたちは考えたいと思っています。物質世界の時空の中で、あなたがインナービーイングと似た波動を発しているとき、まさにあなたは「ソウルメイト」を見つけたことになります。もし、一貫してそれができたら、あなたへと引きつけられてくる人もまた、非常に満足感をもたらす相手となるでしょう。

人間関係の中で、自分が何を望んでいるのか、また、なぜそれを望んでいるのかを考えてみてください。あなたの周りにいる良い人間関係を築いている人を見つけて、その人たちを愛でる気持ちを感じましょう。一緒に時間を過ごしてきた人たちのポジティブな側面のリストを書き出してみましょう。**実のところ、素晴らしい人間関係を築くための一番早い方法の一つは、人間関係にかかわらず、常に良い気分でいられることを見つけ、それにフォーカスすることです。**

あなたは自分にとって完璧な人間関係を波動的にすでに創造していて、「波動の現実」の中ですべて準備ができています。あなたがするべきことは、それに抵抗する波動を発しないことです。その関係が必然的に自分のもとにやってくることを思い出せば、その人間関係はすぐに実現するでしょう。完璧な相手との出会いを邪魔して遅らせる一番の要因は、ただ単に、「まだ相手を見つけていないことを気にしていること、心地の悪さ」です。あなたが、すでに準備を整え、望みを明確にし、願望のロケットを放ったこと、源がそういう願いを育んでくれていることを、しばしば思い出してください。引き寄せの法則は、出会いを実現するための状況や出来事を整えてくれます。ですから、あなたにできる唯一のことは、その出会いを邪魔するのをやめることです。

「出会いを邪魔している」ときは、例外なく、ネガティブな感情を感じるものです。ですから、寂しかったり、不機嫌だったり、焦っていたり、落ち込んでいたり、嫉妬したりしているときは、出会いを遅らせてしまっていることになります。

もし、わたしたちが、物質世界にいるあなたの立場にいたら、「望みを明確にして、求めた」ら、もう仕事はすでに終えたと自分に言い聞かせるでしょう。そうしたら、創造は完了したと受け入れるはずです。すでに完了したんだ！　と。そうしたら、「それを考えること自体の楽しさ」をただ味わうためにだけ、そのことについて考えます。まだ起きていないことを実現させようとすると、反対のエネルギーになります。思考している瞬間がこの上なく幸せで満たされた気分なら、あなたの波動はピュアでパワフルなものになります。そうなれば、あなたの望むものは、邪魔されずに簡単に流れてくるでしょう。

完璧なビジネスパートナーを見つけるには？

ジェリー　ビジネスパートナーを探している場合、優れた能力や特定のスキルをもった人を探しますか？　それとも、もっと全体的に自分の意図と一致する人を探しますか？

エイブラハム　あなたの質問にもしっかりとお答えしたいのですが、まずは、広く信じられている間違った前提についてお話ししなくてはなりませんね。

間違った前提　その10

望むものすべてを手に入れることはできない。だから、望むものを手に入れるには、自分にとって大事なものを多少は諦めなければならない。

いい感じの特徴もあれば、嫌な感じの特徴もある。そんな人たちとの経験から、いい面だけではなく、悪い面も受け入れて、好きなものを手に入れるため

には望ましくない部分も我慢しないといけない、と信じるのもよく理解できます。

　また、たいていの人は、ただ単に現状を観察するだけで、自分の思考を導く努力をほとんどしません。普通は現状にフォーカスするというパターンを続けます。

　その結果、フォーカスしているものをさらに手にすることになるのです。だから、またそれにフォーカスすることになり、その結果フォーカスしているものをさらに手にすることになります。自分が誰と関わるかは、ほとんど、あるいは全くコントロールできない、と結論づけるようになるのです。

　あなたが、周りにいる人の**望む**特徴にフォーカスすることで、彼らの中の最高な部分だけに合致するような波動を発するようにします。そうすれば、**引き寄せの法則**は、あなたを彼らの中の最悪な部分に引き合わせることはできなくなります。相手の最悪な部分にフォーカスして、その最悪な部分だけに合致するような波動を発すると、**引き寄せの法則**は、あなたを彼らの中の最高な部分に引き合わせることはできなくなります。

いわゆる「卓越した能力」の持ち主は、たいてい、「本当の自分」と調和しているような人です。「卓越した能力」と言われるような輝きや明晰さ、あるいは直感力があるのも、調和している人の特徴です。

もし、わたしたちがビジネスやプライベートなどで、何かしらのパートナーを求めているなら、まずは自分自身と調和している人を探すでしょう。なぜなら、本当の自分と完全に調和しているとき、人はご機嫌になるし、啓発されるからです。彼らはウェルビーイング（**健康と幸せ**）、愛、良いものすべてと合致しています。そのような人を見つけるために最も大事なことが言えるとすれば、あなた自身が調和していなければ、そのような人と波動が合致することはないということです。

調和していない多くの人が、状況を良くするために、パートナーを当てにします。ですが、その考え方には根本的な問題があります。**あなたのために状況を良くしてくれる調和した人を必要としていても、あなた自身が調和していなければ、そのような人には出会えないのです**。そこから、望む場所に行くことはできません。

これを踏まえて、先ほどの大事な質問に答えます。明らかに幸せだけれど、あなたの特定のビジネスに必要なスキルや興味がない人もいるし、反対に、あなたのビジネスに必要なスキルをすべて備えてはいるけれど、幸せでない人もいます。もしあなたの立場にいたら、自分のビジネスのニーズに合ったスキルをもち、どう見ても幸せそうな才能ある人を探すでしょう。

要するに、あなたと「あなた」を調和させること、つまり、幸せな状態でいることです。そうすれば、求めているものすべてが、向こうからあなたのもとへとやってくるでしょう。

政治をするのは、誰が一番ふさわしい?

ジェリー 政治のことを考えたとき、その基準や決まり、生活する上での条件などをみんなのために定めるのに、わたしたちの中で一番ふさわしいのは誰だと思いますか?

エイブラハム あなたの質問について考えるにあたって、前に触れた間違った前提に、話を戻しましょう。それは、「生き方には、正しいものと、間違ったものがある」というものです。社会で達成したい目標は、最終的に正しい生き方を見つけ、ほかの人たちみんなを、「正しい」生き方に同意させ、従わせることだ、という前提です。

あなたの惑星の多様性は、計り知れない価値があり、利益をもたらします。なぜなら、すべての新しいアイデアと拡大は、多様性から生まれるからです。多様性がなければ、現状に満足し、終わりがきてしまうでしょう。

もう少しだけ、間違った前提の話を進めて、いったん人々が完全に合意に至った状態について、考えてみましょう。仮に、説得したり強制した結果、正しい生き方に関して、世界中の人々の総意が得られたとしましょう。しかし、毎日生まれる赤ちゃんは、力強い「非物質世界の広い視点」をもっていて、多様性を探し求めています。人口の割合からすると、ごく一部があなたの環境にやってきて（誕生して）、ごく一部が去って（亡くなって）いきます。大部分の人間が残ることで持続性と安定性を提供しているのは、完璧なプロセスなのです。

この世界を生きる一個人として、一人一人が、また共同体としても、地球上でより良い生活を送ることができるように、常に波動でリクエストを出しています。個人としても、集団としても、これらの波動のリクエストが送られるのを止めることは不可能です。さらに、反応のいい宇宙は、安定してそのリクエストに応じています。先ほど話していた、地球の人口の安定的な中心部分を占めている人たちは、たいていの場合（現状に注目することで）、固定観念に固執しています。そのせいで、自分たちが求めている、より良い状況を受け取れない状態でいます。ですが、年配であるがゆえに「自分たちのやり方に固執する」人たちがこの世を去る一方で、柔軟で意欲的な人たちが生まれてきます。そうやって、生きていくなかで集められたみなさんの求めによって、人生は良くなりつづけます。

より良い人生を送るための理想的な思想があり、リーダーとして、人々を導き、指導し、法律をつくり、より良い人生の送り方を決めるのにふさわしい人物がいる、と主張する人がたくさんいます。その人に従って人生を生きれば、楽しく満足のいく人生が送れるというわけです。ですが、あなたの惑星では、もっともっと大きなことが起きているのです。何十億という人々がいて、完璧な多様性の中で共に生きていて、そうなるとあなたが知っていたように、より良くなることをみんなが常に求めていますす。そうすることで、次の世代に向けて、より良い人生経験の基盤を築いているのです。それを理解し、「一つの正しい生き方」について騒ぎ立てるのをやめたら、物事はもっと早く良い方向に向かうでしょう。

先ほどの「みんなのために、基準やルール、生活の条件などを決める際に、一番ふさわしいのは誰か?」という質問に答えるなら、**あなたのために基準を定めるのに最もふさわしいのは、ほかの誰でもなく、あなたです**。あなたはリクエストするのをやめることはできないし、「源」もそれに答えることを決してやめないので、何も心配することはありません。あなたが、求めていることへの抵抗（望みと反対方向にフォーカス）をやめれば、求めていることは、すぐさま人生の中に現れるはずです。

例えば、政府やリーダーの誰かがやっていることの中で、もしもあなたが自分にとってうれしいことにフォーカスしたとすれば、あなたは人生を通して選んできたことに対して抵抗していない、ということになります。ですが、目にしているものに悩まされ、いつもそれに反発しているなら、その望まないものを理由に、自分が選んできたことに対して抵抗していることになります。

政府でも何でも、**できる限り感謝してください**。そうすることで、**あなたのために、あなた自身によって準備されていた繁栄を、拒むことなくありのまま受け取ることができるでしょう**。それぞれが個人的に自分自身の人生を通じて基準を定めています。そういう基準を例外なく個人個人が満たせるようにしてくれるという意味では、パワフルな**引き寄せの法則**が最もふさわしい存在でしょう。

完璧な政府の形とは?

ジェリー　では、わたしたちにとっての完璧な政府の形としては、どのようなものを思い描きますか?

エイブラハム　それは、あなたが望むようになれる自由、望むことができる自由、望むものを所有する自由が認められる政府でしょう。それは、人が得ているものをどうやって得ているのかというのを理解したときに初めて実現します。見ての通り、政治の大部分は、ルールや規制でできています。そのルールや規制は、主にあなたをほかの誰かから守るために設けられたものです。思考を通じて物事を招き寄せていることを理解できれば、制約の必要性をそれほどは感じなくなるでしょう。すると、あなたの政府は、制約やコントロールのためではなく、いろいろなサービスを提供するための政治、という本来の目的に立ち返ることができるのです。

動物たちと人間の自然な関係とは?

ジェリー　地球上の動物たちとわたしたちの自然な関係について説明してもらえませんか?

エイブラハム　この地球上で共存する動物たちについて、思い出してほしい最も大切なことは、彼らもあなたたちと同じように「源のエネルギー」の延長としてこの環境にやってきたということです。言い換えれば、動物たちにも、あなたと同じようにインナービーイングや源の視点があります。人間と同じように、物質世界の視点が源の視点と異なるときは、彼らも抵抗の状態になっていると言えます。ですが、地球上の動物は、抵抗したり、離れた状態にいることが人間よりは少ないのです。人間とは違って、より広い視点とつながっている状態、もしくは調和した状態を保っています。

より広い視点の波動に調和している動物を目にしたとき、それは動物の「本能」だと人間はよくコメントします。動物の「本能」だと人間が言うものを、わたしたちは、動物が「より広い視点と調和している状態」と呼んでいます。

物質世界の動物が、より広い非物質世界の存在と調和しているという証拠は、あなたの周りにあふれています。みなさんは、それを動物の習性や「本能」だとしていますが、実際に目にしているのは、物質世界にいながら抵抗することなく、広い視点と完全につながり、全体像をいつも理解している動物たちの姿なのです。

創造の3つのステップ

創造には3つのステップがあります。

- ステップ1：求める（人生経験におけるコントラストが、きっかけになります）
- ステップ2：応える（これは物質世界の視点をもったあなたの仕事ではなく、非物質世界の源のエネルギーの仕事です）
- ステップ3：ありのまま受け取る（求めているものと波動を合致させる方法を見つ

けなければいけません。そうでなければ、答えは手の届くところにあるのにもかかわらず、それを実際にありのまま受け取ることができません）

人間と動物が、非物質世界から物質世界にやってくるときは、それぞれが異なる意図をもってきます。人間は自然とステップ1のほうに取り組んでいきます。すなわち、より良い人生経験をどんどん明確にしながら、求めるというはっきりした目的のために、フォーカスし、物質世界の時空の中で起きるコントラストを吟味していくのです。動物は、自然にステップ3のほうへと向かっていきます。つまりは、自分のより広い視点との調和を維持するのです。人間は、より具体的にフォーカスすることによって具体的に創造するために物質世界にいます。動物は、そんなに具体的に創造するということはせず、コントラストを吟味して決断するなどということはずっと少ないのです。簡単に言えば、**人間はより創造的で、動物は、よりありのまま受け取るということです**。それが、人間と動物の生まれつきの性質です。

動物ももちろんコントラストを経験します。より良い状況を波動的に求めはしますが、人間よりも、より広い視点と調和していることが多いです。人間がそうであるように、動物たちも積極的にコントラストを吟味し、意図的に自分の思考をより広い視点と調和させることは可能です。ありのまま受け取る状態でありながら、同時に積極的に創造するという恩恵を実感することはできるのです。動物同士でも、人間にとっても、動物は食糧源として重要である一方で、地球上の生命にもたらす動物の最大の価値は、彼らの波動のバランスです。なぜなら、動物は源のエネルギーの延長でありながら、そのエネルギーとの調和を圧倒的に保っているからです。あなたがそうなると知っていたように、人間と動物は、素晴らしい組み合わせなのです。

動物に影響を与えることはできる？　それともコントロールするだけ？

ジェリー　人間は、地球上のほかの生き物に影響を与えることはできますか？　それともただコントロールすることしかできないのでしょうか？　馬を調教したり、コントロールしたりといったように。

エイブラハム　コントロールは、「する側」も「される側」の人間も、決して満足することはありません。なぜなら、コントロールすることも、誰かによってコントロールされることも、人間や動物にとっては自然ではないからです。

誰もコントロールすることがなければ、すべてのものが源との調和を見出し、お互いに調和した状態で共同創造することができるでしょう。人間でも動物でも、生まれながらにして、本質的に自己中心的な性質があり、その性質を満たすことを永遠に求めています。つまり、あなたが、内なる源と完全に調和しているとき、より広い視点で見ることができる状態のとき、他者をコントロールすることは、あなたの生存やウェルビーイング（健康と幸せ）にとって、全く必要ではなくなります。本当の自分と調和しているとき、あなたは常に、自分が求めるウェルビーイング（**健康と幸せ**）をもたらしてくれる状況へ導かれます。本当の自分と調和していない人だけが、他者をコントロールしようとするのです。

自分自身と調和している状態のとき、あなたは、自分の意図と反した波動を発してはいません。対立するものがないそのパワフルな調和した状態であれば、「引き寄せの法則」が、あなたが自分の意図に抵抗していない証拠をもたらしてくれます。それこそが影響力です。あなたが本来の自分とつながった状態のとき、あなたの影響力はとても強くなります。なぜなら、弱さの原因は、本当の自分に反する波動だけだからです。

パワフルな影響力があるといっても、ほかの誰かがやろうとしていることをやめさせて、代わりにあなたを喜ばせるようにさせることができるという意味ではありません。自分自身の意図と対立しておらず、そのために強力な波動のシグナルを発しているときは、引き寄せの法則が即座に、その波動のシグナルに合った人々や状況、出来事などを運んできてくれるという意味です。あなたが関わる人たちはみな、無数の意図をもっています。

すべての人の中心にあるのは、ピュアでポジティブなエネルギーです。ですので、あなた自身が本当の自分と調和しているとき、彼らの本当の姿とつながることができます。自分自身の調和にフォーカスすることが、影響力を保つのに一番良い方法なのです。

動物は直感的に、自分にとってメリットになるものや人に向かい、メリットにならないものや人からは離れます。

物質世界の存在と、非物質世界の存在の最適な関係は？

ジェリー　現在を生きるわたしたち人間と、非物質世界の知性との関係はどのようなものだと思いますか？　また、両者の最適な関係はどんなものでしょうか？

エイブラハム　とても大切な質問ですね。実は、この問いが「関係性」に関するこの本全体の土台となっています。あなたと、あなたの源との関係は、すべての関係の中で最も重要な関係であって、その関係性を理解しない限り、ほかの関係を明確に理解することはできません。

あなたは肉体を持っているので、目の前にいる人と、「別の存在」として自分を認識するのは比較的簡単です。自分が周りにいる人たちの人生に溶け込みながらも、「わたし」と「あなた」を明確に区別しています。それから同様に、「人類」は、いわゆる「神」や「源」、「非物質世界の存在」のことも、別の存在として分けて認識してきました。

あなたが肉体にフォーカスしているとき、あなたは、源の延長です。ここで最も重要なのは、源は、「肉体を持つあなた」と「源」を全く別のものと見ていないことです。「肉体を持つあなた」と「内なる源」との間で、完全な融合や調和がありのまま受け取れないのは、あなたの物質的な視点やふるまいによるもので、源によるものではありません。

源あるいはインナービーイング（その非物質的な部分を何と呼ぶかはさておき）は、あなたの物質世界と非物質世界の永遠なる関係を理解しています。また、源は、あなたと、この地球を共有するすべての物質的存在との永遠の関係も理解しています。しかし、その点については、この本のほかの章でさらに深く説明することにします。

さて、あらゆる関係について書かれたこの本の中で、非物質世界の知性との関係を、こう再定義することが重要だと思っています。通常、2人の人間の関係を考えたとき、その2人はそれぞれ独立した個人、存在として、お互いに行動したり関わったりすると見ていますよね。わたしたちは、あなたが「源から離れた存在」ではなく、「源の延長」であると理解してもらいたいのです。あなたの波動が、より広い視点の自分と調和しているのか、それとも不調和が生じているのかに、いつでも気づいてほしい、感じてほしいのです。今あなたの思考が、あなたのより広い視点と完全に調和しているとき、より広い視点がもつ知識が完全にあなたの中に流れ込んできます。すると、あなたは生き生きとし、頭が冴えわたり、喜びに満ちた気持ちになります。それに意識的に気づいてください。ややもやしたり、怒りを感じたり、不快感を覚えたときは、あなたの思考が、より広い非物質世界の視点とは調和せず、不調和を引き起こしていると考えてください。

「人類」と「非物質世界の知性」との関係が、すなわち「ガイダンスシステム」です。「人類」と「非物質世界の知性」との関係が、すなわち存在するすべての拡大を意味しています。

源の視点から見ると、「人類」と「非物質世界の知性」の2つの間には分離などありません。

あなたの物質世界の視点から見て、「人類」と「非物質世界の知性」との関係は変化があるものです。あなたの気分が良くなればなるほど、両者のつながりや関係はより完全なものとなります。あなたの気分が悪くなればなるほど、そのつながりや関係は断片的なものとなります。

あなたの質問は、この本の意図、「人類」が物質世界の肉体に生まれたときにもっていた意図の核心に迫っています。あなたは、源のエネルギーの物質的な延長としてやってきました。あなたは、コントラストを探検することが、自分だけでなく**存在するすべて**にとっても拡大をもたらすことをわかっていました。未知の領域に足を踏み入れている間も、内なる「ガイダンス」は揺らぐことなく、常にウェルビーイング（健康と幸せ）の信号を発信しつづけ、手を伸ばしたらいつでも見つけられることをあなたは知っていたのです。どんな状況においても、源がもつリソース（資源）に立ち戻る道筋を「感じる」ことで、見つけられることも知っていました。「あなた」と「あなた」との間に分離はなく、両者は、調和し共鳴する関係だと理解していたからです。**「内なる源との一貫した調和」をありのまま受け取ることがマスターできれば、ほかのすべての関係が有益で、楽しいものとなります。**

職場が居心地悪い場合、どうしたらいい？

ジェリー　エイブラハム、仕事は楽しいけれど、厳しくて偉そうな上司からハラスメントを受けている場合、転職することをすすめますか？　それとも、もっといい解決策がありますか?

エイブラハム　もう一つ、別の間違った前提について話さないといけませんね。

間違った前提 その11

望まない状況から離れたら、自分が求めているものが見つかるだろう。

あなたが何に注目するとしても、その波動の周波数を発信することになります。長時間、それに目を向けることで、あなたの中にも同じ周波数が活性化するようになります。あなたの中で、ある波動が活性化したら、物理的にそこから離れたとしても、そのような体験を避けられないことを覚えておきましょう。もっとわかりやすく言うと、「離れるという行動」には、あなたの思考がもつ引き寄せの力を相殺できるほどの力がない、ということです。

一緒に働いている人に「厳しい」とか「偉そう」といった強いレッテルを貼るよう

になったことから、望まない状況をある一定の期間は観察してきたことがわかります。だとすれば、ある思考パターンや、抵抗の波動パターンを繰り返してきたということです。つまり、その引き寄せのポイントが今ではかなり強くなっています。今の仕事を辞めて新しい仕事を見つけたとしても、その上司がいる部署から異動させてもらったとしても、あなたがあなたであることは変わりません。

そこを離れるという行動をとっても、あなたの波動パターンが変わったことにはなりません。前の上司の望ましくない特徴を今は目にしていなくても、新しい環境に移る必要性を正当化しようとして、以前の経験を思い出したり説明したりすることがよくあります。そのため、その波動が活性化したまま内側に残ります。

当事者だったときに気づくのは難しいですが、ハラスメントや厳しい仕打ちをした相手との関係は、とてつもない価値があります。心地の悪い経験によって、自分がどう扱われたくないか、どんな仕事は望まないか、どんな評価は受けたくないか、どれほど軽視されたくないか、誤解されたくないか、はっきりとわかるからです。そのような経験をしている間に、何が好きなのか、どのように扱われたいのか、という願望のロケットが打ち上げられていました。つまり、そういった不愉快な経験は、拡大したより良い人生が始まる出発点になっていたのです。

何かの出来事をきっかけに、あなたが願望のロケットを打ち上げるたびに、より大きな部分のあなた（あなたの源やインナービーイング）は、そのロケットについていき、拡大して、あなたがより良い経験ができるようにそこで待ちつづけていました。そこでただ一つの問題は、あなたはその拡大とどんな関係にあるか、ということです。より良い状況を想像していて、そのきっかけとなったコントラストに感謝していますか？　職場環境が改善されることを楽しみにしていますか？　それとも、不当な扱いをされた過去の経験について話しつづけて、その人間関係によって生まれた新たな拡大とは調和せずにいますか？

ネガティブな感情は、あなたの人生で拡大が起きたことを意味しますが、そのネガティブな感情を抱いている瞬間は、それをありのまま受け取ってはいません。毎回、例外なく、そうです。ネガティブな感情の原因だと思い込んでいるものが何であれ（もちろん、相手がもっと優しければ気分も良くなるだろうし、ネガティブな感情を正当化したいのもわかります）、ネガティブな感情を抱くということは、自分自身の拡大を受け取っていないことを意味しています。それだけです。

もし嫌がらせをしてくる上司によって願いが生まれたり拡大が自分自身に起きていなければ、それをありのまま受け取らないことの苦しさも感じなかったでしょう。

ですから、もっといい解決策は、次の通りです。今いる場所と仲直りしてみてください。この不愉快な人のおかげで、「自分がどう扱われたいか」「他人をどう扱いたいか」がはっきりわかった、と認めるのがよいでしょう。ある人との関係の望ましくない側面に反対する代わりに、その関係にはどんな利点があるかを探してみましょう。少しくつろいで、上司に対して好意的に解釈してみることで、抵抗は和らぎ、新たな拡大の道へ進めるかもしれません。

もし人生で、今より良い状況を求めるような出来事があったら、それが何であれ、その願望に抵抗する思考の波動を発していなければ、あなたの願いは間違いなく実現します。ですが、望まないものの波動パターンを保持しながら、望むものを受け取ることはできません。それは、**引き寄せの法則**に反するからです。

みんなが「すべてを手に入れる」ことは、どうすればできる？

ジェリー　わたしたちは、すべてを手に入れることができると言いましたが、同じようにすべてを望んでいる人が、もう一人いるときには、それは可能でしょうか？　両者の願望がぶつからないようにするには、どうすればいいのでしょうか？

エイブラハム　それはとても大事な質問ですが、その質問に対する答えを理解するには、まず、かなり大きく間違った前提を明らかにして、理解する必要があります。

間違った前提　その12

わたしたちが利用できる資源には限りがあり、みんな自分の求むものを満たそうとしている。そのため、わたしが何かを手に入れると、他人からその資源を奪うことになる。すべての物質的な豊かさや資源、解決策はすでに存在していて、発見されるのをただ待っている。もし誰かが先にそれを見つけたら、残り

――の人たちはそれを発見できなくなる。

豊かさや資源、解決策の「発見」だと多くの人が見なしているものは、実際には、豊かさや資源、解決策の「創造」であることを理解してほしいと思います。日常生活を送るなかで、「こうなりたい」と望めば、あなたの波動のリクエストによってそれを引き寄せ、実現するプロセスが始まります。あなたは最先端の人生で暮らしながら、より良いものをただ単に発見して恩恵を受けているのではありません。そういったものをすべて創造しているのです。

望むもののほとんどが手に入らない人が多いのは、資源はずっと進化しつづけ、ずっと拡大しつづけ、ずっと創造されつづけるのに、それを誤解しているからです。この地球の創造のプロセスと、その拡大のためにあなたが重要な役割を果たしていることを理解していなければ、多くの人と同様に、この誤解による不足の意識に陥ってしまうかもしれません。

「競争心」の根底には、この誤解があります。あなたは、資源を巡って競争するために、この物質世界に来たのではありません。創造者（クリエイター）として来たのです。もし時空の現実世界があなたに望みを抱かせるなら、時空の現実世界は、その望みを完全に実現する力をもっていることをわたしたちは保証します。あなたはそれを知っていて、この地球に来ました。それを完全に思い出し、意図的に応用するまでは、自分自身の最大の資源を利用できないでしょう。「源」の明確さ、知識、エネルギーという資源を。あなたの世界に不足が生じ得るとすれば、唯一それだけです。「その不足は、例外なくいつも自分自身が引き起こしている」と気づけたら素晴らしいですね。

なので、あなたは、この地球上で共存する人たちと競争しているわけではないのです。彼らが自分たちのために何かを手にしたからといって、あなたから奪うことには決してなりません。実際、ほかの人がいることで、あなたの受け取る力は強くなるのです。なぜなら、彼らと関わることで、あなたの願望がインスパイアされるからです。自分の願望と調和していない状態でない限り、どんな願望もすべて実現可能です。競争や足りないという意識や、資源の限界を感じるということは、自分の願望と波動が調和していないということです。

法的な契約を結ぶことは、創造性には逆効果？

ジェリー　ベストな選択をするためには、今抱いている感情に気づくのが大切だということですよね。それでは、長期的な関係や契約に入り、法的文書によって未来まで拘束される場合、それをしながらも、どうしたら「この瞬間」を生き、創造することができるでしょうか？

エイブラハム　今、直面している状況にフォーカスしていても、未来や過去の出来事について考えていても、それをするのは、今この瞬間です。そのため、波動が活性化されるのは、今ここにおいてです。つまり、そのことについて考えたとき、今この瞬間にどう感じるかで、未来の出来事にどんな影響を与えるかが、今ここでわかります。今この瞬間の感情に気づき、良い気分でいることを大切にして、自分のインナービーイングの考えと現時点の考えを意識的に調和させる努力をすることで、楽しいひとときが増えるはずです。それだけでなく、あなたが源と調和した思考でフォーカスしているすべてのものも、その恩恵を受けるでしょう。

「とても良い気分でいたら、物事は喜ばしい方向へ進みつづける」という前提に異議を唱える人がいます。例えば、最初は幸せに感じていた関係が結局うまくいかなかった経験を引き合いに出すことがあるでしょう。ですが、何かにフォーカスするたびに、今の思考が影響するのです。そのことを思い出せば、過去の関係も、良い気分だったときからうまくいかなくなったときまでの間に、「望む」ことよりも「望まない」ことへの意識が多くなっていたことがわかるかもしれません。幸せな始まりから不幸せな終わりへと向かう間のどこかで、思考が望まないことばかりに向いてしまい、その結果ネガティブな感情を感じていた、という場合もあります。どんな関係でも、長期にわたって気分がいい生産的な関係をもちつづけるためには、意図的にその関係のポジティブな側面にフォーカスする必要があります。「現在」の思考が望まない方向にいかないようにしないと、あなたが目を向けているものに対して、現在だけでなく未来にもネガティブな影響を与えてしまいます。

多くの長期的な契約は、将来的に起こる可能性がある望ましくない状況を防ぐ目的で必要とされますが、どんな関係も、そこから始めるのは良くありません。自分のフォーカスされた思考の力を理解できれば、自分を守る必要性は消え去り、ウェルビーイング（幸せ）の感覚に絶え間なく包まれるはずです。

現在の状況や国の法律で、拘束力のある長期契約に入らざるを得ない状況でも、その契約でさえ変えることができると覚えていれば、バランスや本当の自分と調和した状態を維持できます。家を購入する際に、20年か30年の契約を結ぶかもしれませんが、もし希望すれば、後で家を売ることもできるので、その契約を終わらせることができます。「死が2人を分かつまで」という婚姻関係の誓約を結んだ後に、「離婚」という新しい契約で、その誓約を修正する人も多くいます。

自分の思考の力を活用し、自分が創造した、拡大バージョンの人生と意図的に調和することによって、今いる場所からどこへでも行けるのだと気づけば、解き放たれた感覚になるでしょう。

習慣的なセラピー治療の問題が長く続く原因は？

ジェリー　特定の問題を解決しようとしてセラピーを受けはじめると、その問題は何年も続くように見えることがあります。その原因は何でしょうか？　彼らの苦痛はなぜ続くのでしょうか？

エイブラハム　なぜなら、一瞬一瞬が新しく、すべての状況でその瞬間を構成する要素も変化し、過去の瞬間とは異なるからです。同じままのものは、何一つありません。物事は常に変化していますが、慢性的な思考パターンをもっていると、物事は変化していても、同じパターンで変化することがよくあります。

過去の問題にとらわれている限り、より良い未来を創ることはできません。それは、引き寄せの法則に反するからです。過去や現在の問題にフォーカスすることは、解決策を見出す未来への道を邪魔します。過去や現在の問題にフォーカスすることは、問題の多い未来を招くことになります。

人生の望まない側面について話し合うことで、望む変化を明確に知るという意味において、セラピー治療は、価値があるものにもなり得ます。ですが、それを知った後でも望まないことについて話し合いを続けたら、その望ましくない引き寄せのパターンを続かせてしまうことになります。もしあなたが、何を望むのかをはっきりと認識し、それにフォーカスするならば、あなたの人生は良いほうに向かうでしょう。

「問題」がもつ波動の周波数と、「解決策」がもつ波動の周波数には、非常に大きな違いがあります。「質問」も一つの波動である一方で、「答え」は全く別のものです。望まない経験をしたことで、より良くなった願望が放たれます。あなたのインナービーイングは、「改善」のほうに完全にフォーカスするのです。そのインナービーイングがもつ願望の思考や波動とあなたが調和したとき、すぐに良い気分になるのに気づくでしょう。その改善が具現化され、実際の生活に現れはじめます。でも、不正や不公平、望まないものを繰り返し訴えつづけると、より良い状況への道からは遠ざかってしまいます。

助けを必要とする人に最も役立つには？

ジェリー　もし友人が、全く望んでいない経験をしていたり、本当に欲しいものが得られずにいたり、良くない状況にいるのがわかったとき、何をやったら助けることができますか？　つまり、「他者のためにならない存在」ではなくて、「有益な影響を与える存在」になるにはどうしたらいいですか？

エイブラハム　ネガティブな感情を抱いている友人も、その状況を意識することでネガティブな感情を抱いているあなたも、どちらも自分より広い視点とは調和していません。友人の問題を意識することは、実際にはその人のためにはなりません。なぜなら、意識することによって問題の波動を増幅させて、問題をさらに大きくしているからです。

あなたの友人がその問題を具体的に繰り返し話すので、あなたはその問題に対してより強く意識するようになります。ですが、あなたが友人の問題に意識を向けるたびに、実際に友人を助ける状況からは遠ざかるのです。

あなたがフォーカスしているこのコントラストのある世界では、問題に目を向けると、解決策を求める波動が放たれます。すると、それらの解決策が用意されはじめるのです。そのため、問題を具体的に話し合うことは、実は解決策をより強く求めるようになるという意味で友人に力を貸すことになるのです。ですが、友人は、もっと激しく求めるためにわざわざ問題を大きくしてほしいわけではありません。それはコントラストがある宇宙においては自然に起こるプロセスですから――解決策を引き出すために、意図的に問題を引き起こす必要はないのです。

解決策にフォーカスするとか、友人が望むことにフォーカスするとか、あなたが友人のために望むことにフォーカスしない限り、困っている友人を目に見える形で助けることはできません。友人が問題を繰り返しもち出しても、あなたが気分よくいたいと決め、友人の状況が良くなる方向にフォーカスできれば、状況の改善に向けて、あなたの影響力は強くなるでしょう。つまり、あなたが解決のほうにフォーカスすると、あなたのインナービーイング、友人のインナービーイング、引き寄せの法則によって集められた協力的な要素すべてと、力を合わせることになるのです。もしあなたが、友人の問題を聞くだけなら、影響力はわずかなものになり、友人にとって役に立つ存在にはなれないでしょう。

さらに厄介なことが起こっています。友人の問題が、友人の波動の現実に願望のロケットを打ち上げただけでなく、あなたが友人と関わり、その問題にフォーカスすることで、あなたの波動の現実にも、友人に関する願望のロケットを打ち上げてしまったのです。言い換えれば、この経験はあなたの中に拡大をもたらしました。自分の拡大に向けてフォーカスしなければ、友人の状況が改善する可能性にフォーカスしなければ、あなた自身の拡大に、自分が逆らうことになってしまいます。

困っている友人のことを心配しているときに、たびたびネガティブな感情になるのは、自分のフォーカスが、本当の自分から自分を引き離しているためだ、と気づくことが大切です。あなたの友人がそのフォーカスの理由となっているかもしれませんが、あなたが本当の自分から離れているのは、あなたの友人のせいではありません。あなたが抱いたネガティブな感情は、あなたのフォーカス自体が原因なのです。

友人のために、ポジティブな側面を探し、良い結果を期待することで、友人にとって価値ある存在となることができます。それしか方法はありません。なぜなら、何か行動を起こしても、今のネガティブな感情の流れに逆らうほどの力はないからです。

ジェリー　ということは、自分の問題や懸念をほかの人と話し合うとき、自分にとっても相手にとっても良いことは何もないということですか？

エイブラハム　その通りです。自分の願望に反するものにフォーカスしても、決して良い結果は生まれません。あなたにとっても、ネガティブな会話に巻き込んだ相手にとっても悪影響です。

なぜ、苦しみを伴う関係を繰り返し引き寄せる人がいるのか？

ジェリー　苦痛や怒りをもたらす人間関係を繰り返し引き寄せる人がいます。ある人間関係がうまくいかず終止符を打っても、またすぐに同じようなネガティブな人間関係を始めるのです。それは、なぜなのでしょうか？　そのパターンを変えるためには何をしたらいいでしょうか？

エイブラハム　望ましくない状況から離れて、それを繰り返さないようにするのは可能ですが、そのためにはその状況について話さない、考えない、抵抗しないようにすることが必要です。望ましくない経験の波動を完全になくすことが必要です。ある思考や波動を非活性化する唯一の方法は、別の思考や波動を活性化することです。**望ましくない状況を繰り返さないようにするには、望む状況について話すことです**。望むことについて話してください。望ましくない経験、状況、結果について話し合いつづけるのをやめましょう。

思考を監視するのは、面倒だし、疲れます。そのため、意図的に思考を方向転換させるためのベストなアプローチは、良い気分になりたいという願望を強くもつことです。良い気分でいたいと決意すると、ネガティブな思考をしてネガティブな引き寄せが始まっても、早いうちに、まだわずかな兆候しか出ていない段階でそれに気がつくようになります。ネガティブな思考は、それがどんどん勢いを増してからよりも、初期段階で手放したほうがより簡単です。

幼少期に受けた影響から逃れられない運命の人もいる？

ジェリー　わたしたちの自信のなさや自己肯定感の低さは、幼少期に始まるのではないでしょうか？　つまり、幼少期に形成される考え方に、大人はどれほどの影響を与えているのでしょうか？　子どもは、親から引き継いだ抵抗する思考のパターンからは「逃れられない運命にある」のでしょうか？

エイブラハム　わたしたちは「逃れられない運命にある」というほどは強い表現をしませ

んが、子どもが、親の思考に影響を受けるのは間違いありません。なぜなら、何かに注意を向けたら、それと似たような波動を発するようになるからです。でも、覚えておくべきことは、どんな年齢であっても、その瞬間にあなたがフォーカスしているものの波動と、同じ対象に対するあなたの源の視点の間には、波動的な関係があるということです。

例えば、大人が子どもの行動に不満をもち、子どもを非難する言葉を発するとき、子どもは大人の不満な様子を目にすることになります。すると、その不満に対応する波動が子どもの中に生じます。でも、同時に、内なる源はその子どもの存在を尊重し認めています。なぜなら、どんな状況であっても源は決して愛するのをやめないし、非難することはないからです。絶対に！　そのため、「物質世界の大人の不満に影響を受け、活性化している波動」と、「源の愛で活性化している波動」が不調和を起こし、子どもの中にも不調和を引き起こします。それがネガティブな感情のように感じられるのです。ネガティブな感情があるときは、源の視点と、物質世界のあなたの視点との間に不調和が起きているということです。

ここで重要なのは、対立する波動が実際に生じるまで、ネガティブな感情は存在しないということです。つまり、誰かがあなたに対してどれだけ不満を抱いていても、その不満に長くフォーカスして、自分の波動の中でその不満を活性化しない限り、源との間に不調和を感じることはないでしょう。ですが、ほとんどの親は自分たちが正しいと相当確信しているので、不適切だと思う子どものふるまいに注意を向けつづけることに必死です。そうやって子どもの中で不調和が生じはじめるくらいの影響を与えるまで、非難の目を向けつづけるわけです。

興味深いのは、源の行動やアプローチと、多くの親がとる行動やアプローチが非常に異なる点です。あなたの源は、今いる状況がどんなに過酷でも、あなたへ愛情を注ぐのをやめたり、存在を尊重するのをやめたりしません。あなたがどんな行動をとっても、源の愛を失うことはありません。その一方で、源とのつながりを失った物質世界の親は、自分が失敗や不適切だと思う行動にフォーカスし、あなたの注意を引こうとしているように見えます。

特に初めの頃、子どもたちが、自分がいかに問題のある行動をしているとは認めたがらないかに注目してください。欠点や問題行動を見つけたとしても、良い気分でいつづけたいという子どもたちの自然な本能なのです。

他人の影響で自分の価値に疑いをもった瞬間から、再び自分の価値を認めたいという強力な願望が生じます。ウェルビーイング（**健康と幸せ**）と自分の価値という力ほど、宇宙で強力な原動力はありません。たとえあなたが、自分の価値に対する意識とのつながりを失った大人が周りにいる環境に生まれたとしても、そのつながりを一瞬でも垣間見たときはいつでも、あなたに訴えかけてきます。あなたはそれを感じます。この本の最大の目的は、あなたが、内なる源と調和するために、意識的に決断できるようになることです。

誰かが、褒めたり非難したりして、あなたの行動をコントロールしようとしたとき、彼らの期待に応えようとしてしまうと、自分の中のガイダンスシステムへ向ける意識が弱まってしまいます。

もしわたしたちが、物質世界にいる親の立場にいたら、子どもに自分の**ガイダンスシステム**に意識を向けさせ、それを常に活用するように促すことを最も重視するでしょう。なぜなら、どんなに多くの物質世界の知識を与えても、子どもが、自身のより広い視点と調和しつづけることの価値には及ばないとわかっているからです。つまり、誰かをおだてて物質世界にいる自分を喜ばせる行動をさせるために、その人に、彼ら自身の源のより広い視点を無視させるような犠牲を、わたしたちは誰に対しても決して求めたりはしません。

手がかかる子を授かっていたら？

子どもたちの多くは、周りから強い影響を受けていても、自分の中の「より広い視点」を保つことができます。そういう子どもは、親や先生から「問題児」とか「困った子ども」といったレッテルを貼られます。「頑固」とか「学習障害」などと見なされたりすることもよくありますが、自分自身を導き、自分の内なるガイダンスシステムに従うという決意は、本来、すべての人が生まれながらにもっている意図なのだとわかっていただきたいのです。多くの子どもたちは、自分の中の「より広い視点」とのつながりを維持するという強力な意図をもって物質世界に来ています。物質世界で、そういった子どもたちの周りにいる人たちは、彼らの強い意志を変えるのが簡単ではないと感じています。それは良いことなのです。

多くの人は社会に適応していて、他者から認められようとするのが一般的になっているので、非常につらい人生を送っています。なぜなら、周りにいる影響力のある人の中で、誰に従うべきかを決めるのは容易なことではないからです。

長年、周囲に溶け込むために努力し、他者から承認を得る努力をしてきた多くの人は、最終的にその無意味さを認識することになります。なぜなら、他人を喜ばせようとどれだけがんばっても、満足してくれる人よりも満足しない人のほうが、いつも多いからです。それに、「正しい生き方」を決めるのは、誰なのでしょうか?

あなたは、精神的な気づきの素晴らしい時を生きています。より多くの人が自分自身の価値に意識的に気づく時です。望むものだけを残して、望まないものを遠くに押しやる、という不可能な課題に取り組む人が減ってくる時です。自分たちが長年求めてきたものは、他者の行動や外の世界を変えることではなく、内なる源との波動的な関係を理解することだということに気づく時です。前者は、自分では全くコントロールできないことですが、後者は自分が完全にコントロールできることです。

どうしたら不調和から調和に移ることができる？

ジェリー　もしあなたが、不調和な環境に生まれた子どもだとしたら、不快な職場環境にいる従業員だったら、その状況にいながら、どうやってポジティブな経験を維持するのでしょうか？

エイブラハム　わたしたちがまずお勧めしたいのが、目立たないようにすることです。不調和に気づいていても、できる限り目立たないようにしてください。実際、不調和を意識しないようにすれば、不調和の波動は、あなたの中に活性化しません。「引き寄せの法則」は、不調和が生じているような経験を遠ざけてくれるでしょう。

ですが、もし不快な出来事に気づいていて、それに注意を向けることによってその状況を改善しようとしたら、あなたの中で、「不快な状況を引き寄せる波動」が活性化します。もし、不正だと思うことを見つけ指摘すれば、あなたから見て間違っている人たちは、あなたが間違っていると説得しようとして、大きく反発するでしょう。

そうすると、あなたも反発し、不調和はさらに大きくなり、両者共に根本的な解決策を見つけることができなくなります。

コントラストを体験する人は、より良い状況を求めます。でも、渦中にいる人は、誰かに強く反発しすぎるので、解決策がすぐ近くにあっても、それを見つけることができなくなるのです。

自分が望まない状況を見つづけることに耐えられなくなって、そこを離れて別の場所に行ったとしても、根本的な解決策にはなりません。なぜなら、その状況を離れた理由が、あなたの中で最も影響力が大きい波動だったとしたら、離れたばかりの状況と似たような状況が再び現れるからです。つまり、新しい場所、新しい仕事、新しい人間関係に移ったとしても、「引き寄せのポイント」が変わったことにはならないということです。

不思議に聞こえるかもしれませんが、新しい、より良い状況に向かう一番早い方法は、今あなたがいる状況と仲直りをすることです。今の状況の中で最もポジティブな側面を見つけてリストにすれば、「望みに抵抗している状態」を手放すことができます。ですが、目の前の不正に対して怒りをぶつけてしまうと、望まないことに波動が一致してしまい、より改善された方向に進むことはできません。それは、法則に反するからです。

より良い方向に向かってほしいという強力な願望は、常に不快な状況から生まれます。そして、大きな部分の「あなた」は、すでにあなたが経験したコントラストの恩恵を体験しています。思っているより簡単にあなたも今この瞬間から、コントラストの恩恵を受け取れるのです。最初は容易ではないかもしれませんが、今いる場所で最善を尽くすという、非常にシンプルなことなのです。

宇宙のすべての粒子には、「望む状態」と同時に、「望むものが欠けている状態」の両方が存在しています。自分の望むものを見つけると決め、意識をそちらへフォーカスすることで、抵抗の波動パターンを変えることができれば、望まない状況が長い期間続くことはなくなります。

幼少期のネガティブな経験は、大人になってもネガティブな影響を与える？

ジェリー　つまり、幼少期に、親からネガティブな影響を受けたとしても、大人になってからも、ずっとその影響が続くわけではない、ということでしょうか？　言い換えると、その子どもが大人になったら、いつでも決めることができる個人的な問題ということでしょうか？

エイブラハム　その質問の仕方だと、幼い子どもは年上で身体が大きい大人と関わるなかで、ほとんど影響力がないと思っているようですね。そのため、その子どもの状況が良くなるのは、子どもが自分の人生をコントロールして、自分で決断ができるようになってからになる、と思っているわけです。

大人として本書を読んでいるあなたは、意識的に、自分のインナービーイングと波動的につながることを最優先にできる立場にいます。ウェルビーイング（健康と幸せ）のボルテックスに入り、自分の人生に関することすべてをポジティブなほうにコントロールできるからです。ですが、ここには別の見方もあります。ネガティブな状況にいる子どもは、ほとんど人生経験をコントロールできないように見えるかもしれません。しかし、子どもはたいていの大人より、物質世界の自分と非物質世界の自分との間に良好な関係が築かれているのです。つまり、ほとんどの人にとって、あなたの中にある2つの波動は、人生の早い段階のほうが後になってからよりもずっと違いが少ないのです。なぜなら、時間が経つにつれて、抵抗の思考をどんどん取り入れるようになるからです。今いる状況に対してコントロールする力が大人に比べてずっと弱いように見えても、ほとんどの子どもがたいていの大人に比べて幸せそうに見えるのはそのためです。この本では、そのプロセスを逆転するお手伝いをします。

自分の内側にある視点の波動との関係を意識すると決めれば、つまり、「どう感じるかが一番大事だ」と決めれば、あなたは源と調和することができます。世界を創造するエネルギーにアクセスすることができます。自分が存在する理由を満たすことができます。そして、幸せに生きることができるのです。

ですが、内なる源と調和するために、思考を集中すると決心しない限り、良い気分にはなれないでしょう。自分を取り巻く要因をコントロールすれば、喜びに満ちた人生を送れるわけではありません。「本当の自分」と調和することで、喜びに満ちた人生を送れるのです。他者や状況をコントロールすることが、喜びにつながるわけではありません。物質世界のあなたと、非物質世界のあなたとの波動的な関係をコントロールすることで、喜びにつながるのです。喜び、愛、成功、満足感を感じるのは、源と調和しているからなのです。

過去の苦しみを責めると、現在の苦しみが増幅する

ジェリー　トラウマを抱えている人で、現在抱えている問題は親のせいだと思い込んでいる大人は、たくさんいます。自分の親を責めつづける限り、問題は続くのではないでしょうか？

エイブラハム　大人になってからも、今良い気分ではないのを遠い昔の出来事（例えば、幼少期の出来事）のせいにしていると、その不快な思考が活性化した波動の状態になります。その不快な記憶が、親に関してであっても、兄弟姉妹、学校でのいじめっ子、

あるいは怒った先生に関してであっても、その関係について考えつづけているからこそ、何年も経った今でも、問題が続いているのです。

わたしたちは、信念を「繰り返し考えている思考」と定義します。つまり、あなたがフォーカスしていること、考えていること、話していること、観察していること、思い出していること、あるいは深く考えていることが何であれ、それが過去、現在、未来であっても、その思考の波動は、今この瞬間に、活性化しているのです。あなたがそのときにどう感じるかで、その活性化した思考があなたの「インナービーイング」の視点と、どう混ざり合っているかがわかります。現在のあなたの思考が、インナービーイングがその対象について知っていることと共鳴していないとき、あなたは、ネガティブな感情を感じることで、その不調和を知ることができます。この「感情のガイダンスシステム」の存在を知らずに、フォーカスを変えて気分を良くすることができることに気づいていない場合が多いのです。すると、不調和な思考を続けてしまい、不快な気分になることから、注意を向けている対象を責めてしまいます。

あなたは本能的に、「自分は良い気分でいるべきだ」と理解しており、そうでないとき、何かが変だと感じます。このような状況下で、ネガティブな感情を感じている間、今フォーカスしているものや人を責める、というのは理解できます。

不快な記憶を思い出すたび嫌な気持ちになり、自分の思考をコントロールせず、インナービーイングの視点にフォーカスして調和しなければ、波動の不調和は、ますます強くなります。つまり、自分の過去に対して抱いているネガティブな信念は、大きくなり、勢いを増すようになります。そうやってもち越された信念によって現在の源とのつながりが失われつづけるのです。

多くの人は、過去の対立を解決しようとすることは無駄だ、と感じています。なぜなら、過去の出来事に登場した主要な人物は亡くなっていることが多いからです。たとえ彼らがこの地球のどこかで生きていたとしても、彼らが自分の過ちに気づく可能性は低いと感じています。いずれにしても、もう手遅れだと信じています。精神的な痛手となるようなひどい体験をしたり、不当な扱いを受けていると感じているうちに、彼らは源のエネルギーと調和しないようなフォーカスをするようになりました。その不調和な思考にフォーカスするたびに調和が崩れてしまいます。それは信念（繰り返す思考パターン）として、確立されるほどになってしまっているのです。

このように他人を非難している大人が気づいていないのは、今、「物質世界に存在する自分」と、より広大でピュアでポジティブなエネルギーである「インナービーイングとの関係」が不調和を起こしていることです。本人の苦しみは、自分の意思ではどうにもできなかった幼少期の不当な扱いによるものではありません。「物質世界の自分」と、「非物質世界の源」との間に、今この瞬間に生じている不調和によるもので、それは自分で完全にコントロールできるものです。

自分の思考にフォーカスし、自身の源と内なる力に自分の信念が調和するように訓練すると、自由になれた感じがするはずです。「相手が変わらなければ、自分は良い気分になれない」という間違った前提をもちつづけることは、非常に疲れることです。

「問題を解決すること」は単に問題を増やすだけ？

ジェリー　以前のわたしは、問題を解決しようとする傾向がありました。その問題について十分に考えることができれば、解決できると信じていました。ですが、たいていの問題はただ増えていくだけでした。

エイブラハム　問題を解決する唯一の方法は、解決策に目を向けることです。解決策のほうへ注意を向けるとき、いつも気分が良くなっていくのを感じるものです。問題を振り返るときは、いつも前より気分が悪くなるものです。

これは、「もし望まないものに対して十分に抵抗すれば、それはなくなる」という前にも話した間違った前提なのですが、実際は、抵抗すればするほど、抵抗しているものは大きくなり、より頻繁に現実に起こるようになります。

すべての事柄には、２つの側面があることを覚えておくとよいでしょう。それは、「望むものがある状態」と、「望むものがない状態」です。「問題にフォーカスすること」と、「解決策にフォーカスすること」は、わずかな違いしかないように思えますが、その違いはわずかなものでは全くありません。問題がもつ周波数と、解決策がもつ周波数は、大きく異なります。あなたが、どちらの側面にフォーカスしているかを見分ける一番良い方法は、自分の感情に注意を払うことです。あなたが、より広い知識と解決策のほうにフォーカスしているのか、それともそれとは反対の問題のほうにフォーカスしているのか、あなたの感情がいつも教えてくれます。

エイブラハム、愛について話してください

ジェリー　「愛」はわたしたちの文化では非常に重要な言葉です。「愛」という観点では、人類を全般的にはどのように見ていますか？

エイブラハム　「愛」に満ちているとき、あなたは、内なる源の波動と完全に一致しています。「愛」を感じている状態のとき、あなたの中には、抵抗の波動は存在しません。例えば、親が子どもの絶対的なウェルビーイングにフォーカスしていたら、親の中の源がその子を見る目と完全に調和しています。そのため、その親の中には抵抗の波動は存在しません。その親は「愛」を感じるでしょう。ですが、もし親から見て問題だと思う子どものふるまいにフォーカスしたり、子どもに望ましくないことが起こるのではないかと心配していたら、その思考は、親の中の源の視点とは完全に不調和を起こしています。つまり、親の波動の中には抵抗があるということになります。そのため、その親は怒りや不安を感じるのです。

「問題」と「解決策」が全く異なる波動をもっているように、「愛」についても、「本

当の自分」と調和しているかどうかで語ることもできるのです。トラウマを抱えた状態、あるいは心配や怒った状態で、「どれだけあなたのことを愛しているかわからないの？」と子どもに怒鳴る母親は、不調和な状態にいるのです。従って、この母親は「愛」という言葉を使っていますが、彼女の波動は全く反対のものなのです。

子どもが言葉を理解しはじめたときに最も混乱することの一つに、親が使う言葉とそれに伴う波動の矛盾があります。親が実際に感じていることをそのまま言葉で表現したら、それは子どもにとって非常に価値あるものとなります。親が自分の真の感情（愛）と調和してから、子どもに対して何かを表現したときは、それはさらに価値あるものとなります。

がんばることのやめ時は？

ジェリー　なぜ、苦痛をもたらす関係にしがみつく人が多いのでしょうか？

エイブラハム　多くの場合、人々は心地の良い関係でなくても、人間関係が全くないよりはマシだ、と思い込んでいます。そのため、その関係を続けようとするのです。なぜなら、孤独でいるよりは、怒っているほうがマシだ、心細くて不安になるよりは、いつもイライラしているほうが、痛みが少ないと思えるからです。

ジェリー　では、不快感や苦痛がどの程度になったら、そのネガティブな関係から離れたほうが良さそうですか？

エイブラハム　不快で望まない状況から距離をとれば、そういったものに絶えず直面することはなくなるので、安堵(あんど)感を得られます。あなたはより楽しいことを考えやすくなったり、より広い視点と調和した状態になることも多くなるでしょう。ですが、急にその状況から離れた後に、一時的に安堵感を感じたとしても、あなたが、実際に内なる源と波動が調和していない状態で離れたのであれば、その安堵感は続きません。次に引き寄せられる人間関係も、前の関係と非常によく似ていたりします。

もちろん、身体的あるいは言葉による虐待を受けている場合は、できるだけ早く物理的にその状況から離れることをお勧めします。ですが、あなたが虐待を受けたことについて考えつづけ、恨みつづけ、離れる原因として使いつづけている限り、現在の状況から離れても、その感情が消えることはないでしょう。

不快な思考にフォーカスしつづけると、その思考が必ず自分の中で活性化されつづけます。それによって、本当に望んでいる解決策や人間関係は遠ざかってしまいます。望まないものの証拠にフォーカスしつづけていたら、望んでいる状況は実現しません。それは、法則に反するからです。

物理的にその関係を終わらせず（引っ越したりせず）、同時に自分たちの関係の望ましくない側面を意図的に活性化させないで、望ましい側面をより活性化させることで、お互いの関係は良い方向に向かいます。そうなるとお互いに離れたくなくなります。そのことがわかると多くの人は驚きます。すべてのケースにおいて、突然ポジティブにフォーカスすることで、一緒に暮らしている相手の性格やふるまいを変えることができる、と言っているわけではありません。ですが、何かを実現させるためには、あなたの波動の中でそれが活性化していなければならない、ということは確かです。

多くの人は、不快なことが波動の中で活性化しているのは、ほかの誰かがそうさせるような行動をとったからだと言います。確かに、居心地の良い人と一緒にいたほうが良い気分になりやすいですが、わたしたちは、「あなたがどう感じるかは他人のふるまい次第だ」とは決して言いません。なぜなら、周りの人がどのようなふるまいをするかにかかわらず、あなたには、フォーカスし、引き寄せる力があるからです。

もし、望まないものを見るたびに、単にそれが見えない場所に一時的に移動するだけなら、やがてあなたは完全に孤立し、どうしようもできない状況に追い込まれることになります。でも、望まないものを目にするたびに、同時に望むものへの意識がもっと高まっているということに気づき、すぐさま、新たに明確になった望むことのほうへと意識を向ければ、すべての状況が良くなりつづけるでしょう。

物理的に不快な関係を遠ざけたり、自分の気分が良くなるようにパートナーにふるまいを変えるよう求めたりするのは、得策とは言えません。その代わりに、絶え間ない衝突から新しく生まれる願望のロケットに乗ってみてはどうでしょう。物質世界のあなたの思考の波動パターン（新しく根づいた信念）が変わり、「引き寄せの法則」がそれに一致する違った経験を運んでくるはずです。あなたが現在経験していることはすべて、あなたの習慣的な波動パターンあるいは信念と常に一致するものです。ネガティブな思考や感情に対して、納得のいく言い訳があるかどうかは、重要ではありません。あなたの波動パターンや信念が、引き寄せのポイントとなるのです。あなたの人生のいろんな場面で起きていることはすべて、あなたの信念や習慣的な思考パターンに基づいています。

あなたの思考パターンは、今いる状況に左右される必要はなく、従って、今いる状況（あらゆることに関して）は変えられるのだ、ということがわかれば、力がみなぎってくるでしょう。現在の関係から生じた新しい願望に意図的に調和することなしに、物理的に関係を終わらせるということはお勧めしません。調和した上で、今の関係を続けるにしても、別の関係に移るとしても、あなたはまさに望んだものを手に入れることができます。

Part 2

パートナーと引き寄せの法則

完璧な相手を引き寄せる

なぜパートナーをまだ引き寄せていないのか？

ジェリー　わたしたち人間は、人生の早い段階でカップルになる、あるいは肉体関係をもつ、という概念に突き動かされると思います。「共同創造」とおっしゃいましたが、多くの人たち、ほとんどの人たちがこの「パートナーシップ」というテーマで苦労しているようです。適切な相手を見つけられるか心配したり、すでに相手がいたとしても、多くの場合はあまり良い関係を築けていなかったりします。

今シングルで、パートナーが欲しいと思っている人、相手はいるけれど関係に満足していない多くの人に向けて、何かアドバイスはありますか？

エイブラハム　あなたはこの地球という時空の現実にフォーカスしようと決意したとき、ほかの人たちと交流し、共同創造しようと決めていました。楽しく前に進んでいくには多様な視点が必要で、そのおかげで拡大できると理解していたからです。

あなたは、ほかの人との交流から新しいアイデアが生まれることを知っていました。共同創造の体験から新しいアイデアや願望が生まれ、個人としても集団としても、新しいアイデアにフォーカスしたら、喜びは確実なものになると理解していたのです。
思い出してほしいのは、楽しくいたいと思っても、それは他人の行動に頼るものではないことです。あなたが「気分が良くいられるテーマ」を常に探して、それらにずっとフォーカスを当てるようにすれば、すべてのテーマにおけるすべての願いが叶うでしょう。

でも、相手が見つかるかどうか心配したり、今の相手との関係を不幸に思っていたり、気分の悪いところがベースだと、良いパートナーシップが欲しいという願望は叶いません。なぜなら、あなたの波動があなたの願望と合っていないからです。

相手を探していても、今いる相手に不満があっても、あなたのやることは同じです。パートナーシップに対してあなたの**インナービーイング**がもつ思考と調和した考え方を、あなたが見つける必要があります。

もしあなたが放つ最も強い波動が、望んでいるパートナーシップが「欠けている」という不足からくるものだと、望むものがあなたの人生経験に「存在する」ことは不可能です。それは、波動がかけ離れているからです。どんな「問題」にしても、その問題の波動があなたの中で最も活性化されている場合は、「解決策」を得られません。

パートナーシップで望むことにフォーカスする

人間関係の現状ではなく、自分が「望む」パートナーシップと合った波動を発する方法を見つける必要があります。自分が望んでいるパートナーシップが「ない」ことを無視しなければいけません。または、パートナーシップにおいて望まない状態で「ある」ことを無視する必要があります。そうしなければ、望むパートナーシップは得られません。そこが難しいところです。

現状のままに波動を放つのではなく、「望んでいること」の波動を優勢にしなければなりません。それが一貫してできるようになれば、現状と願望が織りなされて、あなたは望む人生を生きるようになるでしょう。あなたが望むパートナーシップと普段考えていることとの関係、つまり、「非物質世界のあなた」と「肉体のあなた」の関係性を大事にしない限りは、どんな関係性も満足のいくものにはなりません。

誰かがあなたのことを高く評価したり、愛をもって見てくれたりしたら、とても気分がよくなります。なぜなら、その人のより大きな視点と彼らが調和しているからです。そのような人たちに注目されると、気分の良い源（ソース）のエネルギーの視点を浴びることになります。しかし、その人があなたから目を離したり、ほかの何かに気を配ったり、源との調和から外れて、あなたの欠点やあらを見つけたりすれば、もはや相手の言動では気分が上がらなくなるので、まるで操り人形の紐が切れたように感じるでしょう。

誰かに感謝されることは気分がいいし、そのように感じるのは当然のことです。でも、自分が良い気分になるために他人に感謝されることを当てにしていたら、一貫して良い気分を保つことはできません。なぜなら、あなただけに注目して、あなたのことを好意的な関心の対象として見つづけることは誰にもできませんし、その義務もないからです。でも、あなたのインナービーイング、つまり内なる源は、例外なく、いつもあなたのことを感謝の対象として見ています。そのため、あなたのインナービーイングから安定して流れ出るウェルビーイングの波動に、自分の思考や行動を合わせたら、どんな状況でもうまくいくでしょう。

多くの人は、幼い頃から、人生のどこかの段階でパートナーが見つかるだろうという期待を抱くようになります。性別に関係なく、手をつないで夕日を眺めながら歩くというロマンチックなイメージを抱きます。そのような関係は、よく「身を固める」

という表現が使われますが、これは、より真剣で永続的な関係のために自由や楽しみを犠牲にする、というややネガティブな期待を表しています。実際、周りの人間関係を観察したとき、喜びや満足、自由（これは、本当の自分の土台であり、彼らが望むもの）をもたらしているようには見えません。むしろそういったものを失っていると感じることが多いのです。そのため、長期的な関係や結婚といったテーマについて考えたとき、心が激しくぶつかり合うのです。なぜなら大半の人が、いずれ誰かと結ばれるだろうと期待する一方で、自由を失うことを恐れているからです。

　ほかの誰かを見つけて、その人と人生を共有するまで自分は「完全」ではない、と感じる人がいますが、それは新しい人間関係を始めるのには良い基盤ではありません。これも「それでは望むものはやってこない」例の一つです。つまり、あなたが、あなたの不十分さを補ってくれる人を求めていると、引き寄せの法則は、あなたのように、「自分のことを不十分だと感じている人」を必ず引き寄せるでしょう。自分は不十分だと感じている2人が一緒になったところで、突然自分に対して満足するようになるわけではありません。**本当に良い関係の基盤とは、それぞれがすでに自己肯定感が高いことです。そういう2人が一緒になれば、お互いに良い気分でいられるのです。**

ほかの誰かとの関係に頼って、自分を元気づけようとするのは決して良い考えではありません。なぜなら、引き寄せの法則は、あなたが感じていることと異なるものを引き寄せることができないからです。もし、自分自身に対して、あるいは自分の人生に対していつも不満を抱いていて、その状況を良くしたくて誰かと関係を始めたとしても、状況は決して良くなりません。あなた自身が心身のバランスのとれた幸せな人でなければ、引き寄せの法則は理想の相手を引き寄せることはできません。あなたが何をしようと何を言おうと、引き寄せの法則は、今のあなたに大部分が一致した相手を引き寄せるのです。人が願望を抱く理由はただ一つしかありません。それは、望むものを手に入れることで良い気分になるはずだと信じているからです。望みが叶うには、自分自身が良い気分にならないといけないことをあなたにわかってほしいのです。

ある女性に「まず幸せになってからパートナーを探しなさい」と言ったら、その女性は腹を立てて、「パートナーがいないのに、ここにいると想像して自分を幸せにしなさいと言うのね。彼が本当にやってくるかどうかなんて、気にしていないということですよね」と言いました。その女性はある意味正しかったのです。彼女が常に幸せでいることができたら、彼女が望むものは必ず実現することをわたしたちはわかっていました（それが法則だからです）。それだけでなく、そのプロセスでもその女性が幸せでいられるということもわかっていたのです。

面白いことに、「成功するためには、幸せを犠牲にするという非常に大きな代償を払わないといけない」と抗議する人がいます。さらに面白いのは、彼らが、「成功すれば、幸せになれる」と信じているから成功を追い求めていることです。

自分の幸せは、ほかの人がもたらす結果に左右されるものではなく、自分の意図的なフォーカスによって得られると気づいたとき、一番強く望んでいる自由をついに手に入れることができるでしょう。それを理解するとともに、今まで望んできたもの、これから望むものもすべて手に入れることができるでしょう。他人や状況、物事への反応に対する自分の感情をコントロールすることは、安定した幸せの鍵であるだけでなく、望むものすべてを手に入れるためにも大切です。これは本当に実践する価値があります。

簡単に言えば、自分自身や自分の人生に満足していなければ、パートナーを引き寄せたとしても、その心のわだかまりはより大きくなるだけです。なぜなら、「足りない」と感じているときに行動しても、常に逆効果になってしまうからです。

もし今パートナーがいないのであれば、あなたの感情を増幅させてしまう相手を引き寄せる前に、自分自身と調和する絶好のチャンスです。しかし、たとえ今の関係で不快な気分になることが多くても、満足のいく関係に向かっていくことはできます。なぜなら、今どのような状況にいても、自分の望む状況に向かうことができるからです。

自分自身に対して良い気持ちを抱いていないのに、すぐにパートナーを見つけようとする人がよくいます。彼らはパートナーを見つけたら、自分にも自信がもてるとすら思い込んでいます。ですが、引き寄せの法則は、自分のことを大切に思っていない人に、その人の存在を評価してくれるほかの誰かを引き寄せることはできません。それは、法則に反するからです。

だからこそ、望むパートナーが今いない場合は、今、人生で起こっているポジティブなことに注目し、自分がいる状況と仲直りするほうが、よほど良いでしょう。「望むパートナーがいない」という不快感を和らげ、今の人生で最善を尽くし、良いことをリストにして書き出し、自分の価値をより認めるようにしてください。自分のことが本当に好きになり、望むパートナーがいないということを常に意識するのをやめて、いないという状態に不快な感情を抱くのをやめたら、すぐにあなたのパートナーが現れる、と約束しましょう。これもまた法則なのです。

もし今の関係に不満を感じている状態なら、今置かれている状況のネガティブな側面から気をそらす方法を見つけなければいけません。シングルで相手を欲している状態のほうがつらいと言う人もいれば、自分に合わない人と一緒にいるほうがつらいと言う人もいます。ですが、今どのような状況にいるか、あるいは何を経験しているのかは「重要ではない」ことをわかってほしいのです。

今あなたが置かれている状況がどうであろうと、望む状態にもっていくことはできます。ですが、そうするためには、多くの時間を費やして現状への不満を意識したり話すのをやめなければなりません。自分の思考をもっとふるいにかけて選び、あなたが経験していることのポジティブな部分をリストに書き出しましょう。望む状況を思い浮かべ、現状の不満を言うことに時間をかけないでください。宇宙は、現状についてあなたが考えていることと、より良い生活を夢見るときのあなたの考えを区別することなく反応します。あなたは「あなたが考えていること」によって創造しているのです。そのため、望まないことを考えたり、思い出したり、注目したり、話したりしても、何のメリットもありません。**本当に望んでいることの波動を活性化させましょう。そうすれば、自分の人生が、どれほど早くその波動に調和するように変わっていくのかが実感できるでしょう。**

不調和が起きている関係を数多く目にしてきたのでは?

ジェリー　子どもの頃、たくさんの(夫婦)関係を見た記憶がありますが、幸せそうな関係は、覚えがありません。大半の関係はかろうじて続いていたものの、そこに喜びはありませんでした。「わたしが見てきた関係のほとんどが、静かな絶望感を抱えていた」とよく言ったものです。不満をたくさん聞いたわけではありませんが、幸せそうにも見えませんでした。

エイブラハム　あなたが子どもの頃、「周囲にいるほとんどの大人が幸せそうではなかった」というのは、今の時代の子どもにとっても当てはまるでしょう。子どもは、自分の親が感謝しているより、不満を言っている姿を目にすることのほうが多いのです。

雇用主だったり、車を運転しているときのほかのドライバーだったり、政府だったり、近所の人に対してだったりします。

大半の子どもは、「日常的に感謝していて、本当の自分と調和した状態にある親」を見る機会に恵まれていません。そのため、その子たちの中で、不健全な思考パターンや人間関係における信念が形成されてしまうのです。しかし、周りにいる大人の不満を見て育ち、不健全な信念を身につけたとしても、その下では、つながり、愛、調和への強力な願望が脈打っているのです。つまり、あなたのように、本当に幸せそうな関係を見る機会は稀でも、ほとんどの子どもたちは、自分は理想の関係に出会えると希望をもっています。

あなたの周りにいる人が、みんな不幸せな関係を経験しているとしても、あなたは心の底で、「**互いに調和がとれた関係は可能だ**」とわかっているのです。実際、人間関係で嫌なことが起こるたびに、それに釣り合う新たな願望が生まれます。不快なことを経験すればするほど、代わりに何が好みなのか、というあなたの願望はどんどん具体的になっていくのです。

人間関係がこれほどに大きなテーマで、多くの人がお互いの関係を良くしていこうと思ったときに圧倒されてしまうのには理由があります。望まないことを経験すればするほど、あなたは望むことを求めるようになります。ですが、望まないことにフォーカスすることで、望むことに向かって進めなくなるのです。つまり、拡大を目指しながらも、その拡大を求める自分自身を引き止めるという、決着のつかない綱引きの中に知らず知らずのうちに自分を追い込んでしまっているのです。

簡単に理解できるし、これがわかればあなたの人間関係はすべて調和がとれた状態になる、ということをお教えします。ほかの誰が何をしようと、わたしは幸せになれる。自分の思考を向ける能力を使うことで、わたしは波動を源（わたしの幸せの源）と調和させられる。ほかの人が何をしていようとわたしは良い気分でいられる、ということです。

それでも、もし誰かとの人間関係が続かないとしたら?

ジェリー　わたしはたくさん旅をしてきたし、独身でいる期間も長かったので、いろんな人との関係を経験しました。「関係を始めるのは簡単」に思えましたが、「終わらせるのは難しかった」ように思います。一般社会でも同じで、一つの関係を始めるのは非常に簡単ですが、終わらせるのはずっと難しいようです。関係を解消する際や、財産を清算する際など、怒りや暴力、復讐心などが芽生えることがよくあります。関係がうまくいかず、終わらせようとするとさらに悪化するケースが多いようです。それが原因で、わたしたちは人間関係に対して用心深くなったり良くない結果を予想したりしませんか？

エイブラハム　あなたの発言からすると、誰かとつながりをもっても、あまりいいことがないようですね。「誰かと一緒にいてもなかなか幸せになれないことが多いし、関係を終わらせようとすると状況はさらに悪化する」ということですね。あなたが質問の中でも強調していますが、その質問で最も重要な点は、ほとんどの人がネガティブな信念を抱いた状態で、人と関係をもつということです。そうした信念（継続的な思考）を抱いていると、その関係は幸せなものにはならず、うまくいかなくなってしまいます。

調和のとれた人間関係をあなたは深いところで望んでいますが、あなたの存在に関わる、もっと強く深い信条というか、土台としているものがあります。それは、「自由でいたい」という願望です。自由でいたいという願望の根底には、「良い気分でいたい」という願望があります。良い気分でいたいという願望の根底には、何にも妨げられることのない「本当のあなた」と「あなた」との関係があるのです。

何らかの理由でいい気分ではないとき、何かがおかしいことに気づくでしょう。そこで、その不調和の原因を特定しようとするのは本能的なことです。あなたが不快に感じたとき、その場にいる人、関係者が不快な気分の原因だと思ってしまうことがよくあります。そうなると、あなたは、自分が不快な気分なら、すなわち自分自身と調和していないわけですが、「相手が何かする必要がある」と思い込みます。たとえそれが、その人が喜んでやろうとしていることでも、できないことでもです。自分には、必要に合わせて状況を変えるほどの影響力はないと感じたあなたは、自由を感じることができなくなります。そのため、本当のあなたの根幹にある一番重要な、自由でいたいという願望が揺さぶられ、その関係は壊れてしまうのです。

ですが、そもそもその関係が、初めから「間違った前提に基づいていた」点を理解してください。なぜなら、あなたがバランスを保った状態でいられるようにと、ほかの誰かがあなたの期待に応えて、ずっと継続的に動いてくれる、というのは不可能だからです。それはあなたがすべきことです。不快な気分のとき、あなたの気分を良くするのは、ほかの誰の責任でもないことを受け入れられれば、あなたは自由を見つけるでしょう。その自由は、あなた自身の喜びを維持するのに欠かせないものです。それを受け入れることができなければ、満たされない関係を渡り歩くだけになります。

本当の自分という感覚は、あなたの中でとてもパワフルに脈打っているので、あなたは満たされる人間関係を求めつづけます。なぜなら、「他者とのつながりには喜びが秘められていることを、深いところでわかっているからです。**自分の幸せは、他者の意図、信念、行動に左右されず、自分自身との調和次第**です。これは自分で完全にコントロールできます。これがわかれば、あなたが関わっている人間関係は不快なものではなくなり、深く満足できるものになるでしょう。

源とつながっていないとき、心細く感じて、ほかの人とつながることで自分を満たそうとします。ですが、ほかの誰かがあなたに注目してくれたとしても、あなたが必要としているつながりを維持することは、誰にもできないのです。多くの場合、付き合い始めの時期は、お互いに相手だけに目を向けているので気分良く感じるものです。

ですが時間が経つにつれて、相手に向けていた関心が自分の人生のほかの側面に戻るのは、ごく自然なことです。もし自分のことを気にかけてくれることを当てにしていたら、そうでなくなったときに、再び自信がない不安を感じることになるでしょう。

一貫して良い気分でいられる関係は、お互いが自分自身の源とつながっていて、その状態を維持しているときに生まれます。**源との関係**に代わるものはありません。源との不調和を埋め合わせることができるほど、あなたを愛せる人はいません。

なぜエイブラハムとの関係はこんなにしっくりくるのか？

ジェリー　結婚にはいろいろな形があって、理由もさまざまだということは知っています。政略結婚やお見合い結婚もあれば、見た目や性的な魅力によって感情が高まったことをきっかけとする結婚もあります。一人になりたくないという理由で相手を見つける人もいます。

ですがエイブラハム、わたしは、あなたとの関係は本当に完璧なものだと考えています。今、物質世界の肉体にフォーカスしている人たちが、わたしがあなたのことを見るのと同じように、物質世界にいるほかの人たちのことを見るのは可能でしょうか？　つまり、物質世界にいる人たちが、細かいことを気にせず何らかの方法で物質的存在の本質に到達し、わたしとあなたとのつながりのように調和のとれた関係を築けるのでしょうか？

エイブラハム　いいタイミングで、これ以上ないぐらい良い質問をしてくれました。なぜなら、あなたが「エイブラハム」と呼んで感謝しているものは、本当のあなたとの調和を表しているのですから。これまでも話してきたことですね。あなたがわたしたちに感謝の気持ちを抱いているのは、わたしたちがあなたを喜ばせるような行動をしているからではありません。なぜなら、わたしたちに対して感謝の念を抱かない人や、わたしたちと調和していない人は、たくさんいるからです。わたしたちが、彼らのために何かをするわけではない、と気がついたとき不満を抱く人もいます（彼らは何かが不足しているとか欠けていると感じ、わたしたちに奇跡や助けを強く求めるかもしれませんが、それが叶うことはないでしょう）。わたしたちは、自分たちが何者かも、何を望むかも明確にわかっていますし、揺るがない姿勢を貫いているため、わたしたちのことを不快に感じる人もいます。今この瞬間に誰かの気まぐれな願いを満たしてあげようと、わたしたちがこれまでに築いてきた意図を脇に置くつもりはありません。この瞬間にあなたたちを楽しませるために、まるで宇宙の法則が存在していないかのように装うことはしません。宇宙の法則は存在するのですから。そのため、わたしたちの中にネガティブな側面を見つける人は多いです。あら探しをした結果、そういう人たちとわたしたちの関係は満たされないものになるのです。

あなたが、わたしたちとの関係を完璧だと感じるのは、あなたが今フォーカスしている部分が、「本当のあなた」と共鳴しているからです。ですが、あなたは誰に対しても同じことができるのです。あなたがわたしたちに対して抱く感情は、あなたのフォーカス次第で、わたしたちがあなたに投影しているものによるわけではないのです。

あなたがほかの人と関わるとき、その人のポジティブな側面を探すことは、常にメリットになります。望むことの波動を活性化させることで、望ましいことをもっと経験するようになるでしょう。他者のポジティブな側面を探して、見つけられるようになれば、人のポジティブな側面を期待するようになります。そうすると、ポジティブなことだけが、あなたのもとにやってきます。

ジェリー　つまり、わたしから見て、わたしとあなたとの関係は、ある意味、自己愛（セルフラブ）だということですか？

エイブラハム　まさにその通りです。わたしたちの存在を高く評価することで、あなたは「本当の自分」と調和できたのです。それが愛であり、源と調和し、自分と調和し、愛と調和するということです。

ジェリー　つまり、わたしが求めたから、あなたを引き寄せているということでしょうか。あるいは、求めることによって、自分を満たすものをあなたから引き寄せているということでしょうか？　ある種の共依存と言ってもいいでしょうか？

エイブラハム　依存というのは、「自分一人では、わたしは完全ではない。完全になるためにはほかの誰かが必要だ」ということを意味しています。でもそれは、あなたとわたしたちとの関係には、当てはまりません。

実際、ここでテーマになっている問いは、良い人間関係を築くためにとても大事な前提、あるいは原則へと、わたしたちを導いています。シングルでいることに対して不安を感じ、自分を支えるためのパートナーを求めても、その関係は不安定な土台の上に成り立っているため、安定したものにはならないのです。しかし、お互いに依存せず安定していて、自分たちのインナービーイングと調和している人同士が一緒になると、彼らの関係にはしっかりとした土台があります。つまり、彼らはリソース（資源）を得るためにお互いに依存しているのではありません。それぞれが源からリソースを受け取っているため、しっかりとした基盤をもちながら関係を築いたり、共同創造したりできるのです。

2人がポジティブに同じテーマにフォーカスできれば、アイデアや解決策を引き寄せる力は、2人分の力を単純に合わせた以上のものになります。それは本当にワクワクすることで、これこそが共同創造の醍醐味だと言えます。

価値ある共同創造に非常に大切なことは、それぞれのクリエイター（創造者）が、一緒になる前にポジティブな引き寄せの状態にあるということです。そうでなければ、共同創造からポジティブなものは生み出されません。あなたがネガティブな気持ちで何かにフォーカスし、それが理由で不快な気分のときは、あなたと同じようにネガティブな引き寄せをしている人しか引き寄せることができません。不安や不足を感じている状態でパートナーを探そうとしても、本当に望む相手を引き寄せることはできません。代わりに、今あなたが感じている不足感をさらに強めるような相手を引き寄せてしまうのです。

人はよく混乱します。自分が今感じている不快感は相手がいないことが原因だと思っているからです。ですので、実際にパートナーが見つかっても、その不快感がなぜ消えずにさらに大きくなるのかが理解できないのです。**本当の自分と波動が一致していないときにパートナーを見つけたり、一緒に住んだり、結婚したりといった行動を起こしても、その空虚感を埋めることはできません。**

ですが、もしあなたが、初めに本当の自分との調和を意識するなら、実際の共同創造する体験は素晴らしいものになるでしょう。つまり、波動の不調和を解消するために行動を起こしてはいけません。調和を取り戻してから、パートナーを見つけてください。

ソウルメイトの心は美しくあるべきなのでは？

ジェリー 「ソウルメイト」という言葉をよく聞きます。非常にポジティブな思考をもつ2人がお互いに惹かれ合うとき、それがいわゆるソウルメイトを見つけた、ということでしょうか？

エイブラハム ソウルメイトについて話すとき、人はよく、一緒になるべき人は特定の人一人だというように考えます。この物質世界の時空の現実にやってくる前に結んだ、魂の結びつきのようなものだと。確かに、共同創造するために誰かと出会うことが、あなたの計画にあることは事実です。その関係を再び発見することで、非常に満たされた気持ちになるかもしれません。その一方で、物質世界での出会いを本当の自分と調和するためのよりどころにするつもりはありませんでした。それよりもむしろ、あなたは一貫して、まず自分と調和するということを意図していました。そうすれば、望む出会いを引き寄せることができると理解していたからです。

あなたは、非物質世界でつながり合った人のそばにいるかもしれませんが、源から切り離された状態だと、その人との関係に気づかないでしょう。非常に強い苛立ちや不調和を感じる相手こそ、実はあなたのソウルメイトであることがよくあります。ですが、本当の自分と調和していないために、気がつかないのです。

ソウルメイトという考えに対する最適なアプローチ方法は、自分の中にあるピュアでポジティブな波動である魂、あるいは源と調和することです。源との調和をすることで、素晴らしい出会いのチャンスに一つ一つ気づけるようになるでしょう。それは、あなたが意図していたことでもあります。シンプルに感謝できるものを見つけようとすれば、源と絶えず調和できるようになるでしょう。数えきれないほどの分野において、ソウルメイトとなる人を引き寄せるのに、理想的な状況になるでしょう。

たとえ、この物質世界の肉体に生まれてすぐでも、実際にはとても古い存在でとてつもない数の人生を経験してきたことを思い出してください。それらすべての人生を通して、パワフルな結論に至ったということを。あなたのインナービーイングは、あなたが今までの人生経験で得た結論をすべて知っています。あなたがインナービーイングと調和することによって、その知識にアクセスできるのです。その状態に少しでも届かなければ、バランスがとれず、心地良く感じられないはずです。

気分良くいることが何よりも大切

ジェリー　では、学校を卒業したてで、これから自分の生活がスタートする人、初めてのパートナーを求めている人、パートナーがいない若い人に向けて、何かありますか？　人間関係に関して、どのようなアドバイスをしますか？

エイブラハム　まず、「気分よくいることが何より大切だ」と、彼らに思い出してもらうでしょう。なぜなら、良い気分でない限り、今までの経験を通じて拡大してきた自分と調和しておらず、調和していなければ、常に不足感を感じるからです。

次に、良い気分になれるものごとにフォーカスする意図をもちつづけることを勧めます。何らかの理由で気分がよくない状態に気がついたら、できるだけ気をそらしてください。気分がよくなることにフォーカスして、気持ちを和らげましょう。

- 例えば、目の前に関係が悪化しているカップルがいたとします。あなたはこの不幸せなカップルの、ネガティブな会話を耳にします。調和を願い、さらには調和のとれた関係を望んでいるあなたは、（聞くことで）この経験に関わることになり不快に感じます。このときに感じるネガティブな感情は、今あなたがフォーカスしているものは、あなたにとって役立つものではないというサインです。もしあなたが意識して良い気分でいようとするなら、あなたはすぐにその会話から離れるでしょう。意図的に、ほかの心地良いものにフォーカスを移すでしょう。

それから、内側から外側に向かって創造が起きるということを、彼らに思い出してもらいます。つまり、あなたの思考や感じるものが要因となり、経験することを引き寄せます。外部のものに頼って自分の気分を良くしようとするよりも、まずは自分で良い気分になると決め、それから自分のことを良い気分にしてくれるものを外から引き寄せるほうがはるかに簡単です。

また、行動を起こす前に、自分が望むことにフォーカスする時間をもつことを勧めるでしょう。**望まないことにフォーカス**した状態で行動を起こすと、望まないものをさらに引き寄せるだけです。ですが、行動を起こす前に**望むことにフォーカス**する時間をつくれば、それによってインスピレーションが湧きます。そのインスピレーションに基づいて行動すれば、願いが後押しされるでしょう。

さらに、次のようなアドバイスもします。

- 1日の中でさまざまに変化するシーンを過ごすなかで、時々立ち止まってみましょう。「良い気分でいること」と「あなたのインナービーイング（内なる存在）や源と調和すること」を再認識するとよいでしょう。
- 何が起きていようと、その状況で良い気分でいたい、という意図を優先させましょう。源とつながり、良い気分でいるのは自分次第であって、ほかの誰かにはその大切なつながりをつくる力も責任もない、ということを頻繁に思い出してください。
- 他者とつながることで自分との調和を実現しようとするのではなく、すでに実現している自分との調和をさらに強化するためのものとして、他者との関係を捉えましょう。
- 源と調和した状態でフォーカスし、自分自身、一貫して自分のことを愛しましょう。ほかの誰かに先に自分を愛するように求めないことです。それはほかの人にはできません。

あなたが主に考えていることが、すべてのものを引き寄せ、あなたがとる行動に影響しています。自分の源と調和するような、良い気分になることを意識的に考えることで、あなたの起こす行動も常に心地良いものになります。どれだけたくさんの行動をとっても、調和がとれていない思考の埋め合わせはできません。ですが、源と調和した状態で思考し、それにインスピレーションを受けて行動に移すと、その行動はいつも喜びをもたらすものになります。

彼女はパートナーを欲しがっているが、その人ではない

ジェリー　パートナーを探していて、自分に自信がありそうな女性がいます。ですが、彼女は、次から次へと目の前に現れる男性をみんな退けてしまいます。あなただったら、この女性に何と言いますか？

エイブラハム　パートナーが欲しいという願望が男性を引き寄せつづけていますが、その女性が恋愛関係に対して抱いているネガティブな信念のせいで、彼らを退けてしまうのです。望まない特徴にフォーカスしているため、彼女が望む特徴をもち合わせた男性が引き寄せられてくることはないでしょう。

自分に近づいてくる男性の好ましくない面ばかりにフォーカスしていたら、「本当の自分」と調和することから、遠ざかってしまいます。そのような状態では、その女性は自分のことも、他人のことも、肯定的に見ることはできません。

他人の足りていない部分を見つけても、自分自身を好きになれるわけではありません。もしあなたが、ポジティブな側面を見つけることを心がけてきたのなら、自分自身に対しても、他人に対してもポジティブな側面を見つけることができるでしょう。もしあなたが、ネガティブな側面を見つけようとしてきたのなら、自分自身に対しても、他人に対してもネガティブな側面を見つけるはずです。従って、正確に言えば、「**他人に対して批判的な人で、自分のことを好きな人はいない**」、ということになります。**それは法則に反するからです**。誰かに対してすごく批判的な人がいたら、その人は自分のことが嫌いなのです。

優越感をもっているように見える人は、自分のことが本当に好きなように見えますが、自分と調和していないことからくる不足感や不安を隠していたりします。自分のことを本当に好きだと思えるとき、あなたは自分の中の源と調和しています。その場合、他人への感謝の気持ちがあふれてきます。素晴らしいことが絶え間なくあなたのもとに流れ込んできます。

あなたが自分の源と調和した状態のとき、引き寄せの法則は、同じように自分の源と調和している人しか引き寄せることができません。その結果として生まれた人間関係は、喜びにあふれ、満ち足りたものとなります。ですが、あなたが調和しておらず、不快感をもっているとき、引き寄せの法則は、同じく不快感をもっている人しかもたらすことができません。それによって生まれた人間関係は不快で心地悪いものになります。

あなたは他者と共同創造をしたいと思っています。ですが、自分自身の調和に気を配っていなければ、ほかの人と共に創造をしても、自分自身の不調和が大きくなるだけです。他者と関わることは、あなたの惑星の拡大や、大いなる存在に計り知れないほど影響を与えます。しかしながら、ほとんどの人は、周りにいる人たちの望ましくない部分にフォーカスしているために、共同創造する楽しみを自分で拒んでしまっています。つまり、ほとんどの場合、相手の最高な部分ではなく最悪な部分にフォーカスしているのです。なぜかというと、自分との調和がとれていない状態で相手と一緒になっているからです。ですので、相手と一緒になった後にバランスがとれていない状態が続いてしまうのです。

人間関係と、ポジティブな側面のリストをつくるプロセス

今、理想の相手がいなくても、もしくはパートナーとの今の関係に不満を抱いているにしても、自分が望む関係に向かうためにできる大事なことは、毎日、周りにいる人たちのポジティブな側面をノートに書き留めることです。

周りにいる人、過去に関わった人、あなた自身のポジティブな側面をリストにして書き出しましょう。そうすれば、調和した思考の力と、引き寄せの法則は協力的に作用するものだということをすぐに実感できるでしょう。他人の行動をコントロールし

ようと無駄にがんばるのをやめ、その代わりに自分のポジティブな思考の力にフォーカスすれば、夢見ていた素晴らしい関係が見つかるはずです。

あなたは、思考すること、波動を放つことによって経験を引き寄せる存在です。あなたが思考することで、人生で何を経験するかが決まります。地球上にいるほかの人の人柄やふるまいのポジティブな側面にフォーカスすることで、引き寄せポイント（作用点）を望むものだけに向けられるようになるでしょう。

望む人間関係を引き寄せることが可能なだけでなく、単にあり得る話でもなく、確実に引き寄せられてきます。ですが、そういった関係を現実世界で、実際に味わって体験するには、望む人間関係と自分の思考の波動の周波数が一致するようにしていかなくてはなりません。あなたの思考には、どんな人があなたの人生に現れるかだけでなく、その人たちがどのようにふるまうかを決定する力があるのです。

わたしは、自分の波動の力によって引き寄せている

ジェリー　わたしが若い頃、ほとんどの人は、自分と関わりたいと思っている人には興

味を示さないというパターンが多かった気がします。男の子は、自分に興味がない女の子に興味をもち、女の子は、自分に興味がない男の子と一緒にいたいと思っているように見えました。

エイブラハム　そうですね、あなたの周りで起きていた状況の一番良い点は、彼らがコントラストを経験することで、自分たちが何を本当に望んでいるかがより明確になったということです。これはよくある話なのですが、多くの人が「完璧なパートナー」を探すには、完璧でないものを取り除かなくてはいけないと信じているのです。自分が望まない特徴を見つけ、リストに書き出し、長い時間をかけて選り分けていけば、自分が望む「完璧なパートナー」にたどり着けると信じているのです。しかし、引き寄せの法則がそうさせません。

パートナーに関する望まないことのリストを中心に波動が放たれると、引き寄せの法則は、望まないパートナーを次々と引き寄せるでしょう。望むものを引き寄せるためには、意識的に思考をコントロールし、自分が今関わっている人間関係のポジティブな側面にフォーカスする練習をする必要があります。

あなたは、長い時間をかけていろいろな人間関係を経験するなかで、パートナーに望まない特徴をたくさん見つけてきました。さまざまな経験を通して望まないものを特定するたびに、代わりに何を好むかという願望の波動を放ってきたのです。これまで自分が関わってきた人間関係だけでなく、あなたの目から見た他人の人間関係を通じて、あなたは自分にとっての「理想のパートナー」の波動版を創り上げたのです。もしあなたがその理想バージョンの波動に目をそらさずフォーカスできれば、引き寄せの法則は、その波動に合う人だけをあなたのもとへと引き寄せるでしょう。ですが、もしあなたが、これまで出会った人たちの欠点や望ましくない特徴にフォーカスしつづけるなら、本当に望むものから自分を遠ざけてしまうでしょう。

「もしかしたら、あなたは誰かと一時的な関係にあるかもしれないし、誰とも交際していないかもしれませんが、今いる場所で感謝できることを見つけることで、本当に望む人間関係が最速でやってきます」とわたしたちが説明すると、抵抗する人がよくいます。なぜなら、今いる状況で良いことを言うと、どういうわけかそこから抜けられなくなると思ってしまうのです。ですが、そうなることはありません。

今いる状況でポジティブな面を探し、それを見つけることで、今いる状況を活用して、「ボルテックス（波動の預け場所）」や「本当の自分」「インナービーイング」、本当に望むものすべてと波動を一致させることができます。自分が今置かれている状況で良い気分になることが、状況をより良くする最も早い方法です。しかし、今自分が置かれている状況の問題点を見つけて、ネガティブな感情になるとき、それは、あなたの現在の思考と波動が、ボルテックス（自分の波動の預け場所）からも、本当のあなたからも、あなたのインナービーイングからも、あなたが望むものすべてからも離れているサインなのです。

いつも「隣の芝が青く見える」のは、自分の置かれている環境や状況に対して不満を言う傾向がとても強くなってしまっている人が多いからです。

自分以外の誰かがパートナーを選ぶ場合はどうなるのか？

ジェリー　交際や結婚における文化的側面についても意見を伺いたいです。親や、コミュニティにいる大人が子どものパートナーを選ぶ文化は多いですが、わたしたちの文化では、恋愛感情を大切にしていて、誰かに恋をして、相手のことを好きになるという理由で、パートナーを選びます。

エイブラハム　もちろん、あなた自身で自分のパートナーを選ぶほうがいい気分ですし、正しいことだと感じるでしょう。ほかのことに関しても同じです。でも、あなたの文化や社会のように、自分のパートナーは自由に選べると思っていても、実際には周りにいる人たちの信念に大きく縛られています。つまり、自由に見える社会であっても、自分の親や宗教、文化が求めるものに反してまで結婚しようとは思わない人が多いのです。しかし、確かにあなたがいる社会は、ほかの社会に比べて、より自由度が高く柔軟だとわたしたちも思います。

ですが、パートナーを「選ぶ」ことに関して、あなたに考えてもらいたい、もっと重要なことがあります。あなたは言葉を使って選択をしているのではなく、あなたが放つ波動によって選択しているのです。ですので、気づかずに本当に望むものとは正反対のものを「選んでいる」ときもあるのです。例えば、人はがんになることを「選び」ます。がんという病気を経験したいからではなく、抵抗する思考にフォーカスすることを「選び」、本来ならば得られていたはずのウェルビーイング（健康と幸せ）

を受け取らないのです。これと同じように、望まないことや、望むものが不足していることに慢性的に意識を向けているために、人は自分が望まないパートナーを選ぶことがあります。つまり、一人で寂しいといつも感じている人は、心から欲しいものが欠けている状態を「選んでいる」のです。

理想のパートナーを見つけるか、引き出すか、自分が理想のパートナーとなるか

ジェリー　では、「理想のパートナー」を見つけるにはどうしたらいいですか？

エイブラハム　いわゆる「理想のパートナー」を見つけるためには、まずは自分自身が理想のパートナーになる必要があります。つまり、あなたは、「望む相手と一致する波動」を一貫して発信しなければならないのです。あまり理想的ではない人間関係をこれまでに見たり経験したりしてきたおかげで、あなたはどんな関係を築きたいのかを決められたり、洗練する機会をもてました。あとは、人間関係に望むそれらの特徴に

ついて考えるだけで、願望に自分の波動を合わせられます。

今ある関係で気に入らないところを指摘したり、過去の人間関係で不快な出来事を思い出したり、映画などで人々がお互いをぞんざいに扱っているのを観たりしても、あなたの波動は望む関係から遠ざかってしまいます。その状態からは、望む関係に進むことはできません。

常に寂しいと感じていたり、怒りや不安、落胆といった感情を抱いていたら、理想の関係を手に入れることはできません。ですが、**自分やほかの人に対して感謝できることを探し、過去や現在の関係のポジティブな側面をリストにすることで、あなたの波動を、望むものと一致させられます。そうすれば、あなたの「理想の相手」が現れるのです。それが、法則です。**

パートナーが欲しいのか、必要なのか

（以下の質問は、ワークショップの参加者によるものです）

質問者　誰かとのつながりを求めると、その相手は遠ざかり、反対に求めないと相手が近づいてくるようです。どうしてそのようなことが起きるのでしょうか？

エイブラハム　誰かとのつながりを求めているけれど、あなたの中で、その相手がいないという不足が思考を占めている場合、その最も活発な波動が、あなたからその人を遠ざけてしまいます。逆に、望まない相手があなたに迫ってくることばかり考えていると、その相手はあなた自身によってもっと近くに引き寄せられてしまいます。つまり、望むか望まないかにかかわらず、あなたは、自分が考えているものの本質を引き寄せているのです。

質問者　これは、「欲しいこと」と「必要とすること」の違いに似ていますか？

エイブラハム　そうです。この問題について考えるには、良いアプローチですね。何かを望み、それが叶ったらどんなに素晴らしいかを考えるとき、あなたは良い気分になります。なぜなら、そのときの思考の波動が、あなたが本当に望んでいるものと一致しているからです。ですが、何かを望んでいるけれど、それが今はないことにフォーカスし、欠けていることについて考えるとき、あなたは不快な気持ちになります。その思考の波動が、本当に望んでいるものと一致していないからです。

「欲しいこと」と「必要とすること」の違いは、ただ単に言葉の違いだけではありません。純粋に望んでいる状態、欲しい状態にいれば、いつもいい気分でいれます。なぜなら、あなたの波動が、波動の現実と一致しているからです。必要としている状態はいつも不快な気分になります。自分の望みが欠けていることと波動が一致しているために、波動の現実と不調和になっているからです。

不足ばかりにフォーカスする人と一緒にいてもポジティブでいつづけるには?

質問者　わたしのパートナーは、足りないことばかりにフォーカスをして、ポジティブな気持ちでいようと努力しません。わたしも影響を受けて、同じように不足を感じてしまいます。そんなときに、どうしたらポジティブなことにフォーカスしつづけることができるでしょうか？

エイブラハム　気分がよくなるものを見たり聞いたりすることで、いい気分になることのほうが簡単だということはわかります。ですが、どのような状況にいても、たとえそばにいる人がいい気分でなくても、自分にはいい気分になる力があるということを自覚すると、この上ない自由が手に入ります。

一緒に過ごす人を行動で変えようとするよりも、自分のマインドを方向づけることを習得するほうが、はるかに簡単だと気づくでしょう。教育する必要があるよく会う相手が一人だけだとしても、あなたが望むようにその人を十分に教え込むことはできません。もちろん、あなたが感情的に反応している相手は一人だけではなく、もっとたくさんいます。**「心地良いものに思考を向ける」のが上手になれば、不快な人（その人の不快な面）は消えていきます。望まないものが存在しつづけるのは、あなたがそこに目を向けているからです。**

多くの場合、このことを初めて耳にする人は、これに異議を唱えます。ネガティブな出来事を経験するのは、ほかの誰かのせいだと信じているからです。「虐待する夫が、わたしの人生に悪影響を与えている」というように。ですが、もしあなたが意識的にネガティブなことや虐待から注意をそらし、代わりにポジティブな側面にフォーカスしたら、虐待はあなたの人生に留まることができません。「ネガティブな出来事を経験しつづけるのは、ネガティブな側面にフォーカスし、それによってあなたが招き入れつづけているからだ」、という発見は、あなたに力を与えてくれます。

望ましくない状況で、ポジティブな考えをしつづけるのは簡単ではないことは認めます。特に最初は簡単ではありませんね。思考を導く取り組みを始める一番良い時期は、望ましくない状況に置かれているときではありません。自分一人でいるときのほうが、良い気分になれる思考を選びやすいでしょう。最初のステップとして、相手に対して、自然に好意的な気持ちになれたときのことを思い出してみてください。それが難しければ、別のトピックを選んでみましょう。ネガティブなパターンを断ち切り、よりポジティブな方向へ向かうためにまずすべきことは、自分の思考が目の前の現実を創り出しているということを受け入れることです。次に、自分には思考を導く力があるのだということを、受け入れなければなりません。その後は、良い気分になるように自分の思考を積極的に導いていく必要があります。そのパターンが習慣として身につくまで続けましょう。

特にワクワクするのが、意図的に思考をフォーカスするというプロセスを始めると、**引き寄せの法則**によって、思考が状況を改善させた証拠として、あなたの生活にすぐさま引き寄せられるということです。古い習慣を断ち切るのは難しいかもしれませんし、昔の習慣に戻ることもあるかもしれません。ですが、あなたも認めざるを得ないほどに、あなたの努力の結果が表れるでしょう。すぐに（ネガティブな会話を避けたり、もっといいふるまいをするよう他人をしつけしたりするよりもはるかにラクに）、今あなたが関わっているすべての人間関係が、良い方向に進むでしょう。

寝る前に簡単にできる「人間関係を変える」エクササイズ

寝る前に、過去や現在の良い気分になったことを思い出したり、未来のワクワクすることを思い浮かべてみましょう。そうすれば、翌朝、目覚めたときの波動の質を整えることができます。朝、目覚めたとき、前の晩に何を考えていたのかを思い出し、そのときのポジティブな思考の流れを再現しようとしてみてください。この短いワークをすることで、その日にあなたが会う人の反応も変わるでしょう。このワークを毎晩、毎朝行うことで、新しい習慣が生まれ、あなたが関わっている人間関係も変わっていくでしょう。

人間関係に何を期待するか？

あなたには、「自分が望む関係を相手から引き出す力」があります。ですが、現状にフォーカスしていては、改善された状況に向かうことはできません。宇宙と、そこにいるすべての物質的および非物質的存在は、あなたが放つ波動に反応しています。あなたが「観察」しているときに放つ波動と、「想像」しているときに放つ波動との間に区別はありません。**望む人生をただ想像するだけで、すべての協力的な要素が集まってきます。さらに重要なのは、集まってきたすべての人や物が、あなたの望みを叶えるために協力していくことです。それが、法則なのです。**

あなたは、自分が望む自由、成長、喜びを感じられる関係性を相手から引き出す力をもっています。それぞれにそのような可能性が備わっているからです。それぞれの人に、すごく理解がある人になる可能性が備わっているし、そうでない可能性もあります。とても感じのいい人になる可能性もあるし、そうならない可能性もあります。心が広く柔軟な人になる可能性もあるし、そうならない可能性もあります。ポジティブにもなり得るし、ネガティブにもなり得ます。他者との関わりのなかでどのような経験をするかは、あなたが相手から何を引き出すかによって決まります。

誰かと一緒にいるときに、自分が意図せずして行動してしまった経験はありますか？　無意識のうちに、自分が突然とってしまった行動です。それは、あなたが相手の期待に影響を受けていたのです。子どもが、接する大人によって性格が変わるというのを見たことがありますか？　ある人といるときは協力的で明るいのに、別の人といるときは頑固で不機嫌になるという感じです。あなたが目にしていたのは、他者からの期待がもつ影響力です。

あなたが、一貫してより広い視点と調和した状態を維持できるようになれば、世界を創造的するエネルギーとつながり、周りの人からもポジティブな反応を得られ、うれしく感じるでしょう。**他者との関係において、相手を責めるのはもうやめましょう。その代わりに、あなた自身が、自分の経験を引き寄せているということを認識しましょ**

う。それを理解すれば、本当の自由が訪れます。

物質世界にフォーカスしている自分と、インナービーイング（内なる存在）のより広い視点との関係を大切にし、源の心地良い思考とつながれるよう練習しましょう。本当の自分と調和し、自分を愛することを学ぶのです。そうすれば、あなたが関わっている人は、あなたのウェルビーイングの流れに逆らえなくなります。彼らは、あなたに愛情を返すか、あなたの前からいなくなるかのどちらかです。

理想のパートナーの望ましい特徴とは？

ジェリー　わたしたちは成長し、変化し、進化しつづけるのに、一人の相手が理想のパートナーでありつづけることは可能でしょうか？

アクロバット（曲芸）をしていたとき、パートナーを高く投げてキャッチしなくてはならなかったので、パートナーとなる女性は身長が152センチ以下で、体重は44キロ以下でなければなりませんでした。ですがそれから何年も経ってエスターと出会ったときには、そのようなことはもはや重要ではなくなっていました。彼女のほかの要素に惹かれたのです。エスターと出会ったとき、彼女が理想のパートナーだったのです。

　そう考えると、一夫一婦制、あるいは一人の人とずっと一緒にいることは、とても難しいことのように感じます。

エイブラハム　いろんな人生経験を積むなかで、新しい経験を通じてあなたの好みは絶えず変化しています。そのプロセスが止まることはありません。放たれた願望は、インナービーイングが受け止め、ボルテックス（波動の現実）に保持されます。つまり、新しく何かを経験するたびに、小さいことから大きなことまで、あなたが望む人生は、新しく修正されます。あなたのインナービーイングは、その変化についていくのを決してやめません。

　自分のフォーカスする力を通じて、良い気分を保つことができたら、あなたは波動の現実に後れをとらずついていくことができ、あなたの願望は、自然にストレスなく、目に見える形で実現していきます。つまり、物事が完璧に展開していくのをありのまま受け取りながら、あなたの中では「これが理にかなった次のステップだ」という感覚が続きます。そのように拡大したあなたにとっては、新しいパートナーが「理にかなった次のステップ」になることもあるのです。その場合、一人のパートナーを手放し、新しくパートナーを迎えることは、心地が悪かったり、不愉快な局面にはならないでしょう。

みなさんの文化で耳にする、「病めるときも……（いかなるときも）死が2人を分かつまで一緒にいます」という誓いの言葉は、あなたを縛りつけているように見えますし、理にかなっておらず無理があります。もっと良い意図や誓いはこのようなものでしょう。

「わたしは、ポジティブなことに自分の思考をフォーカスさせ、本当の自分である源や愛とのつながりを維持することを最優先にします。そうすることで、あなたの前では、いつも最高の自分でいます。あなたも、自分自身に対して同じように求めることを望みます。**わたしたち一人一人が、本当の自分との調和を維持しようと努めたら、わたしたちの関係は喜びにあふれながら絶え間なく拡大していくものになるでしょう**」

自然の法則は、恋愛関係には影響しないのか？

ジェリー　人間関係を築く際、どんなアプローチが自然で正しいのか、ということをわたしは長い間模索してきました。地球上の動物を見ていると、ほとんどが一夫一婦制にあまり興味がないということに気づいたのです。象は、ほかのオスをすべて追い払い、雄鶏は、自分の雌鶏の群れを守るために、命がけで戦います。もし人間が、関係を築くことに関して動物のように行動したら、生物学的な「適者生存」のように、より強く、パワフルになるのかな、と考えたことがあります。非物質世界の視点からすると、人間関係を築くのに正しい方法や間違った方法はあるのでしょうか？　つまり、何が自然なのでしょうか？

エイブラハム　人間の種を存続させるのに十分なだけの自然の力が働いています。物事のバリエーションは十分にありますし、多様性も十分にあり、バランスもとれています。飢えや喉の渇きを満たす本能的な欲求が、生存にとって不可欠であるのと同じように、あなたの性的欲求や繁殖のための本能的な欲求もまた生存にとって不可欠です。わたしたちが人間関係というテーマに関心をもつのは、生き延びるために状況に応じて行動を変えなくてはいけないからではありません。人間の生存は危機にさらされていないからです。わたしたちが人間関係に関心があるのは、喜びを感じながら生きてほしいからです。

わたしたちは、コントラストに富んだ経験や人間関係を通じてあなたが創り出したボルテックス（波動の現実）をすべて見渡せるという恩恵を受けています。あなたの波動が、その拡大した創造と調和できるよう手助けをし、あなたがそれらを余すことなく楽しく味わえることを願っています。あなたが何かを経験したことで、より良いものを求めたなら、その願望を完全にありのまま受け取らなければなりません。そうしないと、喜びは味わえません。簡単に言えば、人生が拡大させたあなたに追いついていかなければ、喜びを感じることはできないのです。

これから紹介することは、物質世界で肉体を通して表現しているあなたの、最も正確で、本当の、的確で、自然な特徴です。

- あなたは源のエネルギーの延長です

- あなたはコントラストを経験するために物質世界にフォーカスしています
- あなたは新しいアイデアを得たり、人生において選択をしたりするためにコントラストを経験することを選んでいます
- そのような新しいアイデアや人生における選択は、宇宙の拡大につながります
- 生命が存在する限り、宇宙の拡大は必然です
- 物質世界での経験がきっかけとなり、あなたの非物質的な側面が拡大するとき、喜びを感じるためにはその拡大についていかなければいけません
- 喜びは、あなたとわたしたちの最も本質的な信条です
- あらゆる人間関係は、あなたが経験するコントラストの基盤です
- 従って、あらゆる人間関係は、すべての拡大の基盤です
- 従って、あらゆる人間関係は、あなたの喜びの基盤となります
- 喜びをありのまま受けとる思考を見つけなければ、拡大した自分から自分自身を遠ざけてしまいます
- 人間関係を通じて、あなたは拡大します
- 人間関係を理由にあなたが拡大をありのまま受け取らないこともあります

・喜びを感じることは、自然なことです
・成長することは、自然なことです
・自由であることは、自然なことです
・これらのことは、人間関係についてあなたが理解すべき最も大事なことです

パートナーとの関係において何が自然か

ジェリー　一人のパートナーをもつのと、複数もつのとではどちらが自然なのでしょう？　男性は一度に複数の妻をもつべきですか？　あるいは女性は一度に複数の夫をもつべきですか？　今でも、このことに関しては文化によって意見が分かれます。

エイブラハム　あなたの質問は、また別の、非常に重要な間違った前提につながります。

間違った前提　その13
正しい生き方と間違った生き方がある。すべての人が正しい生き方を見つけ、

それにみんなが合意し、その正しい生き方が強制されるべきだ。

どんなトピックにおいても正しい決断は一つだけ、という間違った信念は、深刻な対立や混乱の原因になっています。ありがたいことに、あなたにはこの誤った発想を強制する方法はありません。でも、もしできたら、きっと存在そのものが終わってしまうでしょう。つまり、すべての拡大はコントラストから生まれる新しい意図やアイデアから生じるので、コントラストを排除すれば拡大を止めてしまうことになります。

それが起こることは決してありませんので、心配しないでください。なぜなら多様性のバランスは完璧にとれており、宇宙の法則に従って流れているからです。こうしたことをここでお話ししているのは、人類や永遠を守るためではありません。どれも危機に瀕していないからです。ですが、あなたの人生が喜びに満ちたものになるかは、こうしたことを理解することにかかっているので、こうやってお話ししています。

人生で何かを経験すると、あなたはボルテックス（波動の現実）に向けて願望を放ちます。あなたの波動がボルテックスと調和するよう、**感情のガイダンスシステム**が手助けしてくれます。心が喜びに満たされながら、あなたが拡大していくには、ボルテックスの波動と調和する必要があります。これ以外の法則は、あなたにとって重要ではありません。

宗教的な法律も、宗教に関係のない法律も、あなたの周りにある法律のほとんどが、源の広い視点と調和していない人たちによってつくられました。あなたの文化での法律は、通常、何が望ましくないかという視点から書かれています。そのため、多くの人が、膨大な時間を費やしてどの法律が正しくてどの法律が間違っているのかを言い争っています。その際に、自分たちのより広い視点から離れてしまうのです。そして、(源から離れることで生じた)ネガティブな感情を理由に、自分たちの立場を正当化しようとします。

自分の行動が正しいかどうかについて、最終的な意見を自分の外に求めるのはやめましょう。自分を愛で満たすような考えや言葉、行動を見つけて、内なる源と調和するようにすれば、信念や行動が異なっても、多くの人々と共に平和に過ごすことは可能だとわかるでしょう。

ほかの人が自分とは違う選択をしたとしても、源と調和することにフォーカスできれば、全員が一つの正しい方法に合意しなければならないという不可能な課題から、あなたは本当に解放されるでしょう。**正しい生き方や考え方が一つしかなければ、終わりに向かうことになります。正しい方法がたくさんあれば、永遠に拡大がつづきます。**

他者をコントロールするためには法律が必要だと信じているのは、ほかの人の行動が自分に悪影響を及ぼす可能性があると思い込んでいるからです。ですが、何かについて考えてフォーカスしない限り、それを経験することはないということがわかれば、ほかの人の行動をコントロールしようとする不可能な課題を手放せると理解できるはずです。その代わりに、自分の思考のフォーカスをコントロールするという、もっと簡単なことに取り組めるようになるでしょう。

わたしたちはあなたに、ありのまま受け取ることを思い出してもらうためにここにいます。あなたの波動が、「拡大してきた自分や願望と調和すること」をありのまま受け取るのです。この、広大で多様性に富む物質世界には、あらゆる願望がすべて叶うほどの余地があります。あなたが恐ろしいものや嫌なものを目にするのは、本来ならそこにあるべきウェルビーイング（健康と幸せ）をほかの誰かがありのまま受け取っていないだけなのです。引き寄せの法則は、「波動」でできているすべてのものに働いている法則です（すべてのものが「波動」でできています）。あなたがその法則に働きかける必要はありません。ただそこにあるのです。もしあなたが、ありのまま受け取ることを理解し、それができるようになれば、ほかの人が何をしていようとも喜びを感じながら生きることができるでしょう。覚えておいてください。喜びを感じていない人にフォーカスしている間は、あなたはありのまま受け取ることを実践していないのだということを。

良い気分でいたら、常にポジティブな人を引き寄せる？

質問者　一緒にいて自分に自信がもてるような相手を探したほうがいいですか？

エイブラハム　もちろんです。ほかの人があなたに対して意識を向けて、なおかつあなたに対して感謝の気持ちを抱いているとき、あなたはとても良い気分になるでしょう。なぜなら、相手は自分の源と調和していて、その調和したエネルギーをあなたに向けているからです。これは、感謝を発信する人にとっても、感謝を受け取る側にとっても、常に心地良いものです。ですが、相手のポジティブな反応に依存して、自分の良い気分を保とうとしてはいけません。誰かのポジティブなエネルギーが自分に向けられていても向けられていなくても、自分は非物質世界の流れとつながることができると認識しましょう。あなたには、あなた自身の「つながり」があります。内なる自分とつながることを頻繁に実践すれば、いつも調和がとれた状態を維持できます。内なる自分と調和した誰かが、自分に注意を向けてくれるのを待っていたら、良い気分になれるかどうかは、その人の行動に左右されてしまいます。その人がいつも調和した状態とは限らないし、いつもあなただけに注意を向けてくれるとも限りません。

ほとんどの場合、交際したてのときは心地良い感じがしますが、それはお互いが相手のポジティブな面を見つけようとするからです。2人の関係が浅いうちは、お互いの欠点に気づきませんが、時間が経つにつれて、より多くの欠点が目につきだし、だんだんと前向きな期待をしようと努力しなくなるというのはよくあることです。

ほかの誰かに頼らず、自分の源とのつながりを保つことができれば、あなたは本当の意味で自由になれるでしょう。唯一あなたを縛り得るものからの解放、つまり、「本当の自分に対する抵抗」を手放し、自由になれるのです。

どんな人でも理想のパートナーになれるのでは？

ジェリー　もし地球上に2人だけしかいなかったら、その人が誰であれ、その状況で自分たちが望むものを創り出せないでしょうか？　その1人から、理想の相手にふさわしい要素を見出すことはできますか？

エイブラハム　まず理解しなければならないのは、もし地球上に2人しかいなかったら、あなたはコントラストを経験する機会が非常に限られるため、あなたの願望もあまり進化しないということです。しかし、その限られた状況では、あなたの願望も限られているので、その限られた存在に満足する可能性はとても高いでしょう。でも、そのあり得ない仮説であなたが言わんとしていることは、そういうことではないですよね。あなたが言いたいのは、「宇宙の粒子の一つ一つに、望むものと望まないものがあるのなら、すべてのものから望むものを見つけられないのか？　望むものにフォーカスしたら、引き寄せの法則はわたしが望むものをもっと届けてくれますよね」ということだと思います。答えは「YES」です。

どこにいても、ポジティブな側面を探すことは、より良い未来につながります。たとえ、とてもひどい関係を我慢しつづけていたとしても、そのコントラストから、より良い生活への願望が生まれます。その願望に、あなたの中の源はまっすぐにフォーカスします。どんな小さなことでもポジティブな側面に意図的にフォーカスすることで、コントラストから生まれた大きな望みと調和することができます。そのポジティブな波動を一貫して放つことで、願望が物質的な形として実現するのです。（先ほどの極端な仮説で言うと）もし、地球上に自分のほかに1人しかいなかったとしたら、その願望はその人を通じて満たされるでしょう。幸運なことにあなたは、もっと大きく、協力的な環境から引き寄せることができます。

質問者　とても賢明な人が、「理想のパートナーとはどんな人か」と尋ねられたとき、「理想のパートナーとは、あなたの中の最高の部分を引き出すだけでなく、最悪な部分も引き出す人のこと」と言いました。これについてあなたはどう思いますか？

エイブラハム　その人はコントラストのあるこの世界にちょっと似ていますね。つまり、自分が望まないものが何かがわかれば、何を望むのかがより明確にわかるようになります。ですからその人は間違いなく、ステップ1の「求める」部分を明確にする手助けをしてくれるでしょう。あとは、その人の嫌な部分がきっかけとなってあなたが放った願望にフォーカスできるかどうかで、その関係がうまくいき、幸せなものになるかが決まります。

もしパートナーと一緒にいることで、望まないものを絶えず意識してしまうのであれば、同時にあなたは自分が望むものを願望として放っているのです。その願望に集中してフォーカスすることができたら、あなたは調和がとれた状態になるので、他者に与える影響も強くなります。そうすれば、相手は、あなたにネガティブに絡んでくることはなくなるでしょう。

しかし、調和した状態を続けても、それをものともしないほど相手のネガティブな言動の勢いが強い場合は、その人はあなたとは一緒にはいられないはずです。引き寄せの法則が、あなたたちを別の場所へ置くでしょう。

Part 3

セクシュアリティと引き寄せの法則

セクシュアリティ、センシュアリティと他人の意見

セックスとセクシュアリティと官能というテーマ

ジェリー セックスやセクシュアリティは、多くの人が警戒したり、強い意見を呼び起こす繊細なテーマだと思います。わたし自身のセクシュアリティと多少なり関連する最初の経験は、2歳くらいの時に幼い女の子と木箱の中で遊んでいて、とても悪い結末になりました。2人ともパンツをはいていない状態で見つかったので、ひどく怒られました。

また、子どもの頃、セックスについて母親と父親が口論していたのを覚えています。母は父にこう言っていました。「すでに3人の子どもをもうけたのだから、あなたとセックスはもうしたくないの。もしそんなに大事なら、ほかの女性を見つけてすればいいじゃない」

まだ幼い子どもの頃の記憶として、知っている周りの子どもたちはさまざまな性体験をしていました。成熟した年齢になった後も、セックスに関する強烈な烙印のせいで、恐れや懸念、抑圧が強かったせいか、そのテーマを何としてでも避けようとしていました。性に関する心の障壁が低くなり、あるいはなくなり、幸せな性体験が可能になったのは、ずいぶん後のことです。

肉体を持つ人間としてのセックスの側面について、エイブラハムの視点を教えてください。このテーマが明確になれば、多くの人の気持ちがラクになると思うのです。

エイブラハム　子どもの頃に出会う大人は、自己価値やウェルビーイングなどの価値観とつながっていない人が多く、大人たちはその欠如やつながっていない状態であなたに警戒心を伝えていったわけです。

人間は長いことセクシュアリティというテーマについて、新しい法律をつくったり、古いものを改正したりして、論じつづけてきました。正しい姿勢や取り組み方について、合意を得ようと無駄にもがき、その欠如の立場からつくった法律を強要しようとするのです。性に関する法律やルールは、文化から文化へ、世代から世代へ、社会から社会へ、宗教から宗教へと分岐していますが、ほとんどのケースで、このテーマに関する法律は（ほかの分野においても）、その時々の経済的な影響によって決まります。最も大事な点は、性に関する法律だけでなく、ほかのすべての法律やルールも、源（ソース）の広い視点から外れた、調和していない立場からできたものであるということです。

人はみな波動の存在で、「引き寄せの法則」によって、その人その人に合ったものしか引き寄せません。それを理解していたら、他人の行動をさほど心配することはないでしょう。なぜなら、他人の行動が自分にネガティブな影響を与えるのではないかと恐れなくなるからです。しかし、引き寄せの法則の仕組みを知らず、望まないことがやってくるのではないかと恐れていると、不可能な決断や法律、ルールをつくり、さらには排除しようとしている行動をもっと助長してしまいます。

望まないことに抵抗すればするほど、望まないことがもっとあなたのもとへやってくるというのは、常に真理なのです。

セクシュアリティというテーマに関して最も多く抵抗しているのは、さまざまな宗教団体で、彼らは「神」がこのテーマについて具体的な指示を告げたと信じています。この矛盾したメッセージが強調して教えてくれるのは、受け取る側が警戒や非難の立場をとっている場合は、源の純粋な愛からくる答えを受け取るのは不可能だということです。「わたしが受け取ったものは正しくて、あなたやほかの人たちが受け取ったものは間違っている」というこの考え方こそが、あなたが受け取ったと言っているその源自体に届かない、抵抗の場所に留まらせるのです。

さあ、間違った前提の中でも、最も重要なものに触れていきましょう。

間違った前提 その14

あらゆることを考慮した神が、すべてのことにおいて正しい最終結論に達した。

この思い込み、間違った前提が、人類に対して続く冒瀆（ぼうとく）の根源なのです。戦争や偏見、憎しみ、さらに無価値観の根源でもあり、自分自身のウェルビーイングを阻む要因でもあります。この間違った前提はとても重要で、人々が「神」と呼ぶ存在について、自分や他人についての視点があまりにも歪んでいるため、これだけでも本を一冊書けるほどです。そこから派生する結果は計り知れないほど大きなものです。

源（どんな呼び方でもかまいません）は、拡大を終えて完結しており、その完璧な場所から、人間が狭いルールに従うよう求めている、というのは不正確な結論です。それは、「宇宙の法則」に反するだけでなく、その論理を支えるために別の間違った前提が必要となり、その間違った前提で塗り固めることの繰り返しです。源の愛の波動の「外側」にいると、人は警戒したり非難したり、罪悪感や恐れをもったりします。

人々は、その不足の特質を「神」と呼ぶ存在に当てはめてしまうのです。

人類は神から送られてきた法の論争を続け、それぞれの経済的な願望や需要に合わせて曲げたり歪めたりします。多くの場合、宗教団体のリーダーから、そうしたルールを守る価値や必要性が説かれてきました。ルールを守っていれば恩恵がもたらされるが、守らなければ罰則が待っていると。しかし、法を守っていない人たちは成功していて、守ろうと懸命な人たちほど大変な苦労をしているのに気づきます。つまり、人類最大の間違った前提を教え込まれているのです。

間違った前提 その15

人生の行いに対しての報いが、報酬なのか、罰なのか、生きている間はわからない。死んだ後に、その報いが提示される。

「存在するすべて」を支える愛ある「法則」は普遍的な法則のため、常に適用されます。その法則と調和しているときは、どんな瞬間でもそれが明らかであり、調和していないときもまた明らかです。愛のように感じるものは「愛」であり、憎しみのように感じるものは「愛」ではありません。

正しい生き方をしたい人は大勢いますが、多様性に満ちた膨大なリストの中から正しい行動とそうでないものを整理しようとすると、自分の正しい道がわからなくなります。これが次の間違った前提へとつながります。

間違った前提 その16

地球で生きている、または生きてきた人々が現実化した結果のデータを集めることによって、「正解」「不正解」を完璧なグループに効率的に分けることができる。一度その決定がなされたら、その結果を適用するだけである。この決定に全員を合意させたら、何よりも大事なことは、彼らに従わせることである。そうすれば地球での調和が得られる。

この間違った前提のため、どちらの生き方が正しいか、我こそが神に支持され承認されているのだ、と主張する複数の団体が争っています。それを証明するための闘争で、毎日多くの命が失われているのです。そのどれもが、神との真のつながりを一切もてていないのです。

存在するすべてのアイデアを、一握りの合意したものに絞り込もう、という意図をもって、人は生まれてきたわけではありません。実のところ、生まれてくる前の意図はその真逆だったのです。あなたは生まれてくるときに、究極的に多様な環境に生まれてくることを知っていて、その違いと多様な選択肢という土台から、新たに、より良いアイデアが生まれることも知っていたのです。

人間が「神」と呼んでいる永遠に続く本質は、わたしたちが参加することによって、より充実することを理解していました。この膨大なコントラストのある環境が、終わることのない拡大の土台となることも知っていました。

それが人間で言うところの「永遠」の一環であるのです。「神」の拡大に終わりはありません。その拡大と人間の参加は、切っても切れない関係なのです。

「神」または「源」とのつながりに関して最も有害な混乱は、「自分の価値を見つけ、それを弁護するためには、ほかの人の価値観と闘わなくてはいけない」と誤解している点です。他人が望まない側面にフォーカスして抵抗する性質こそが、探し求めている「源」と「神聖」との調和を阻むのです。そうして、空虚感の原因は、ほかの人たちが違うせいだと非難するわけです。これがまた、次の間違った前提へとつながります。

間違った前提 その17

わたしたちの団体の創設者のように、特別な人たちだけが、神からの正しいメッセージを受け取ることができる。そのため、ほかの使者からのメッセージは正しくない。

セクシュアリティについて話すなかで、間違った前提の最たるものの一つが明らかにされただけではなく、このセクシュアリティというテーマが、人間が存在するために欠かせない道でもある、というのがわかったのが興味深いですよね。「源」とつながれていないために感じる無価値感は、セクシュアリティというテーマでの混乱の根底にあります。

正しいと信じる生き方に出会い、何とか自制してその生き方を守ろうとする人はごく稀です。なぜなら、人の本能は広い視点の叡智（えいち）からくるものであり、人間がつくった行動の制限と逆行するからです。

性に関する法則は非物質世界の次元からきたもの？

ジェリー　では、わたしにとって、何が自然なことなのでしょう？　歳を重ねるにつれて、何が本来の自然なことなのかを知りたいと思うだけでなく、何が高次なる法則に反するのかを知りたいと思うようになりました。例えば、世界中の文化について観察したり、本などで読むと、進化している文化も原始的な文化もすべて、セックスにおいては新参者たちをコントロールするタブーやルールがあることに気づきました。こうしたタブーなどで、「インナービーイング」、あるいは高次な叡智から由来するものはあるのでしょうか？

エイブラハム　タブーやルールは、人間的な脆弱（ぜいじゃく）性からできたもので、あなたの「インナービーイング」や高次な叡智、非物質世界からくるものではありません。宗教の戒律だろうが世俗の法律だろうが、例外なくすべての法が、不足の観点からつくられています。何かから誰かを守ろうとする立場から生じるのです。

これらの法律を巡って、実際は何が起きているのか真に注視したならば、法律違反者たちを阻止できないことに気づくでしょう。そもそも法律を破らないような人たちの規制にしかなりません。そうして、適合することで他人から認めてもらいたいと思っている人たちの自由を制限して、人生をさらに混乱させるのです。

鳥たちの声が聞こえますか？（家の外から聞こえてくる自然の音についてエイブラハムが言及）

あの鳴き声はとても性的なものです。先ほどは雄鶏の鳴き声があまりにも大きかったので、収録を中断しようかと思いました。つまり、みなさんの世界は非物質世界からの導きを受け取っている存在、生き物であふれているのです。それにもかかわらず、人間だけがセクシュアリティというテーマに対して警戒して抵抗をもっています。人間だけが、性に関して極端なほど不足の立場から見ているのです。ほとんどの人が不足の視点、何か間違っていることをしているのではないかという懸念、先人たちから植えつけられた懸念をもっています。

そこには喜びはあまりなく、ほとんどの人が大きな混乱の中にいるのです。

セクシュアリティは法律ではなく、衝動が導くもの

ジェリー　なるほど。では、肉体を持った身として性的にどのようにふるまうべきか、非物質世界の次元からは何のルールも言われていないわけですね。わたしたちは何のルールも知らずに生まれてきた。そもそも非物質世界から言われてきたルールは何もないわけですから。だから子どもたちは、全く警戒しておらず、大人から見たら緩すぎたり不注意に見えるような行動をとるのでしょうか？　だから、大人たちは彼らをコントロールしたり、手綱を握る必要性を感じるのでしょうか？

エイブラハム　みなさんは、「正しい」「正しくない」という善悪のリストの記憶をもって生まれてきたわけではありません。なぜならそのようなリストは存在しないからです。しかしながら、みなさんは効果的な「ガイダンスシステム」をもって生まれてきまし

た。あなたが感じる感情とは、例外なく、波動的に調和しているか、調和していないか、できていないかどうかの指標なのです。

同じテーマに関して、人間としてのあなたの脳がフォーカスしている思考と、非物質世界のあなたの広い視点が、一致しているか否かの指標です。

あなたの内なる源は常に拡大しつづけているので、あなたの源の部分の理解や視点、意図、知識も拡大しているのです。そのため、人々の経験に対して、これが正しくてこれが間違っているとか、これは善でこれは悪だ、というような固定したリストを作れないのです。その代わり、あなたの一つ一つの思考に対して、その瞬間その瞬間、あなただけの個人的で正確、かつ愛のあるフィードバックが、広い視点と調和しているときとそうでないときを教えてくれているのです。

源から、全体のためのガイダンスが書かれたリストが一つだけ与えられているのではありません。肉体を持つすべての存在それぞれに、いつ何時も、どんな空間でも、どんな状況においても、それぞれのガイダンスが与えられています。

もし後から生まれてきた子どもたちを社会に順応させたいと思っている場合、どの行動が正しいのかを決めるという不可能な任務に乗り出すことになります。なぜなら、あなた自身が自分の「ガイダンスシステム」を知らないため、子どもたちにもガイダンスシステムがあることも知らないからです。それに加えて、それらの決断を強制するという、さらに不可能な任務があるというわけです。

他人の行動をコントロールしなければいけないと多くの人が感じる理由は、自分の経験に他人が介入する力があると信じているからです。あなたが波動によって招待、つまり招き入れさえしなければ、何であってもあなたの経験にはやってこないことをわかっていれば、「自分がどんな波動を発しているかを意識するだけでいい」のです。そうすれば、ほかの人の行動をコントロールしようという、とてつもなく大きくて、不可能な任務に乗り出さずに済むわけです。

たとえあなたが認めないようなことだったとしても、他人のさまざまな行動が地球のウェルビーイングとバランスに寄与していることを知っていたら、彼らの選んだ生き方をもっと許したり受け入れたりすることができるでしょう。もしそれが、あなたの望まない行動ならば、あなたは参加する必要はありませんし、あなたが意識を向けさえしなければ、参加することはないのです。それを知っていたら、ほかの人が選んだ生き方を、もっと許せるようになるでしょう。

誰かをコントロールする必要性はすべて、「宇宙の法則」に対しての基礎的な誤解から生じています。地球を共にするほかの人たちと、意図してきた自分の役割を誤解しているためです。ここでさらに大きな間違った前提が浮上してきました。

間違った前提 その18

社会の望まない要素を探し出すことで、それを排除できる。望まないことが存在しなければもっと自由になれる。

「真の自由とは抵抗がない」状態であり、「真の自由とは源との調和がある」状態です。それは完全な調和を、広大な非物質世界の部分を自分自身で阻んでいないとき、つまり調和しているときに感じるものです。そのため、何か望まないことに抵抗しながら、同時に「本当のあなた」と調和することは不可能なのです。

望まないことに抵抗する状態でありながら、同時に望むことと調和することはできません。だからこそ、他人をコントロールしようとしていたら、たとえどれだけ良かれという動機だと信じていようが、気分のよい状態には決してなれないのです。

あなたは正しい行動に関するルールを知って生まれてきたわけではありませんが、衝動を感じられる状態でやってきました。

喉が渇いたときに体を潤そうと何かを飲もうとするように、または、お腹が空いたときにエネルギーを補給しようと食べるように、セクシュアリティにおいても、この惑星の生き物たちには、その感覚あるいは強い衝動が自然と湧き上がるのです。

もし人間が野生動物のように、性欲に従って行動したらどうなる?

ジェリー　動物たちの話に戻ると、動物は非物質世界のガイダンスあるいは「本能」からくる行動をとっているように思います。わたしたちの飼っている雄鶏や雌鶏も従うべき法律やルールはないし、内側からくる衝動だけです。

もしわたしたち人間が、彼らのようにまっさらな状態で生まれてきたら、外側の制限と無関係で、自分たちのインナービーイングに従って生きられると思うのです。でも、そうではなく、従うべきルールやコントロールが存在する社会や文化に生まれてきました。

エイブラハム　一番特筆するべきは、人間としてみなさんも、内なるガイダンスをもって生まれてきたということです。あなたのガイダンス、生まれもった認識、自己に対する感覚、つまり、永遠の存在である「本当のあなた」があなたの大部分なのです。ほかの人間たちが定めたコントロールに妨げられていると信じているかもしれません。しかし、このコントロールはあなたが思っているほど大きくもなく、邪魔するものではありません。あなたの生まれもった非物質世界の衝動はもっと強いものだからです。

性的な行いに関して社会は際限なく規則や法律を課してきましたが、ルールを守る人たちよりも、違反する人、破ってきた人が多いわけです。それは、みなさんの非物質世界からくる衝動がとても強いからです。もし政府や取り締まる機関が食べることを禁じたら、生き残るための本能が勝って、人は食べる方法を探すでしょう。

締め付ける法や規則、セクシュアリティに関する誤解から解放されるために、あなたも社会もこの本を必要としてはいません。なぜなら、本来の自然な衝動が強力なので、実際はみなさんが規則に縛られていると感じながら行動していないからです。

つまり、自然な本能や衝動がとても強力なので、その衝動に導かれて人は行動するのです。しかし、人々の行動をコントロールしようとする非現実的な規則と、自分の行動の間で感情的にも引き裂かれてしまいます。自然な行動をしているにもかかわらず、それに対して罪悪感をもってしまうわけです。

お互いの行動をコントロールしなくてはいけないと信じている限りは、求めている幸せは見つけられないし、真の自由の喜びを知ることはないでしょう。本当に求めているのは、あなたの思考のコントロールであり、あなたの広い視点との調和なのです。

個人の性的個性が社会的に認められない場合

ジェリー　特定の行動について考えるときに、自分は気分がいいけれど、ほかの人からどう思われるかを考えて気分が悪くなる場合はどうすればいいですか?

エイブラハム　その場合は、他人の意見に影響されて自分の行動を導こうとしているので、軌道から外れてしまっている状況です。唯一信頼できるガイダンスは、その瞬間に考えていることが、あなたの源の広い視点と調和しているか、いないかを教えてくれる感情です。

あなたが非物質世界からどんな意図をもって生まれてきたかは、ほかの人にはわかり得ないことです。あなたが経験してきた何千もの交流を彼らが体験したわけでもないし、あなたが人生で打ち上げてきた願望のロケットにも関係ありません。あなたの人生によって出来上がった「波動の現実」も知り得ません。また、あなたが感じている調和あるいは不調和（受け取るか抵抗するか）も、彼らは感じることはできないのです。

あなたのこの質問は大事です。なぜなら、どちらの感情を信頼するか、信じるかを理解しようとしているからです。自分の経験に対して考えたときに感じたいい気分を信頼するか、あるいはほかの人が反対しているのを見て感じた気分の悪さを信じるかを理解しようとしているからです。

あなたの中にある「感情のガイダンスシステム」の存在と、その仕組みについて認識してもらうこと以上に大事なことはありません。それなしでは、一貫したガイダンスがないわけですから。あなたの感情はすべて、それを感じている瞬間にあなたが考えていることが、源と一致しているか、していないかを教えてくれています。

肉体を持つ前だけでなく生まれてきた後も、あなたの「インナービーイング」は生きてきたすべてを総合したものに拡大し、そのすべての良きものとして存在しています。その無限の叡智であり、純粋でポジティブな源のエネルギーの視点と、あなたの今の思考が調和しているかを教えてくれるのが感情です。もし人生を通してそのことを理解することができたら、本当の意味で、あなたの感情を存分に活用できるようになるでしょう。

ネガティブな感情を感じるとき、あなたの中で今活性化している思考が、源の認識と調和していないことを意味します。例外はありません。源はあなたに対して愛情しか向けていないので、自分の悪いところを見つけたり、自分には価値がない、自分は不適切だと思ったりすると、必ずネガティブな感情を抱きます。他人を批判しても、必ずネガティブな感情になるでしょう。なぜなら、内なる源はほかの人に、愛しか感じていないからです。ネガティブな感情を感じたら、いつでもそれは、源と調和していないことを意味しています。それを覚えていれば、源と一致するようになるまで、あなたの思考を意図的に捉え直すことができるでしょう。それが効果的に「ガイダンスシステム」を活用する方法です。

ほかの人を喜ばせるために、内なるガイダンスを上書きして行動を変えようとすると、その外側のガイダンス（他人）が一貫性のないものだと、すぐに気づくでしょう。どうすればいいのか、混乱してくるでしょう。多くの人が自身の「ガイダンスシステム」との意識的なつながりを失ってしまい、源とその力に調和する思考を意図的に見つけようとする代わりに、周りの人の意見や周囲の結果を意識してしまいます。内なる源は、明晰さ、愛と力の波動に、安定して定まっているのにもかかわらず、他人に合わせてしまうのです。

周囲の波動の結果、つまり周りで起きていることを検証し、分類や仕分けをして、査定して判断するわけです。それらの結果を、「良い」あるいは「悪い」「正しい」あるいは「間違っている」のカテゴリーに分けていくのです。そのすべてのデータの結果、道に迷うのです。

本当にたくさんの多様な意見や理解すべき事情、さまざまな動機があります。だから、社会で起こる個々の行いを、「正解」「不正解」に分けることは不可能です。たとえ、社会ではこう生きるべき、というような一般的な合意が多かれ少なかれできたとしても、周りの人全員にあなたの意見と同意してもらうことは無理です。みんなの合意のもと、「不適切」な行動に対しての法律が制定されたとしても、そうした法の数々を強制することはできないのです。

社会が人間の行動を支配して強制しようと試みつづけても、人間の多様性ゆえに、それは不快な苦悩でありつづけるでしょう。その繰り返しで、経済的にもダメージを与えるのです。個人の自由と自立した思考の流れに逆らうために必要なお金は、世界中からかき集めても足りないのです。

この宇宙は「取り込む」仕組みで成り立っています。「引き寄せの法則」がすべての詳細や出会いを執り行う管理者であることを忘れたときに、人は絶対にあり得ないことを恐れます。望まないことが無理やり自分の体験にやってくると恐れるのです。

あなたが招き入れないものは、絶対にあなたの体験に入ってきません。望まないことに思考を向け、また望まないことの要素を一定の時間考えたため、自分の体験に招き入れることになります。それを知っていたら、「自分の現実は自分で創造している」という確証をもった上で、あなた自身のパワフルな「感情のガイダンスシステム」を活用することができるでしょう。

自分自身の内側と調和しているか、していないかを単純に意識していれば、他人の行動をコントロールしようという、困難で不可能な任務をなくすことができるでしょう。自身の中での調和と不調和は、ポジティブな感情、あるいはネガティブな感情という形でわかるわけです。

意識的にあなたの思考を内なる源へ向け、コントロールできないことにお金や時間を無駄にしなくなると、感情が和らぎ、源との調和ができるようになります。それだけではなく、すべての望みがあなたのもとへやってくるようになるでしょう。

あなたのパワフルな質問に戻りましょう。あるふるまいや行動に思いを巡らせたとき、反対の土台からくる意見、規則、他人の意見など関係なく、その思考が喜びをもたらしたことは、内なる源がその思考と同意しているということを意味します。

その後によぎった「不適切かもしれない」という思考は（それが、現実でも想像でも）、「他人が非難するかも」と想像したので不快な気分になったのです。あなたの内なる源は、その思考に同意していないからこそ、不快な気分になるのです。

過去から現在の社会のあらゆる行動や、世界中の人々の意見を分類したり、すべての法や規則を見直し、法律ができた原因、法律の進化を評価したり、それらに従って生きようとしたり、強制するのは、人々を圧倒し混乱を招くだけでなく、不可能なことです。

「源」「無限の叡智」「インナービーイング」「神」があなたの思考や言動に同意するかしないかを知るためには、あなたが「気分がいいか悪いか」に気づくだけでいいのです。

どんなことに関しても、平穏を見つけるためには、「他人から認めてもらおう」とするのではなく、「自分で自分を認めること」が大切です。そのためには内側から外側へと整えていくことから始めましょう。「自分は気分よくいたい」と認識し、いいものと調和した人生を歩みたいと認識することです。それができたら、想像上でも、実際の体験でも、大きな視点においての「正解」「不正解」に反するような状況に身を置くことはないでしょう。

人類のセクシュアルヒエラルキーは誰が定める？

ジェリー　わたしたちの文化においてセクシュアリティを観察していると、性的な営みに関わらない「高僧」と呼ぶような層と、(子づくりのためだけに) セックスをする「一般の人々」、さらにヒエラルキーの最下層には、「快楽」のためにセックスをする層があるように思います。でも、わたしたちみな、それらのすべてをもち合わせているようにも思うのですが……。

エイブラハム あなたの話を中断させてもらうのですが、それらはすべて不足の観点からきた考え方です。自分たちに価値がないと考える人たちの観点からくるものです。

肉体を持つ人生とは、肉体で感じる感覚の人生なのです。見るための視覚、聞くための聴覚、香りを嗅ぐための嗅覚、触れて感じるための触覚、味わうための味覚をもってこの物質世界へやってきたのです。

この時空の最先端は、あなたの肉体的感覚が解釈した波動のすべてが、複雑に組み合わさってできたものです。すべて、人間としてのあなたの経験を拡大するものです。あなたの感情に注意していれば、自分の行動が適切かどうかを知る手助けになります。あなたが価値のある存在であり、それがあなたの核であることを理解できるようになるでしょう。どの時点で、人々が自分の価値や意義を信じられなくなったのかを、ピンポイントではっきりさせることは不必要かつ不可能です。他人の経験と比べ、一つだけの「正しい」答えや「正しい」行動を探そうとして、源とのつながりを阻み、それによって自己価値観が徐々に崩れてきたのです。

今では、無価値観が地球で広く見られ、ほとんどの人の思考が不足に向いています。それが、源や愛、ウェルビーイングとの調和の邪魔を助長しているわけです。

みなさんは、源のエネルギーの延長として、肉体を持って生まれてきました。具体的なコントラストを体験することで、より良い人生について新たに具体的な決断をし、同等の答えが源の中に誕生するのです。つまり、経験するごとに生まれるすべての質問に対し、それと同等の解決策が、源の経験のなかに出来上がるというわけです。

あなたは生きることに対しても、人生を探究するなかでコントラストを体験することに対しても、意欲をもってやってきました。そのため、常に新しい願望のロケットを打ち上げ、あなたが生きている人生のおかげで、「存在するものすべて」が拡大するのです。

気分のいい思考を探すことを一番の意図にすれば、あなたの内なる源と波動が頻繁に一致するようになるでしょう。さらにいい気分が普段から保てていれば、あなたが自分の存在意義を全うできている証拠です。さらに、自分自身の拡大に追いつけている証でもあります。

すべての体験があなたの拡大につながります。ポジティブな感情は新しく拡大したあなた自身に追いついていることを教えてくれています。ネガティブな感情は、あなたの大きな部分が拡大した場所に移動したのに、あなたは進まずに止まっていることを意味します。つまり、自分がどう感じているかを意識して、気分のいい思考を可能な限り探しつづけていたら、調和のリズムがつかめるでしょう。望む方向へ拡大した自分からそれたときには、すぐに感情が教えてくれるのです。

あなたの内側にある愛と喜びに満ちた「神・源」という存在と相反するような行動をとったら、必ず強いネガティブな感情が教えてくれます。これは断言します。内なる源と完全にかけ離れている人は多くいて、彼らは自分の正しさを訴えながら、他人を非難しています。でも、彼らが内側に抱いている怒りは、彼ら自身が主張する正当性を本人が阻んでいる証拠でもあります。

怒りと憎しみ、非難は、神との調和を象徴するものではなく、みなさんが神と呼ぶ存在との不調和を示すものなのです。

すると、こんなことを言う人たちがいます。「罪悪感があるということは、何か間違っているか、悪いことをしているという意味ではないのですか?」と。しかし、あなたが感じるネガティブな感情とは、単にあなたの中で波動を放つその思考が、あなたの内なる源の波動と合致していないということを意味しているのだと理解してください。

源は、いつどんなときでもあなたのことを愛しつづけています。あなた自身が自分を愛していないときは、不調和を感じます。

もしわたしたちが人間の立場だったならば、ネガティブな感情を引き起こした行動について考えたときに、その嫌な感情がなくなるまでは行動をとることはありません。源との調和ができるまでは、絶対に進まないようにします。

より良い思考を感じるようにしていたら、次第に、通常は短い時間で、源との調和を感じることができ、自分の行動が適切であるかどうかを認識できるでしょう。さまざまなことに対して、正しいか正しくないかという長いリストを探すのではなく、源と調和した気持ちを感じるようにするのがお勧めです。

ネガティブな感情は、あなたが悪いという意味ではありません。あなたの中で活性化している思考が、源の中で同じテーマについて活性化している思考と調和しないことを意味しています。セックスが間違っていると思っているのに、そうした行為に関わろうとすると、ネガティブな感情が生まれますが、それは性的な行為が間違っているという意味ではありません。そのネガティブな気持ちは、源があなたに対して感じていることと、あなたが自分自身に対して、自分の行いに対してもっている意見が調和していないことを教えてくれているのです。

ちょっと立ち止まって、自分自身を愛し、承認するような思考を探してください。そうすれば、不調和の感覚がなくなってくるでしょう。

通常、50年、60年、あるいは70年も人間として生きていたら、すべての人を喜ばせることはできないのだと、はっきり気づくでしょう。実際には、ほとんどの人を喜ばせることができないと理解するでしょう。なぜなら、それぞれがあなたに対して求めることが違うからです。他人の承認を基準に自分を導こうとするのは、苦しいし、無駄なことです。しかし、あなたの内なるガイダンスのことは信頼することができます。実のところ、信用できる唯一のものなのです。なぜなら、「本当のあなた」「拡大したあなた」を完全に理解していて、その拡大した存在に対して、波動の関係的にあなたがどの立ち位置にいるかもわかっているからです。

あなたの内なる源との関係性を理解し、自分自身の「感情のガイダンスシステム」をわかっていたら、完全で、素晴らしく、価値ある「あなた」からそれることはないでしょう。感情は源とあなたの波動の相関関係を常に教えてくれているのです。

性的な共同創造はどのように調整すればいい？

ジェリー　人間は生来、官能を楽しみたいという願望と、子孫を残すという本能をもっているように思います。思考を通して創造する願望も生まれもっていると思いますが、セクシュアリティというテーマは、共同創造について考えさせられます。2人の人間が関わるので、それぞれの願望、信念、意図が関係すると思います。2人の違う人が、さまざまな時間や経験をするなかで、どうしたら調和した共同創造を生みつづけることができるのでしょうか？　2人とも変化していくなかで、パートナーの願望と自分の望みを調和させるにはどうすればいいのでしょうか？

エイブラハム　前述の質問でも話しましたが、パートナーとの調和を望むことが、相手の承認を得たいという願望に置き換わってはいけません。お互いの同意を探そうとして、自由を失うような気持ちになることほど、人間関係やパートナーシップにおいて破壊的なものはありません。これが、次の間違った前提へとつながっていきます。

間違った前提 その19　良い人間関係とは、関係する各々のうち、一番強い意図に同意することで、相手と調和すること。

良い人間関係と幸せな人生を送る上で、お互いが調和を求めているのに、どうして間違った土台をもつ可能性が出てくるのでしょうか？　幸せになるには、2人とも各々が創造した波動の現実（ボルテックス）に調和しなくてはなりません。内なる自分との調和よりもパートナーとの調和を優先してしまうと、あなたと源の不調和につながる可能性がとても高いわけです。その不調和の感情が自由を失ったように感じさせるのです。そしてあなたが調和を真に求めているパートナーはいい気分でなくなります。あなたは源とのつながりを失うと違和感を覚えるでしょうし、実際に源から外れているので、あなたが喜ばせようと思っているパートナーに対して、望んでいなくても不快に思うようになるでしょう。つまり、源との調和に代わるものは存在しないのです。

繰り返しになりますが、愛を探す場所がすべて間違っているのです。「相手といい関係を望むな」と言っているのではありません。**「源との調和の強力な恩恵を求めること」を第一にしてほしい**と、強くお勧めしているのです。

内なる源との調和ができたら、最も拡大したバージョンのあなたとも調和ができるのです。「本当のあなた」「拡大したあなた」と調和していたら、パートナーとの最高の関係性も自ずと調和するようになります。

カップル、あるいはどんな形にせよ、誰かと共同創造をしているときにお互いを喜ばせることで調和をとろうとすると、その前提が間違っていることに必ず気づくでしょう。あなた自身の源との調和を見つけるために自分中心でいなければ、パートナーに与えるものは何もないわけですから。

パートナーの機嫌をとるのが自分の役目だと思い、努力したり、相手が喜ぶようなふるまいをしたりしていると、究極的に相手が不幸になるお膳立てをしているのです。なぜなら、気分よくいるために、本人の内なる源と調和するのではなく、あなたやその言動に依存するように、相手を訓練してしまうからです。

どんなにあなたが人を喜ばせるのがうまくても、どんなにがんばったとしても、パートナーが自身の源と調和することの代わりにはなれないのです。

一緒に共同創造している人には、こんなメッセージを伝えたいものです。「わたしがどう感じるか、あなたにその責任を負わせたりしません。わたしには、源との調和にフォーカスする力があり、自分で気分よくいる力をもっています」

それがあなたの真意ならば、真の自由と真の幸せへの道、「唯一」の道を発見したことになります。しかし、他人の行動や信念、あるいは意図に幸せを依存していたら、あなたはとらわれの身です。それらは何一つコントロールできないからです。

セックスへの恐れが、触れられる喜びを台無しにする

ジェリー　エイブラハム、みなさんからいただいたご質問を読みたいと思います。この

引き寄せの法則のプロセスの視点から、こうした実在のケースに対しての意見を教えてください。

若い女性からの質問です。

「わたしも母も、セックスというものに対して不快感をもっています。それについて聞くのも、読むのも、テレビで見るのも、関わるのも嫌です。母のセックスに対しての強いネガティブな感情の影響か、わたし自身もパートナーに触れられるたびに、セックスをする流れになるのではないかと恐れてしまいます。良い結婚生活は送りたいのですが、どうやったら性的な行動になだれ込むかもしれないと恐れずに、触れ合ったり官能的な部分だけを楽しめたりするのでしょうか？」

エイブラハム　この本を読んでいる人やこの質問を聞いている人は、彼女の言葉に大きな衝撃を受けるでしょう。これほどまでに性行為に対して拒絶反応を示す奥さんをもって、旦那さんが可哀想だと思うでしょうし、一方で共感する人たちもいるでしょう。もしこの女性が、性的な体験について自分とは違う考えをもつ人と結婚している場合は、どちらか一方が常にこのテーマに関して不快感をもつことになります。

最も重要なことは（通常ほとんどの人にとって最も理解に苦しむことですが）、究極な解決策は、セックスの行動の有無にないということです。なぜなら、性的な行動において、正解も不正解もないからです。特定のテーマにおいてネガティブな感情の強いパターンが紐づいている場合は、あなたが習慣的に活性化しつづけた思考と、源がそのテーマについてもつ視点が、著しく異なっていることを意味しています。

例えば、小さな女の子が（歳は関係ありませんが、たいがい小さな頃からこうしたことは始まります）このテーマについての自分の言葉や行動が強く否定されるのを感じると、自分の言動が不適切だった、あるいはその考え自体が不適切だったと結論づけてしまうのです。その空虚な感情を「罪悪感」と呼び、自分の間違った言動や思考の証拠だと受け入れてしまうわけです。しかし、あなたの「感情のガイダンスシステム」は、全く違うことを教えてくれているのです。その「罪悪感」とは、あなたが不適切と結論づけたことが、内なる源の意見と全く違うことを単に教えてくれる指標に過ぎないのです。つまり、あなたがあなた自身を責めているけれども、源はあなたを責めてはいないということです。

自身の価値、良さを認識すること以上に、あなたが本質的に望んでいるものはありません。それを邪魔するような思考を長くもちつづけると、嫌な気分になるのです。特定の行動が悪いことだと決めれば、その行動をとるたびに常に気分が悪くなります。逆に、特定の行動が良いことだと決めれば、その行動をとるとき常に気分が良いわけです。ただ、「正しい」か「正しくない」か、「良い」か「悪い」かのカテゴリーに行動を分類しようとすると、人生はとても複雑なものになってきます。

例えば、良い妻とは夫に協力するものだと信じていたら、彼の性的な願望に歩み寄らないことで嫌な気分になるでしょう。性行為が悪いことだと信じていたら、夫の性的な願望に従うのも嫌な気分になるので、彼に「はい」あるいは「いいえ」のどちらの返事をしても、不快になるでしょう。解決するのが不可能になってしまいます。そのため、彼の性的な願望自体が不適切だという結論に至るわけです。

しかし、こうした感情のどれもが、彼の要望や行動の正解、不正解とは無関係です。あなたの感情はいつだって、そのテーマについてのあなたの思考が「インナービーイング」の思考と調和しているかどうかを教えてくれるものです。それだけです。あなたが自分を不適切だと決めたときは、必ず源と不調和な状態にあるわけです。夫が不適切だと決めれば、源との調和から外れていることを意味します。あなたの母親がセクシュアリティに関して間違った影響を与えたという結論に至っても、源と不調和になるわけです。

人生経験を通して、特定の活動（性に関するものであってもなくても）をしたくないと決めたとしましょう。さらに、そのテーマに関係して望まないことを一切考えてこなかった場合は、あなたの中で、そのことについて活性化している波動がないわけです。そのような条件下では、パワフルな「引き寄せの法則」はあなたと完全に同意しているパートナーをもたらしてくれ、その人とは苦労もなく、相性の良い人生を送ることができるでしょう。

では、人生経験を通して、特定の活動に参加したくないと決めたとしましょう。幼い頃にそれを決めました。信頼する母親からそれを教わったのです。とても重要な決断のように感じるようになりました。そのことに関して本もたくさん読み、助言ももらいました。望まないことがとても強く明確になり、その決断を正当化することが多くなります。このような状況では、あなたと同意するパートナーを「引き寄せの法則」が届けるのは不可能です。なぜなら、あなたがこのテーマにおいて主に放っている波動は、あなた自身が決めたことと一致しないからです。そのため、あなたが望んでいることと、全く逆のことを要求してくるパートナーを引き寄せてしまうのです。わたしたちは、みなさんを性的な活動へ促そう、あるいは遠ざけようとしているわけではありません。ただ、理解してほしいのは、このケースも「そこから望む目的地へは行けない」一例だということです。「望まない」ことばかりで埋め尽くされた波動を放ちつづけながら、「望む」ことを引き寄せることはできないのです。

もう一つ知ってほしいのは、自分がどう感じているかを意識し、気分のよい思考を意図的に選ぶようにすると、「非物質世界」の広い本質を認識できるようになるということです。

あなたが感じるネガティブな感情の大半は、そのテーマについての思考が間違っているから生じるものではなく、あなたの内なる源が非難していないにもかかわらず、あなたがそのことを非難しているからです。内なる源は愛の存在であり、非難などはしないのです。

時間とともに、内なる源との調和がよりできるようになってくれば、官能的な感覚が戻ってくることを保証します。この肉体を持って生まれてきたときに、肉体の存在としての楽しい本能と喜びを探究したいと思って生まれてきたわけですから。源と

「調和」している人で、肉体的な交流を嫌悪している人は見たことがありません。嫌悪感は「不調和」を表すものなのです。

いつだってフレッシュなスタートを切ることができる

ジェリー　エイブラハムに出会う前は、人生とは分岐点でいろいろな方向へ枝分かれするように、さまざまな可能性の道を歩むようなものだと思っていました。こっちに枝分かれした道を選んでもいいし、あっちも選べる、という感じで。自分がしっくりこないなと感じた時点で、分岐点まで引き返して、より良い道を選べばいいと思っていました。ですが、エイブラハムの教えでは、引き返す必要はなく、いつだってフレッシュでまっさらなスタートが切れると言っているように聞こえます。

エイブラハム　あなたのその比喩の中で加味されていないのは、正しいと感じられず、その道を楽しめずに歩んでいた間も、波動による願望のロケットが送り出されていたということです。それは解決策、あるいは同等の改善であり、その願望のロケットを送ることで、あなたの「波動の現実」に新しい願望が足されて改良されたのです。さらには、あなたの非物質世界の部分は、その改良された人生を生きている「拡大した存在」になったわけです。かつての物質的な視点に引き返すのは、不必要だし、不可能です。人生があなたを前進させたのです。何よりも大事なことは、拡大したバージョンのあなたが「あなた」を呼んでいるのです。その声に耳を傾ければ、あなたの目の前で、よく照らされた、簡単に導いてもらえる道が拓けてくるでしょう。

楽しいセクシュアリティの周波数をどうしたら取り戻せるのか？

ジェリー　先ほどの話に出てきた若い女性の質問とは裏腹に、こんな男性の声もあります。

「結婚した当初3カ月ほどは、妻と毎日3～4回はセックスをしていました。しかし、何年か経つと、妻にとってセックスという行為が極めて不快だと感じるまでになってしまったのです。もし自分から何もしなければ、全く実現しません。言葉や映画、あるいは本という形ですら、セクシュアルな刺激に彼女は興味を示しません。そちらの方面に彼女のフォーカスが向かうことは何であっても許しません。彼女が楽しめないのなら、セックスをしたくありませんし、彼女にとって楽しいことではないので、自分にとっても楽しいものではなくなるのです。今の自分の体験を変えるためには、自分のどんな思考を変えればよいのでしょうか？」

エイブラハム　多くの人が、打つ手がないと思われる困った状況に身を置いています。「妻が性行為を望んでいないので、わたしにある選択肢は、

❶相手に合わせてセックスをしない――それは自分にとって気分がよくない。

❷妻と別れて、新婚時代みたいにこのテーマで相性のいい別のパートナーを見つける――でも妻と別れたくない。

❸結婚生活は続けるが、別のセックスパートナーを見つける――でも妻を騙したり、裏切ったりしたくないし、妻も絶対に容認してはくれないだろう。

❹妻の説得を試みるか、あるいは自分の願望に向かうように彼女にプレッシャーを与えることはできる――でも、それは心地良いものではないし、自分の性的な欲

望を抑圧するものだ」

今挙げた選択肢のどれもが、うまくいきそうな解決策ではないのは、真の問題に全く触れていないからです。2人の人間が愛し合っているとき（付き合いはじめで多くの人が表現するように）、お互いに対してポジティブな注目をし、それがお互いの関係性においてもポジティブな期待をもつので、それぞれの「インナービーイング」と調和するきっかけとなるわけです。つまり、お互いが相手を、「本当の自分」と調和する言い訳に使っているのです。源と一致した状態を、人は調和として感じます。性行為による2人の人間の身体的な交わりほど、共同創造して得られる調和の素晴らしい象徴はないでしょう。

もちろん、関わる人のどちらか、または両方が源と調和せず肉体的に関わり合うことは可能ですが、肉体と源が調和しているとき、それは神聖なものになるでしょう。

当然、奥さんが内なる源と調和してほしい理由はたくさんあるでしょう。自ら性的な交流に参加したくなるだろうという理由だけでなく、どんな場合にせよ、彼女の源とのつながりに焦点を当てたいものです。

ほかの人の「インナービーイング」との調和を実現させる力を、あなたはもっていません。あなた自身の「インナービーイング」と調和する力しか、もっていないのです。性的な相性が合わないことに対してフォーカスしながら、同時にあなたの「インナービーイング」との調和を保つことはできません。相手が「インナービーイング」と調和していないという認識をもちながら、同時にあなた自身の「インナービーイング」と調和することはできないのです。あなたが望んでいるものがないという、不足にフォーカスしながら、同時にあなたの「インナービーイング」と調和することもできないわけです。パートナーとのセクシュアリティについて考えながら、同時に内なる源と調和できるかが解決策の鍵です。

つまり、パートナーとの性的な行為について想いを巡らした際に、気分がよくなるような思考を見つけられるようになってくると、内なる源、あなたの願望と調和できるようになるでしょう。パートナーとの性行為について考えて、罪悪感があったり、がっかりしたり、あるいは批判的に感じたら、源、さらにあなたの願望とも調和ができないでしょう。パートナーとの性行為について考えて、幸せに感じたり、楽しみに感じたり、あるいは官能的に感じたら、内なる源、あなたの願望と調和しているということです。

時間とともに、そのテーマにフォーカスしながら、源との調和を保つことができるようになると、パワフルな「引き寄せの法則」が、もっともっと相性の良いランデブーポイントを見つけてくれるでしょう。そして、パートナーと結婚当初のような情熱を、再び見つけることができるでしょう。

パートナーが彼女自身の源との調和に対して抵抗しつづけることもあり得ますが、その場合は、「引き寄せの法則」が、あなたの拡大した波動に合った、別のパートナーを連れてきてくれるでしょう。しかし、パートナーを常にポジティブな対象として見つづけて、あなた自身の「インナービーイング」と完全に調和した状態を保つことができたら、彼女も本来の調和を取り戻す可能性が高いでしょう。

「インナービーイング」とのつながりから啓発された状態で性的に交わるということは、素晴らしい肉体の体験です。逆に、義務感や責任感で性行為を行うことは、そうではありません。

つまり、相手の行動のせいにして、不足や欠如の気持ちになるようなことをしなければ、内なる源との調和を維持することができ、望むことが引き寄せられてくるでしょう。このケースでは、男性がパートナーの気持ちを大事にしていることが明確で、彼の調和が彼女の調和をも触発するでしょう。

これは、望む何かをほかの人から得るためにどうすればいいか、という話ではありません。そうではなく、ほかの人がしていることと関係なく、どうやってあなた自身が源と調和するかということなのです。あなた自身が一貫して源と調和していれば、パートナーの調和を促すかもしれません。そうした調和の副産物は、この男性が結婚初期に経験したように、ポジティブな注目をしている対象と自分が、一つになるという願望なのです。

セックス、宗教、精神科病院に拘禁?

ジェリー 何年か前、精神科医と心理学者の友人たちと集まったときに、こんな話が出ました。彼らが働いていたワシントン州スポケーン市近くの精神科病院に閉じ込められた患者のほとんどが、基本的には宗教かセックスのどちらかで混乱をきたした人たちだったそうです。もちろん、それだけの混乱でそうなったわけではなく、彼らの挙動も関係あると思いますが。

エイブラハム　宗教とセクシュアリティのテーマの両方が人間の起源に向いているので、当然そうでしょうね。多くの人が宗教に関心をもつのは、なぜ自分たちがここにいるのかを理解するためです。彼らはここに存在する目的を理解し、また、その目的を果たしたいと望んでいます。また、セクシュアリティのテーマは、肉体を持ってこの世に誕生した方法でもあります。

ほとんどの宗教は、過ちや罪の証拠を見つけるために人間の行動を精査し、「反対」するというパターンで成り立っています。得てして、間違ったとされる行動は性的な行いに向けられます。宗教的な立場で語っているにせよ、どんな思考であれ、自己の価値を低くするものは、肉体を持った人間としての自分と、非物質世界のインナービーイングとの分離につながってしまいます。それこそが、混乱なのです。源からひどく分離した人たちだけが、暴力や敵対的な行動をとったり、あるいは性的に攻撃性のある行動をとるのです。

ここにはとても強い関係があります。彼らは「不足」にフォーカスしているため、彼らにとって一番大事なテーマでも「不足」の側面にフォーカスするのです。

なぜ人々は神やセックスを無駄に利用するのか？

ジェリー　もう一つ気づいたことは、なぜかわたしたちの社会では、すごく怒ったり、暴力的、あるいは脅迫するようなとき、誰かの気持ちを本当に傷つけようとするときに、セックスや宗教に関連する言葉をののしる俗語として使います。何だか、より気分が不快になればなるほど、性的な、あるいは宗教的な言葉を見下した形で放って、自分たちの言いたいことをわからせようとするようです。

エイブラハム　「不足」にフォーカスしているときは、源とのつながりが絶たれているため、その人の中で一番大事あるいは重要なテーマを選び、そのテーマにおいての「不足」に目がいくのです。

なぜメディアは苦しみを放送するのに、快楽は検閲するのか？

ジェリー　ほかにも気づいたことがあります。テレビや映画では、人にひどい傷を負わせたり、恐ろしい殺人や血だらけで人体を破壊するシーンを放送するのは適切とされている一方で、セクシュアリティや快楽のシーンは不適切だとされています。わたしたちの文化はなぜ、憎しみや怒り、苦しみは許せるのに、喜びは見たくないのでしょうか？

エイブラハム　憎しみや怒り、苦しみを見たい、喜びを見たくないという問題ではないのです。実際には、その真逆が真実です。人々は、本当は気分よくなりたいし、成功しているものや美しいもの、喜びに満ちたものを見たいと思っているのです。

多くの人は、望まないことへ注意を向けているため、望まないことを引き寄せています。今回の会話の核となるのはこの「引き寄せの法則」における誤解で、みなさんの社会では、望まないことに対する闘いをしかけてしまうのです。テロに対する闘い、エイズ撲滅の闘い、10代の妊娠に対する闘い、暴力反対の闘い、がん撲滅の闘いなどです。これらすべての問題がどんどん大きくなっていくのは、望まないことに注意を向けることでさらに望まないことがつくり出されるからです。

映画制作者たちが「引き寄せの法則」を理解しているかどうかは知りませんが、視聴者は望むことよりも、望まないことをより観たがることを知っています。ほとんどの人の波動には、望まないことのほうが強く活性化されているためです。

もしあなたが、誰か普通の人と人生について会話を交わしたとしたら、その人はきっとこの世界や自分の人生の素晴らしさを表現するよりも、何が不当で何を変える必要があるかなど、人生でうまくいっていないことを雄弁に語るでしょう。

もしあなたが、この世の中は憎しみと怒りに向かっていると思っていたら、あなたはこの世界の美しさとは波動的に一致しなくなります。そうなれば、この世界はあなたが引き寄せているわけですから、あなたが信じたほうへと動き出すのです。自分の周りの「ポジティブな側面リスト」を書くようにしたら、波動の訓練につながるので、引き寄せポイントがよりリストに沿ったものとなるでしょう。その傍らで、映画をつくる人たちは、観客を引き寄せる映画をつくりつづけるわけです。

もしあなたが、幸せな人生を生きるために、社会がまともになるまで待っているとしたら、かなり長いこと待たなくてはならないでしょう。あなたの人生の中で、誰かにちゃんとしてもらうまでは幸せになれないと思って待っているとしたら、かなり長く待つことになるでしょう。

どちらが完璧かを「発見」するために、ここに生まれてきたわけではありません。あなたは、完璧なものを「創造」するために、あるいは「引き寄せる」ためにここにいるのです。人生におけるコントラストも、または一般的に不快な映画と言われるようなものも、何を「望まない」かを明確にするのを手伝ってくれます。何を「望む」かもより明確にしてくれるのです。

「望む」ことにフォーカスし、あなた自身の波動が「望む」ことに合致するようにしましょう。引き寄せポイントを「望む」ことに合致するよう訓練すれば、あなたの世界がその通りになっていきます。

モノガミー（一夫一婦主義）は自然？　それとも不自然？

質問者　このテーマで引っかかるのは、モノガミー（一夫一婦主義）についてです。自分もそのように育てられましたし、自分の価値観でもあると思うのですが、苦しみと恐れがついてまわることに気づいたのです。第一に、同じものを望んでいる人を探さないといけないし、さらにその人が望んでいるものをコントロールしなければいけないし。それは楽しいことではないし、さらに……。

エイブラハム　誰かをコントロールしようとするのは、楽しくないだけでなく、不可能なことです。多くの人が信じているのは、一夫一婦制が最終的に正しいか正しくないかを教えてもらえれば、あとはそのルールを守るか破るかで、最低限ルールを知っていればいいと。そのため、社会ではそのルールが行ったり来たりしつづけているのです。そのルールは、世界のどの地域に住んでいるかによって違います。非物質世界からこの肉体に生まれてきたとき、一つだけの生き方を説得したり、強制したり、全員に守らせようという意図などは一切もたずにやってきました。あなたは、この世界が非常に多様な願望、信念、ライフスタイルの創造を受け入れられるほど、広大な環境だと理解していたのです。

ここでご質問の最初の部分につながります。「自分と同じものを望む人を探さなくてはならない」

自分と同じ願望をもつ人と同意して一緒になると、良いパートナーシップをもつことができるでしょう。地球に生きる人たちの中で、あなたと、あなたの望むこととぴったりな人は充分いるでしょう。でも、ほとんどの人を邪魔するのは、自分が望むことと合致する人を探す際に、本人がその望みと一致していなければ、その人を見つけることができないという点です。

自分に対して誠実な人が探せるかどうかを心配している人は、裏切られるのではないか、という心配の思考が最も活性化されているので、誠実な人を見つけることができません。自分の夢見るパートナーが見つからないという人は、相手が世の中に存在しないからではなく、そのテーマを日々考える際、自分の願望と相反する思考をしているからです。

将来のパートナーシップについて、考えたときに気分がよい思考を常にもっていると、自分の人生経験で明確になった願望とあなたの思考が一貫して合致していることを意味します。そうした状況では、あなたの願望に同意する人だけが引き寄せられてきます。そして、その場合は、何のコントロールも必要ありません。

質問者　それでは、人生で誰か一人と添い遂げるのが「自然」な姿なのでしょうか？それとも、わたしたちの文化や宗教で強いられたものなのでしょうか？

エイブラハム　多くのテーマにおいて、いろいろな人と交流する意図をもってあなたはやってきました。セクシュアリティのテーマにおいて、一人と経験することを選んだとしても、あるいは、複数の人、あるいはたくさんの人と経験することを選んだとしても、それはその人次第です。そのことについての概念も常に変化しています。

ただ、念頭に置いてほしいのは、行動を制限するための規則や法律は、源とのつながりが切れている土台から生まれたものです。つまり、役人やリーダー、支配者たちは得てして、社会から何かを取り除くために、社会の「望まない」側面に注意を向けて法律や規則を定めています。強制するためにつくった法律にもかかわらず、自然の法則の本質と闘わなくてはならないため、非常に小さなコントロールしかできないのです。

存在するすべての人に、生まれながらにして備わっている最も強力な力は、「個人の自由という認識」なのです。

素晴らしくないものに触れる体験がなければ、本当の意味での素晴らしいパートナーシップ、人間関係はどんなものか、というイメージをもつのは不可能です。この地球という惑星で存在する最高の関係性は、「素晴らしくない」関係性の数々から湧き起こったものなのです。

人との交流をするたびに、何を好むかという願望のロケットの数々を打ち上げつづけます。そうした望みの数々の集大成とあなたの波動が合致したときだけ、あなたが人生の道のりで集めてきた意図の数々と一致した人と出会うことができるのです。

セックス、芸術、宗教とモノガミー

質問者 先ほどジェリーが言っていた、セックスと宗教においての混乱で、精神科病院にいる人たちについてもっと詳しく伺いたいです。わたしはアーティストで、偉大な芸術はすべてセックスと宗教から着想を得ているということを聞いてきました。先ほどのセックスについての話を聞いているなかで、自分の視点では、究極の関係性はクリエイティブと性的なエネルギーの完璧な融合なのではないかと気づきました。そのため自分の選択肢として、社会の言う性的に「やるべき」「やらないべき」とは関係なく、一人の人とのエネルギーの融合のほうが、より濃厚で味わい深いものになる気がします。

エイブラハム　あなたの言う通り、すべてが正しいです。ポジティブにフォーカスしているとき、その対象にポジティブな意識を向けているときは、内なる源と完全に調和した状態です。あなたと内なる源の双方のエネルギーが調和しているので、あなたの体験も必ず素晴らしいものになるのです。この会話で重要なのは、ポジティブな意識を向けることで、まずは源と調和する、という点です。一人の人、あるいは大勢の恋人に対してのメリットがどうの、という話ではないのです。

たくさんの性的な経験を求めている人たちは、ほとんどの場合、まだ何を求めているかが完全にはわかっていない人たちです。その人たちはまだデータ集めをしている段階で、それ自体は何も間違っていません。

質問者　わたしの中では、自分が求めている関係性を表現するとき、「モノガミー」ではなく、「ライフパートナー（人生のパートナー）」という言葉を使います。

エイブラハム　「この瞬間」においての「ライフパートナー」とするのが、よいアイデアかもしれません。あなたが生きてきた人生の詳細が、何を望んでいるのかを常により明確にしてくれるので、新しい願望のロケットが常に放たれつづけています。最も生産的で持続可能な献身、約束とは、あなたが人生経験を通して発見し、拡大した自分に調和しつづけるということです。

生きているなかで、愛している人、一緒に住んでいる人、あるいは結婚している相手など、すべての経験の詳細において、より良いものを求める願望のロケットが放たれつづけています。あなたの非物質世界の源のエネルギーの部分が、そのすべてのリクエストを受け取り、その要素を「本当のあなた」の波動に盛り込んで完成させるのです。真の幸せへの道は、あなたがその拡大した自分に追いつくという意図にあるわけです。

もちろん、内なる源と一貫して調和している人たちは、パートナーから調和と愛を引き出すでしょう。ですから、生涯を通して素晴らしいパートナーシップを築けないとか、築かないほうがいいと言っているわけではありません。わたしたちが言いたいのは、人間関係が満足のいくものであるには、まずはあなたと「あなた」のパートナーシップが第一にくるべきだということです。

多くの人が、結婚の誓約を交わすときに愛が失われることを心配し、「死が2人を分かつまで」と宣誓し、望まないことから自分たちを守ろうと試みます。ここでわたしたちが説明しているのは、まさにその真逆なのです。

究極の官能的な、セクシュアルな経験とは?

質問者 性的なエネルギーとは何でしょう? わたしにとっての究極の性体験とは、官能的かつスピリチュアル、感情の調和など、あらゆるレベルでコミュニケーションをとりながら、相手と完璧な融合をすることです。そこには自分の境界線が薄らいでいくような、自分自身の拡大を感じます。

エイブラハム　その性体験がきっかけでポジティブにフォーカスし、そのため源と調和することができるのか、あるいはすでに源と調和した状態での性体験だったのか、いずれにしても、源との調和が重要なのです。

口論の最中にそうした体験ができないことに気づきましたか？　パートナーの欠点に注目しながら、あるいは、不安だったり、自分は完璧でないと感じながら、そうした体験はできないのです。

肉体を持つ存在として、あなたは源のエネルギーの延長であり、この世界を創造するエネルギーでもあります。一貫してあなたの周波数をその純粋でポジティブなエネルギーに合わせる時間をとってから、アートあるいは愛の営みに意識を向けたならば、この世界を創造したエネルギーがあなたの中を流れる体験をするでしょう。それこそが、あなたが知りたいと思っている、性的エネルギーなのです。

素晴らしい性体験とは、実際の肉体的な交わりの行為よりも、あなたの中の真の創造エネルギーの流れと調和することなのです。

質問者　わたしの現在のパートナーは彼の中の非物質世界な側面の認識を強くもっています。彼は瞑想もするし、スピリチュアル的にフォーカスしていたいと思っていて、「性的な活動に関わると、自分が肉体を持つ小さな存在になってしまうような、エゴをまとわされるようだ」と言うのです。彼にとって、それが大きなサイキックな感覚、非物質世界の経験を失わせるのだと言います。

エイブラハム　その場合、彼は物質世界のすべての側面で苦労するでしょう。次の間違った前提につながるので、説明していきましょう。

間違った前提 その20

肉体的な性質にフォーカスするときは、スピリチュアル度が低くなる。

みなさんは源から派生してやってきたクリエイター（創造者）で、文字通り、源の

延長です。あなたはこの物質世界にフォーカスし、源の創造にもフォーカスしています。コントラストを探究して改善を引き出しつづける意図をもって、源の創造に常に加えつづけているのです。

人間らしくいても、源と分離するわけではありません。セックスをすることで、あなたのスピリチュアルなつながりを弱めることもありません。望まないことに対して抵抗したり、源の波動と違う波動のパターンを学んでしまったりすることこそが、源とのつながりを絶ってしまうのです。

真のスピリットであるあなたが、あなたの身体を通って人間としての人生を通して流れる……。これ以上にスピリチュアルなことはありません。精神性の有無は、テーマや活動内容の問題ではありません。あなたが、波動的にどんな選択をしているかが重要なのです。

源はあなたを愛しています。あなたが自分を愛していなければ、あなたはスピリチュアルではありません。源は、地球を共に生きているほかの人たちも愛しています。あなたがほかの人たちを愛していなければ、あなたはスピリチュアルではありません。源は、拡大する本質的なあなたも、拡大する「存在するすべて」も理解しています。

あなたが常にどのテーマにおいても完璧な立場でいなければ、完成していなければならないと思っているときは、スピリチュアルではありません。自分には価値がないと思っているなら、あなたは源と調和していません。

しかし、ここで話しているように、あなたの源とのつながりは、パートナーの源とのつながりに依存してはいけません。あなた自身のフォーカス力を活用して、「本当のあなた」との調和を保つ必要があります。拡大が失われてしまうというパートナーの懸念についてのこの会話こそが、一時的にあなたの調和をも奪っているのです。

行動が正しいか、間違っているかを決めることで、こうした課題を外側から解決することはできません。自身のスピリチュアリティとのつながりを大事にするというあなたの決意が、パートナーを同じように啓発し最善の立場にしてくれるでしょう。もし、性的な行動が自分の目指すスピリチュアル像から遠ざけられてしまうと、彼が信じつづけるならば、「引き寄せの法則」によって、あなたの人生経験から彼はいなくなるでしょう。もし、あなたが自身の源との調和を応援するものにフォーカスしつづけることができたら、「引き寄せの法則」が源と調和している別の人を連れてきてくれるでしょう。調和しているだけでなく、セクシュアリティというテーマにおいて、あなたと価値や願望を共有できる人を連れてきてくれるのです。

どの結婚もそれぞれ違いがあったけれど、良くはならなかった

質問者　これまで、2人の男性とそれぞれ2度、合計4回結婚したことがあります。どのケースでも、前回より良くなると思って再婚したのですが、良くはなりませんでした。エイブラハムが言う自由の視点で今振り返ってみると、どの結婚においても、わたしの自由への願望がより強くなるだけでした。

そのうちの1人の夫がこう言いました。「あなたは、本当はただ恋愛にしか興味がないのではないか」と。ある意味、そう思います。彼の妻よりも愛人でいたほうがいいのではないかと思いました。なぜなら、結婚は2つの異なるものについて語っているわけですから。「セクシュアリティ」「結婚」という別物です。結婚では子どももいるし、義理の家族もいて、不動産やら、責任、義務……。

エイブラハム　何かから何かを切り離すことは不可能だということがわかるでしょう。なぜなら、すべての核にあるのは、あなた自身とあなたの感情だからです。人生で望まないこと、不快なことにフォーカスしていると、望まないことが人生のあらゆるほかの側面にも影響してしまいますから。

質問者　確かにそうですね。結局、どのケースにおいても、自分の自由に対する願望が強くなりすぎて、わたしから去ることになりました。あなたの言う自由と成長、喜びという人生の前提が好きですが、わたしの結婚はどれも喜びをもたらしてくれませんでした。

エイブラハム　今振り返ってみたら、ポジティブな側面を見つける機会はいろいろありつつも、ネガティブな側面にとらわれていたので、それがあなたの主な体験となったのが理解できますか？

質問者　はい。でも、束縛され、身動きがとれないなか、結婚生活で求められる特定の義務をやらなければいけないのが嫌でした。ちゃんとやっていたし、とても上手にこなせていたのですが、自由になりたかったのです。わたしという人間として……。

エイブラハム　実際にあなたが求めていた「自由」は、ネガティブな感情からの自由です。嫌な感情から自由になり、いい気分でないことからも自由になる、「本当のあなた」にならないことからの自由なのです。

どんな瞬間でも、コントロールできないと思うようなときでも、より嫌な気分になるような、あるいは、より気分がよくなるような思考を選ぶ自由があなたにはあります。内なる源の視点でフォーカスするという自由があるし、あるいは、その源から切り離されるような視点で見る自由もあります。身動きがとれないような、自由でない感情は、フォーカスしていたテーマのせいではなく、あなたの波動的な不調和が原因です。その違いはとても重要です。

願望を拡大させた経験からの自由を求めているのではなく、あなた自身の拡大を受け取るのを邪魔する思考からの自由を求めているのです。身動きできないとか自由でないという感情は、実は自分自身の拡大に追いつけていない感覚なのです。それどころか、拡大したのはあなたのパートナーシップのおかげなのです。

物理的に見て、今のあなたのほうが、これまで以上に忙しいことに気づいていますか？（質問者：実は今のほうが忙しいです）それなのに、今のほうが自由に感じるのは、もう不足にフォーカスしていないからです。

わたしたちは、あなたが何か違うことをすればよかった、と言っているのではありません。結婚生活を続けるのが正しいとか、別れるのが間違っているとか、あるいは逆に、結婚生活を終わらせるのが正しくて、別れないのは間違っているとも、言っていないのです。ただ知っていてほしいのは、すべての瞬間において、あなたが感じる感情とは、たった一つのことだけを言っているということです。あなたが考えている思考と、それに対しての内なる源の意見、その波動の関係性についてです。相手がどんなにがんばって良いパートナーになろうとしても、何でもやってくれるような人だったとしても、あなたの思考の埋め合わせになるような人は存在しないのです。

もちろん、一緒に住むのがラクな人たちもいますが、そうだったとしても、他人を喜ばせるのを基準にして、自分の行動を導き出すことは、誰に対してもお勧めしません。

良かれと思って、力の限りあなたを気分良くさせようとする人は、実はあなたが広い視点（源）と調和する思考を探すことから遠ざけてしまっているのです。さらに、自由と喜び、成長という感情は、あなたの非物質世界とのつながり次第で感じられるので、その大事なことからそれるようなものは、あなたの助けになりません。

エイブラハムが提案する「一緒になる」ときの誓いの言葉

質問者 エイブラハム、わたしは3年間ある宗教に携わっていました。その宗教では、スピリチュアルな存在としては、身体的に触れてはいけない、性行為を行わないものだと教わりました。肉体を電池にたとえて、人と性的な接触をはかると、放電してエネルギーを無駄にしてしまうというのです。

エイブラハム 「放電してエネルギーを無駄にする」唯一の方法は、望んでいることの不足にフォーカスすることです。内なる源は、「本当のあなた」にフォーカスしています。源は、拡大したあなた、あなたが望んだものすべてにフォーカスしているので、もしあなたがそうでないものにフォーカスすると、源とのつながりが失われてしまいます。肉体的にどんな行動をとるかではなく、あなた自身が不適切だと思っているその信念が不調和の原因です。

もし、性的な体験をしているときに何らかの理由で罪悪感を強くもっているとしたら、その体験はあなたにとって価値はありません。そうなると、あなたのエネルギーを消耗させているわけです。逆に、性的な体験をしているときに、とても気分が良い場合は、宇宙の力があなたを応援してくれているのです。

質問者　もし、今日教わったことを25年前に知っていたなら……。わたしはすべてが「絶対ダメ」という環境からきていて、人生で唯一の義務は「結婚して子どもを産み、夫に従うこと」でした。結婚式の誓いの言葉も「夫を、生涯を通し、愛し、敬い、従いなさい」という内容でした。もし、今知っていることを当時知っていたなら、全力で逃げたのに。

エイブラハム　結婚、あるいはほかの呼び方でもいいのですが、「一緒になる」際の完璧な誓いの言葉を提案しましょう。

友よ、こんにちは。わたしたちは共同創造者としてここにいます。この結婚（あるいは、この関係）を進めるにあたって、あらゆる方法で可能な限り、お互いに満足しましょう。自分という人間を知り、あなたという人間を知るのがわたしの願いです。でも、わたしにとって一番大事なことは、わたしが幸せでいることによって、あなたの幸せをインスパイアすることです。

あなたの人生の責任はとりません。わたしの人生の責任は、わたしがとります。素晴らしい時間を過ごせるのを楽しみにしています。共に人生を歩むにつれて、ポジティブな経験すべての極みを共有することを期待しています。なぜなら、それを見つけることを意図しているからです。楽しい時間が過ごせているうちは、一緒にいましょう。楽しい時間を過ごせなくなったら、お別れしましょう。肉体として、あるいは思考として、ネガティブが分かつまで。

わたしたちは、結婚を、あるいは今のパートナーシップを解消させなさいと言っているわけではありません。

何よりも大事なパートナーシップを大切にするようにお勧めしているのです。それはあなたと「あなた」との関係です。すべてのこと、すべての人において、内なる源の視点と調和する思考を探せたら、あなたは内なる存在と真の調和を感じるでしょう。そのときのみ、誰かに与えることができるのです。

「真のあなた」と調和するためには、自己を中心にしなければなりません。そうでなければ、誰にも何も与えることはできません。

Part 4

子育てと引き寄せの法則

コントラストのある世界でポジティブな親子関係を築く

子どもの行動において、監督者としての大人の役割は？

調和できていない大人から監視されず、波動的に干渉を受けずに、幼い子どもたちがお互いに関わり合うことができたら、自然と子ども自身の「より広い視点」と調和するでしょう。そして、子ども同士で楽しく関わることができるでしょう。子どもたちは、互いの違いに気がつきますが、その違いが原因でけんかになることはないでしょう。従って、その子たちが共に何かを創り出すときも、前向きで、実りのある、楽しいものになるでしょう。しかし、自分たちのより広い視点と調和していない大人がそこに関わってくると、お互いにポジティブな影響を与え合う関係性が消えてしまいます。

「子どもは放っておくと、正しい道から外れてしまう」と思い込んでいる大人は、たくさんいます。そのため、大人は、好ましくないと思う行動を探し、子どもが望ましくない行動をとらないように導こうと介入します。ですが、「間違った」行動に注目するよう促され、自分に対して批判的な大人を見て、子どもたちは自分の中に不調和を感じます。それは、その子たちが大人からの影響で、常に愛と承認に満ちている自分の内なる存在と離れてしまったからです。

大人でも誰でも、自分が良い気分になるために、あなたに対して行動を変えるように期待したり要求したりするとき、あなたを自分の感情のガイダンスシステムから遠ざけてしまいます。そうすると、あなたは、自分のガイダンスシステムに従えなくなります。すべての人間関係の崩壊、不満の原因、病気や失敗の原因はこうした大きな誤解からきています。つまり、あなたは、他人の評価に基づいて自分の行動を決めるつもりはありませんでした。それよりも、自分と源（ソース）との間にエネルギーの調和や不調和が起こっているかどうかで選択をするつもりでいました。

もし、この子どもたちの中に、自分の源と調和がとれている大人が加わったとしても、その大人は子どもたちの行動に機嫌が左右されたりしないので、子どもたちもその大人も、ネガティブな影響を受けません。なぜなら、自分が調和がとれている状態を子どもたちに見せることで、子どもたちも調和を見つけられるようないい影響を与えるからです。

自分自身のより広い視点と調和している人が2人以上集まったとき、物質世界でのその出会いは楽しく、生産的で、活気に満ちたものになります。

子どものことを心配していた大人が突然いなくなっても、子どもたちがすぐにもとのウェルビーイング（健康と幸せ）な状態に戻るわけではありません。なぜなら、子どもたちは、その大人の波動パターンを学習してしまったので、そのパターンの枠組みの中で行動してしまうからです。年齢に関係なく、すべての人が良い気分になりたいと思っています。なぜなら、あなたの非物質的な部分、つまりあなたのインナービーイングが良い気分でいるからです。そのため、あなたが少しでも不満を感じている瞬間は、インナービーイングと調和できていないのです。子どもは、抵抗のある思考をもったとしても、周りにいる大人よりもネガティブな思考をしてきた期間が短いので、もとの調和した状態に戻るのも、その状態を保つのも、大人より簡単です。

大人がいないとき、子ども同士はどのように関わる？

心配や用心深さ、コントロールや抵抗といった大人が与えがちな影響をすべて取り除いたら、子どもたちが、どうお互いと関わるかを考えてみましょう。

子どもたちは五感を使い、お互いのことを注意深く観察して考えるでしょう。

ビュッフェでいろんな料理を目にするのと同じように、子どもたちは、いろいろな性格や信念、意図があることに気がつくでしょう。食べたくないものを目にしたからといって怖がることはなく、ただ単に彼らは好きな食べ物を選んで、お皿に載せるだけです。同様に、望まない要素を遠ざけるように教えられてこなかった子どもたちは、自分が望むものに自然と引き寄せられます。興味があるものや望むものが似ている子どもたちは、いつでも自然と引き寄せ合って、充実した、満たされるような交流が生まれます。お互いに興味や望みが違う子どもたちは、ただ単に引き合うことがないので、調和のとれた環境になるのです。

「そんな場面は見たことがない」と多くの人は主張するでしょうが、彼らの言う通りかもしれません。「そんな環境はめったにないのではないか」と言う人もいるかもしれませんが、わたしたちもそう思います。なぜなら、大人たちがあえて影響を与えようとすることなく、自分の人生を自由に自分で選択できるようにと育てられる子どもは、極めて珍しいからです。しかし、あなたのガイダンスシステムと、それがどのように機能しているのか（つまり、あなたは非物質世界の意識の延長として、物質世界にいる存在。物質世界のあなたの視点と同時に、非物質世界のあなたの視点も存在している。あなたは自分のガイダンスシステムと調和することを何よりも求めている）を理解したら物質世界の教室や状況、人間関係のどのような環境の中に置かれても、調和を見つけることができます。

本当の自分との調和を見つける練習をすれば、先ほどの子どもたちのようになれます。すると、望ましくない部分を押しのけようとする必要性も衝動も感じずに、ほかの人たちと接することができるでしょう。自分の中のインナービーイングがそうしているように、自分と他人の一番良い側面だけを見たくなるでしょうから、その結果、強力な引き寄せの法則によって望むものだけがあなたのもとにやってくるようになります。

父親と母親の本来の役割とは

ジェリー エイブラハムの目から見たとき、子どもが成長していく過程で、本来、父親の主な役割は何でしょうか？

エイブラハム　父親と母親の両方の主な役割は、子どもの非物質世界の源のエネルギーが、物質世界に出てこられる手段を提供することです。

ジェリー　父親と母親の役割に違いはないとお考えですか？

エイブラハム　本当に重要な点においては、何も違いはありません。子どもに与える影響という点で違いはあるかもしれません。ですが、親の影響というのは、みなさんの社会で信じられているほどには重要ではありません。最良の場合、親は、子どもが生まれてからの最初の時期に、新しく始まる人生や新しい環境、新しい肉体に子どもが順応できるよう、安定した環境を与えてくれます。最悪の場合、親が子どもの選択する能力を発揮するのを邪魔し、子どもの自由を奪ってしまいます。そのため、親の影響は子どもにとってプラスに働かないことがよくあります。親は、人生に対して悲観的な見方をする場合が多いので、子どもに与える影響もネガティブなものになるのです。

理想的な親とはどのようなものか

ジェリー　エイブラハムの目から見て、理想的な親とはどんな人ですか？

エイブラハム　親が子どもにできる最善のことは、「子どもは力強い創造者で、大きな熱意と目的と能力をもって、物質世界にやってきた」と理解することです。初めのうちはとても小さく、親に養われているように見えたとしても、です。親が子どものためにできる最善のことは、「子どもの素晴らしさを見逃さないように観察し、子どものポジティブな側面だけに注目すること」です。親が子どもに与えられる最大のギフトは、子ども自身の内なるガイダンスに従うように影響を与えることです。

わたしたちは、あなたが、良好な親子関係を築くサポートがしたいという気持ちから質問していることを理解していますし、喜んでこのテーマについて話し合いたいと考えています。でも、子どもたちがこの時空の現実にやってくるときに、「理想の親のもと、快適な環境に生まれることを意図していたわけではない」ということも理解してもらいたいのです。この物質世界にやってきてみると、ほかの人と関わり合いながら、その対人関係から不調和を感じることが多くなります。すると、自分の機嫌が悪くなったり、物事がうまくいかないことをほかの人のせいにしてしまいます。しかし、あなたの非物質世界の視点から見ると、周りの人があなたに与える影響は必ずしも悪いものではないということを、あなたは完全に理解しています。実際、生まれる前から、完璧な環境を求めて生まれてきた人は誰一人としていません。

親の多くは、子どもに最も良いものを与えたいと考えています。ですが、子どもにとって何が一番良いかは、それぞれ意見が異なります。わたしたちの視点、物質世界にやってくる前の子どもたちの視点からすれば、親が子どもにとってできる最善のことは、源とつながることを意識して、あなた自身が見本となって感情のガイダンスシステムを効果的に使う姿をはっきり見せることです。

親と子どもの間で、お互いを最も不快にさせる原因は、子どもの内なる叡智や目的に対する親の誤解です。なぜ、親が子どもの内なる叡智や目的を誤解するかというと、親自身が自分の内なる叡智や目的を誤解しているからです。つまり、親が、世界を恐ろしい、危険で不快なものであふれている場所として見ていて、そういうものから自分を守ろうとしたり警戒したりしているとき、その親は、自分の中の本当の理解や力と調和していません。親がそういう状態のときは、自分の子どもにも同じように警戒心をもつよう導いてしまうことになるのです。

しかし、自分自身の感情のガイダンスシステムの価値をわかっていて、まず自分のより広い視点と調和しようとする親、エネルギーでできた創造のボルテックスが自分のために渦巻いていることを理解していて、まず本当の自分と調和することを最優先にする親、そのような親は、子どもにも、自分のガイダンスシステムに従うよう影響を与えることができます。

多くの人が、自分の失敗や不幸を親のせいにするのは、ガイダンスやサポートを親に頼るようにしつけられてきたからです。どれほど子ども想いの親でも、子ども自身の内側から湧き出るガイダンスやサポートの代わりになることはできません。話はそれだけにとどまりません。自分を取り巻くコントラストを経験するなかで、あなたは、常に拡大する波動のロケットを放っています。あなたはそのロケットについていき、拡大し、前進した分だけありのまま受け取らない限り、幸せになることはできません。親が、その自然な流れに干渉し、「あなたの気持ちは大事ではない」「自分の感情が教えてくれることは無視すべき」「親の意見やルールや信念に従うべきである」などと説得しようとすれば、子どもの中に反抗心が生まれるのも不思議ではありません。その内なる反発は、本当の自分と意図的に意識して調和するときがくるまで続くでしょう。

ですので、親が子どもにしてあげられる最も良いことは、子どものふるまいや思考をコントロールしようとすることをやめることです。子どもが自分の「波動の現実」、または「創造のボルテックス」、自分自身の感情のガイダンスシステムに意識を向けるよう励ますことです。子どもがこういったものを理解できるよう影響を与えるためには、親自身がそれを完全に理解するしかありません。

子ども、または親が、恐れ、怒り、失望や憤りといった感情のように、満たされない気持ちを感じるのは、すでに拡大した自分自身とつながることを、波動的にありのまま受け取っていないからに過ぎません。そういうネガティブな感情は、自由を失ったと感じていることを示していますが、自由ではないと感じる理由は常に一つしかありません。今この瞬間、拡大した自分を完全に活性化させるのを自分で邪魔しているから、そのように感じてしまうのです。

子育てに関して、物質世界にやってくるときに、親も子どももその両方が意図とは正反対になっているのは、興味深いことです。つまり、多くの親は、世の中を見回して、世の中のあらゆる要素を値踏みしながら、正しさと間違いを判断し、それを分類し、その上で望ましくないものから子どもを遠ざける、といった方法をとっているのです。

そこで、わたしたちが考える、最も喜びに満ちていて、価値のある子育てへのアプローチの仕方はこのようになります。

わたしの子どもは、パワフルなクリエイター（創造者）であり、わたしと同じように素晴らしい経験を創り出すためにこの物質世界にやってきたことを理解しています。わたしの子どもが自分の好みを明確にするためには、人生でさまざまなコントラストを体験することが役に立つでしょう。わたしの子どもが「望まないものはこれだ」と、よりはっきりと気づかされる経験をするたびに、その反対にある、より良い状況を求める波動のリクエストが彼から出されます。そのリクエストされたものは、波動の現実、つまり創造のボルテックスの中に、彼のために保持されます。彼が自分の内なる**感情のガイダンスシステム**に注意を払い、見つけられる中で最もいい気持ちがする思考を探せば、**拡大した自分**と一致する方向に引かれていき、**本当の自分**が完全にわかるでしょう。そうしているプロセスのなかでは「自分自身が現実のクリエイター（創造者）であること」の満足感をずっと感じていられるはずです。その子どもの親として、わたしは彼が拡大していく姿を全面的にサポートするつもりです。

家族としての、親と子どもの「インナービーイング」のつながりとは？

ジェリー　わたしたちがこの物質世界に生まれる前の話に少し戻りたいと思います。親のインナービーイングと、子どものインナービーイングの関係とは、どのようなものでしょうか？

エイブラハム　物質世界に存在するすべての人は、源のエネルギーの一部です。そういう意味で、すべての人はお互いにつながっています。すべての関係が永遠です。

一度、関係が築かれると、それが消えてなくなることは決してありません。あなたは、いわゆる「エネルギーの集まり」もしくは「意識の家族」とも呼べる、非物質的な世界からやってきます。例外なく、物質世界で家族となる人とは、非物質世界における波動的なルーツが昔からあるのです。

ほかの人たちと共同創造することにおいて、あなたが最も重要視していたことの中には、依存的な側面は全くありませんでした。あなたは、さまざまな人間関係を経験することで、より素晴らしい創造のアイデアが生まれることを知っていました。そうした人間関係から生まれる新しいアイデアに、胸を躍らせていたのです。その子どもが生まれる前から、それどころか、その親が生まれる前から、すべての人がこれから体験する人との関わりを楽しみにしており、そこから得られるものの価値を知っていました。非物質世界とのつながりを理解していながら、あなたは主に自分の拡大にフォーカスしていたので、安定や安心を求めて、自分のルーツを振り返ってたどろうとはしていませんでした。あなたはすでに安定していて、安心した状態だったのです。

ジェリー　自分の親との生まれる前からのつながりについて意識的に考えを巡らせるこ

とには、何かしらの価値がありますか？

エイブラハム　非物質世界におけるあなたの起源を振り返ろうとすることには、それほど価値がありません。なぜなら、物質世界で肉体を持っているあなたがそれを理解することができるほどには、目に見える形で非物質的な起源が存在しているわけではないからです。あなたには本当の意味では何も理解することができないものなので、物質世界で今のあなたが意図していたことから気が散るだけです。それよりも大事なことは、これまでのこの物質的な時空の現実での関わりを通して、人々は強いリクエストを放ってきていて、お互いの拡大をダイナミックに促し合っているのだ、ということです。拡大したバージョンの自分自身と調和しようと努力すれば、拡大したバージョンの親とも調和することができるでしょう。その調和から得られる満足感はすごいものとなるでしょう。お互いのポジティブな側面を見つけ、感謝する理由をできるだけ多く見つけるというシンプルなステップを踏むだけで、こうしたことをすべて達成できるのです。

家族同士は生まれる前からお互いに特定の意図をもっているのか？

ジェリー　わたしたちの関係が永遠ということは、この物質世界に生まれた後の自分の親や自分の子どもとの関わりには特定の意図があるのでしょうか？　それとも、すべて大まかなものなのでしょうか？

エイブラハム　ほとんどの場合、あなたの意図は大まかなものです。つまり、自分がもつ創造のパワーや宇宙の法則を理解していた、ということです。あなたは、飛び込んで波風を立てたくて、コントラストを経験したくて、創造したくて仕方がないと感じていました。言ってみれば、あなたにとって親は、物質世界での体験に入っていくための素晴らしい道です。

あなたが新しい環境での創造に慣れるまで、安定した環境を与えてくれる存在です。あなたがもっていた主な意図は、物質世界の身体にやってきて、コントラストの中に身を投じることです。そうすることで、自分の思考や人生がこれまでに経験したことがないところまで拡大されると知っていたからです。
あなたは、親やほかのすべての人との関わりが、コントラストの素晴らしいよりどころとなること、それゆえに、それが望むものを求める素晴らしい基盤となり、自分が拡大するための素晴らしい基礎にもなるだろうと思っていました。細かいことは、人生を生きていけば見えてくるということを知っていたのです。あなたは、前もってすべてを把握しておこうとはしていませんでした。

わたしたちは誰に対して一番責任があるか?

ジェリー　親が子どもに、子どもが親に対してもつ責任と、わたしたちがこの地球上にいるほかの人たちに対してもつ責任には違いがないということですか?

エイブラハム　そうです。あなたは、地球上のすべての人との共同創造者としてこの物質世界にやってきたのです。

親が子どもから学べることは？

ジェリー　生徒は教師から学ぶものですが、その一方で、教師も生徒から学ぶことがよくありますよね。それと同じように、親も子どもから学ぶことはありますか？

エイブラハム　あなたの中に問いが生まれたら、それにぴったりの答えが波動の現実にすぐさま創造されます。あなたが問題に直面しているとき、それに釣り合った解決策が波動の現実に創造されます。従って「親／子ども」「教師／生徒」「人／人」という関係において、あなたがその関わりの中で問いや問題を見つければ、同時に答えや解決策が創造されるというのは、自然なことなのです。

ですので、学び（わたしたちの好きな呼び方では拡大）とは、すべての共同創造の結果なのだということです。

ジェリー　ということは、たとえそのことに気づいていないとしても、わたしたちは学んでいるということですか？

エイブラハム　あなたの波動が本当の自分と一致していないと（ボルテックスに存在している「拡大したバージョンの自分自身」と調和していない限り）、自分の拡大を自覚できないでしょう。あなたは絶えず拡大しています。それについていくかは、あなたが自由に選べます。良い気分であればあるほど、あなたは自分の拡大に追いついていますし、その拡大により気づくことができます。ほかの言い方をすると、本当のあなたは習得したのです。しかし、あなたがボルテックスにいなければ、その学びに気づくことができません。意識的に気づいているかどうかにかかわらず、何かを経験するたびに、あなたはその経験から知識を得ています。

同じような影響に対しても兄弟姉妹によって反応に違いがあるのはなぜ？

ジェリー　同じ親に育てられた兄弟姉妹でも、全く同じように育つわけではないですよね。ある子どもは健康で幸せに育ち、わたしが思うに「成功した存在」になるのに対して、同じ家庭で育った兄弟姉妹が、とてもつらい人生を送ることもあります。ということは、親はどの子にも同じような影響を与えているわけですから、子どもがどう育つかにおいて親の影響というのは、大して重要な要素ではないということですか？

エイブラハム　非物質世界に存在する、より大きな自分と意識的に調和しようとしなければ、あなたが「幸せ」と呼んだような、安定した成功を維持しつづけるのは不可能です。時には、親や教師が、その方向へあなたが向かえるように促してくれることもあります。誰もが生まれながらに気分良くいたいと願っていて、本能的に調和した状態を見つけようと自然にするものです。この自然に調和しようとすることを邪魔する影響というのが、この議論のまさに核心です。なぜなら、子どもは自然に、いい気分や源との調和に引きつけられるからです。つまり、子どもたちが自然にもっている本能に任せておけば、もっと早く調和した状態に向かうでしょう。良かれと思って子どもを守ろうとする親は、将来起こるかもしれないことを心配するので、子どもはその影響で子ども自身のガイダンスシステムから離れてしまいます。親によって、子どもの自然な衝動が抑えられてしまうことが多いわけです。

親が考えていることとは裏腹に、子どもの幸せに対してあまり心配しないほうが、子どもは幸せになるでしょう。なぜなら、ネガティブな憶測や心配がなければ、子どもは、調和した状態へ向かいやすくなるからです。

あなたが質問してくれた話に戻ると、過保護な親の場合、最初に生まれた子どもは、後に生まれる子どもよりも、より干渉されたり、心配されたり、ネガティブな影響を受けがちです。

子どもや人々の感じ方に影響する要因はたくさんありますが、考慮すべき重要なものは一つだけです。それは、「その人が今この瞬間に考えていることが、内なる源の思考と調和しているか」です。波長を合わせたいのは、この影響に対してです。その他の影響はすべて二の次です。水の中にコルクを手で押し込んでその手を離したら、一番近いルートで水面に戻りますよね。それと同じように、源と反する思考による抵抗を手放せば、明晰さが戻り、幸福や成功、あなたの源の知識が戻ってくるでしょう。

子どもは親に似るものなのか？

ジェリー　母は、「ジェリーはお父さんに似たのね」とか「わたしの父に似たのよ」とか「あなたの叔父さんに似たのかしら」などよく言ったものです。そのとき、わたしは強い違和感を覚えたものです。

エイブラハム　どうして違和感を感じたと思いますか？

ジェリー　自分では特に誰かに似ているとは思っていませんでしたし、母がそういうことを言うときは、たいてい、わたしに対して何か不満があるときだったように思うのです。

エイブラハム　まさにそこに気づいてほしかったのです。あなたの母親が否定的な意見を言ったことで、インナービーイングが全く賛成しない思考があなたの中で活性化されました。それが、あなたが不調和を感じた理由だったのです。つまり、母親があなたの欠点をほかの誰かの欠点に例えて、「あなたも不幸な結末が待っているだろう」と脅かすことによって、ある意味あなたをコントロールしようとしていたのです。そのとき、あなたのインナービーイングは、それとは全然違うあなたへの意見を伝えてくれていたのです。あなたが感じていたネガティブな感情は、その意見の違いを知らせるサインだったのです。このようにガイダンスシステムは働くのです。ネガティブな感情を感じるときはいつでも、今活性化している思考が（どのような経緯でそういう思考が生まれたかにかかわらず）、あなたのインナービーイングがそのテーマについて知っていることと合致していないことを意味しています。

ジェリー　今でも時々、何かあると母が、わたしの欠点を指摘していたときのことを思い出します。

エイブラハム　そういうときに今でもネガティブな感情になるのは、あなたのインナービーイングが、母親があなたに対して言ったことに、いまだに同意していないからです。

受け継がれた特性によって将来が決まるのか？

ジェリー　ですが、親から子どもに受け継がれる特性はありますよね？　身体的な特徴が遺伝するのと同じように、ほかの特性も受け継がれますよね？

エイブラハム　具体的にはどのようなことでしょうか？

ジェリー　例えば、知的能力、身体能力、そのほかのさまざまな能力や健康などといったものは、どの程度、影響しているのでしょうか？

エイブラハム　何からもネガティブな影響を受ける必要はありませんが、現にネガティブに影響を受けているのだとすれば、本当に欲しいものを受け取れなくする思考をあなたが、活性化させているからです。

ネガティブな期待が、世代から世代へと受け継がれるのはよくあることです。ですが、そのネガティブな思考による不調和に気づき、そのネガティブな思考が、あなたのインナービーイングと一致していないことに気づけば、抵抗の思考を徐々に手放すことができます。これらの思考が、あらゆる病気やネガティブな経験の根底にあります。

「虐待をする」親から子どもを引き離すべきでは？

ジェリー　もしも現在のルールや規則がわたしの子どもの頃にあったとしたら、わたしは両親から引き離されて里親に引き取られていたでしょう。しかし当時は、そういう状況も普通のこととして受け入れられていたと思います。大人になって家を離れた後も、当時のことをあまり悪いものとして捉えていませんでした。当時でさえも、どちらかというと、冒険のように捉えていて、刺激と変化が伴う生活の一部として見ていました。そのため、ひどい扱いを受けたことを思い出して、両親を責めることはありませんでした。そこにいたみんなが、共同で創造した体験に過ぎなかったのです。つまり、わたしは自分の役割を理解していたし、両親も自分たちの役割をわかっていたのだと思います。しかし、今は時代が違いますし、子どもへの虐待は大きな問題です。

ホッケー、フットボール、ボクシングで対戦相手に立ち向かうなど、わたしからしたら、虐待に見える立場に意図的に身を置く人が多いように思えます。わたしたちは自ら選んでいるとは考えられませんか？　わたしも、ある意味、両親から虐待を受けることを選んだのでしょうか？

エイブラハム　いい質問です。スポーツをすることで、痛めつけられる状況を自ら選ぶことと、子どもが親によって虐待される状況が類似していると言うと、異議を唱える人が多いかもしれません。ですがあなたが言うように、確かにこの2つの状況は似ています。

みなさんが誤解しているのは、何かを選択することとは、何かを見て「そう、それが欲しい！」と叫ぶことではないということです。あなたがその物事に目を向ければ、それを選択していることになるのです。引き寄せの法則に基づくこの宇宙では、あなたが望まないものに注目すると、その波動があなたの中で活性化されます。**引き寄せの法則**は、「それと同じようなものをあなたの経験の中に運んでくる」のです。

もちろん、子どもが虐待を受けるということはひどいことです。しかし、子どもが本当の自分でいる自由を許されないことも恐ろしいことです。わかっていただきたいのは、あなたにとってそれがどんなにひどい虐待であったとしても、虐待をしている側の人間は、源と切り離されていることに苦しんでいるということです。つまり、苦しんでいるのは虐待を受けている子どもだけではなく、源と切り離されている大人もまた苦しんでいるのです。

子どもが虐待を受けている場合、その状況から子どもを物理的に離すことが最善の策だと思われるに違いありませんが、それで問題を解決できるわけではありません。実際、子どもが親から物理的に引き離されることで、虐待の根本的な原因となっている不調和がさらにひどくなるだけです。自分には価値がないと感じている親は、ますます自分に価値を感じられなくなり、気分をマシにするため、たいていはさらなる虐待に走ります。よくあるのが、一連の出来事に疲れ果てた子どもが、本当に愛している親との交流を許されなくなったことで、さらに心細く感じるようになるということです。

児童虐待の問題は、人々が自分の感情を理解し、自分の思考をコントロールできるようになるまで終わらないでしょう。すでに拡大した自分やインナービーイングとのつながりを自分で否定するといった、自分自身を傷つけることをやめるまでは、暴力はあらゆる形で残るでしょう。

子どもは立ち直りが早いので、大人よりも簡単に源との結びつきを取り戻すことができます。あなたがどれだけひどい扱いを受けていたかということを、ソーシャルワーカー（社会福祉士）が指摘しなかったから、あなた（ジェリー）は虐待を乗り越えました。自分の願望を波動の現実に放ち、虐待を受けた経験から恩恵を受けたのです。このことが最も理解されにくいことなのです。人々は、「なぜ子どもは、自ら虐待をするような親のもとに生まれてくるのか。なぜ愛に満ちた神がそのようなことを許すのだろうか」という疑問をもちます。

改めてお伝えします。あなたは、望むものしか周りにないような、何もかも与えられた完璧な環境を求めていたわけではありません。多様性やさまざまな選択肢、それどころか対立するものさえも求めていたのです。さらに良い経験とは何かを明確にするための機会を求めていました。あなたは、自分がクリエイター（創造者）であることを知っていて、選択を助けてくれる経験がしたいと思っていました。子どものときだけでなく、あなたは生涯学び、拡大しているのです。

しつけなくても、子どもたちは家事をするのか？

ジェリー　エイブラハム、親と子どもの関係において、しつけはどのような役割があるのでしょうか？　家の掃除やごみ出しといった、日常生活における細かなことを円滑に進める上での、しつけについてはどう思いますか？

エイブラハム　わたしたちは、「しつけること」には賛成しません。なぜなら「しつけ」とは、他者に対して行動するようモチベートしようとすることの一つで、良い結果につながるとは決して思わないからです。どういうことかというと、もし、ある親がきれいに片付いた家の状態を望んでいるとしましょう。一緒に住んでいる子どもに対して、親が協力的に手伝いする子どもをイメージしていたら、その親の波動に不調和なところはありません。なぜなら、その親の願望と期待が波動的に合致しているからです。そうした状況であれば、子どもは親の良い影響を受けて、喜んで手伝ってくれるでしょう。わたしたちは、モチベーション（動機づけ）よりも、そのようなインスピレーション（啓発する）のほうを勧めます。

モチベーション（動機づけ）は、次のように働きます。ある親が、やらないといけないことがたくさんあることに気づき、協力しない子どもにフォーカスします。自分が目にしている光景と、自分の願いが合致していないため、その親の波動が不調和になるので、ネガティブな感情を感じます。イライラして怒っている親は「もし手伝わなければ、罰を与える」と、子どもに警告します。子どもは、何もしないことでネガティブな事態になりたくないので、行動するようモチベート（動機づけ）されます。ですが、そのときの子どもは、源とのつながりを失っている状態なので、気乗りせず、集中力もなく、あまりいい働きができません。また、手伝わないといけないことに腹を立てます。そしてこの状況を繰り返すのです。これも、「不調和な状態では望む場所にはたどり着けない」ということをよく表しているいい例です。

もしわたしたちが親の立場だったら、またはほかの人にポジティブな行動を促したい立場なら、まず「自分の波動を整えること」から始めるでしょう。探し求めている望む結果を思い描き、そこに関わる人をポジティブな対象として目を向けることによって、源のエネルギーと調和しようとするでしょう。目の前の「望ましくないふるまい」に、注意を向けないようにするのです。

言い換えれば、「協力的でない子ども」に気をとられて、ボルテックス（波動の現実）の中にいる、「協力的で幸せな子ども」のビジョンから目をそらさないでください。「協力的な子ども」のビジョンを思い描いたまま、「何もしてくれない子ども」に注目しなければ、自分の本来の力から引き離されることがありません。そうすれば、いずれは子どもたちも、あなたと源のつながりがもたらすパワフルな影響を感じるでしょう。子どもたちは、「それをしなければ嫌なことになるよ」と言われて、やるべきことだからと嫌々手伝う代わりに、とてもクリエイティブになり、驚くことに、自分が役に立てる方法をみずから探すようになります。

「家族の調和」のために「個人の自由」は犠牲にすべきなのか？

ジェリー　親一人と子ども一人の小さな家族であっても、両親、祖父母と子どもたちが一つ屋根の下に住んでいる14人の大家族であっても、家族と一緒に暮らしている場合、どうすれば、一人一人が自由を失うことなく、お互いを尊重しながら一緒に暮らせるでしょうか？　誰かが仕切らなくてもいいのですか？　それとも、家族みんなが自由にそれぞれで決断しながらも、調和した一つの家族として暮らせるのでしょうか？

エイブラハム　グループの大きさにかかわらず、そこにいる一人一人がまず本当の自分と調和していれば、仲良く暮らしたり、遊んだり、働いたりすることはできます。心地良い経験をするために、必ずしもそのグループの全員が自分のインナービーイングと調和している必要はありません。グループのみんなが求めているのは、自分自身のインナービーイングと調和することです。それができれば、そのとき初めて、ほかの人との調和が可能となります。安定して自分自身のボルテックスの中にいる人は、相手がこちらに対して調和を見つけていないときでさえも、相手に対して調和を見つけられます。

それが、物質的なものでも、身体の健康状態、経済状況、調和した人間関係でも、望む理由はただ一つです。それが手に入ったら、もっと良い気分になれるはずだと信じているからです。どんどん良い気分になる思考をしたり、自分の人生のポジティブな側面を書き出したり、**感謝のランページ**（**感謝の勢いをつけること**）で、**インナー**

ビーイングとの調和を保つことができて、創造のボルテックスの中に安定していつづけることができます。そうなると、あなたの周りの世界との調和も見つかるでしょう。

それでは、誰が仕切るのか？　もっとわかりやすく言えば、誰がこのグループを指揮するのか？　まず、源と調和している人は、そうでない何百万人もの人よりもパワフルです。従って、「**自分のインナービーイング**」「自分の創造のボルテックス」、世界を創造する力と最も調和している人が、リーダーとなるでしょう。人々は、マインドがクリアで、安定感があり、幸せな人たちに自然に引きつけられるものです。

もし家族の中にそのような調和している人が誰もいなければ、たいていは、一番身体が大きい人、一番力が強い人、一番声が大きい人が指導権を握ることになります。しかし、源と調和している人が誰もいない場合は、わたしたちから見ると、そこに本物のリーダーシップはありません。

つまり、人生やリーダーシップに対するアプローチが、あべこべになっている人が多いのです。彼らは、自分がうれしく感じる状況を目にすれば喜べるという理由で、自分が喜ぶようなふるまいを相手に求めます。わたしたちは、たとえ自分がうれしくなる根拠が目の前になくても、自分がうれしくなる思考にフォーカスしてもらいたいと思っています。なぜなら、一貫して抵抗やネガティブな感情がない状態であれば、ボルテックスの中にあるすべてのものと調和することができるからです。幸せで仲の良い家族は、あなたのボルテックスの中にあります。

家族の中で誰が責任をもつべきか？

ジェリー　では今、話に出てきたこの家族の中では、責任者はいないということですか？

エイブラハム　その質問は、ほかの人たちをコントロールしているのは誰なのかと聞いているようなものですが、実際にコントロールできるのは、自分自身の思考の向きだけです。「一番身体が大きい人か、より力がある人が仕切って、コントロールするのだ」とほとんどの人は答えるでしょう。しかし歴史を振り返ると、それが正しくないことがわかります。なぜなら、それは引き寄せの法則に反するからです。本当の自分とつながっている人、言い換えると、自分自身の波動のボルテックスの中にいる人は、そうでない何百万人もの人たちよりもパワフルです。

あなたが目指しているのは、家族のふるまいや信念をコントロールすることではなく、あなたが望むような家族の姿として相手を見られるように自分をコントロールすることです。あなたが自分の思考をコントロールできるようになり、幸せで成功した人生を送っている、進化、拡大しつづけているバージョンの家族と、あなたが一貫して調和していると、あなたの影響力は、それを見ている人たちが「どんな魔法を使っているの？」と驚くほどのものとなるでしょう。

ほかの人がしていることを気にするのはやめて、あなたにとって心地が良い思考や言葉や行動を探してみてください。創造のボルテックスの中に放たれた、すべての素晴らしい体験や人間関係と「波動」が、調和するように練習しましょう。「波動」を整えた結果として、ハーモニーに包まれることに気づいてください。

親と子どもの調和した関係vs.トラウマとなる関係

ジェリー　わたしが子どもの頃に比べて、家族のあり方が、大きく変わったように感じています。わたしを管理するのが両親としての責任だ、と信じているのは明らかでした。母は、子どものためを思ってできる限りのことをやってくれていたとは思うのです。でも、あなたから学んだことや、母がわたしに手を上げていたことを考えると、母は、彼女自身のインナービーイングと調和していないことが多かったのだと、今なら理解できます。

さっき、廊下を歩いているときに、お母さんとその娘さんを見かけました。その幼い女の子は、母親の後ろから大きい声で、「やだ！」と叫びました。

そうしたらお母さんは、「嫌なの？」と返しました。

そうするとその女の子は「やだ！」と言うのです。

お母さんが「ああ、あなたがリーダーになりたいのね？」と聞くと、その子は「そう」と答えました。それからそのふくれっ面の小さな女の子は、母親を待たせながら階段を下りていき、自分が行きたい場所へと母親を連れていったのです。

その様子を見て、わたしが子どもの頃とは、完全に真逆へと振り子が振れたのだと思いました。今は、幼い子どもたちが親に対して要求し、親が彼らの言うことを聞いてあげる光景を目にするのも珍しいことではありません。このことについてお話していただけますか？

エイブラハム　共同創造の場面に関わる人々の誰もが、自分のボルテックスのパワーと調和するための時間をとっていない場合、関わる全員がボルテックスの外にいることになります。たいていの場合、本当の自分と一番つながっていない人（一番気分が悪い人）がその場を仕切ることになります。しかし、力をもたない人のパワーを測るのは、混乱している人に明晰さを求めるようなものです。生産的なことは何も起こらないし、みんなが不幸になります。

わたしたちの視点から見ると、一貫して自分の創造のボルテックスの中にいる人だけが、リーダーシップを発揮できたり、実りのある子育てや効果的な指導ができます。源の力や明晰さ、知識と調和するための時間をとらなければ、リーダーシップは発揮できません。

子どもは、本当の自分とつながっていない大人、調和から外れている大人から、かんしゃくを起こすことを学びます。

子どもは、源と調和している大人から、心の安定と明晰さを学びます。

親の信念はそのまま子どもに刷り込まれてしまうのか?

質問者　若くして親になった場合、年齢を重ねてから学ぶことを学ばずして親になることもよくあります。わたしたちがまだ学んでいない場合、どうやって、子どもに教えることができるでしょうか?

エイブラハム　子どもたちが、あなたが忘れてしまったことをまだ覚えているということはよくあります。子どもたちは、自分が良い存在であることをまだ覚えていたり、今でも、自分には良いことが起こるはずだと期待していたりします。彼らは今もなお、自分自身のインナービーイングと波動的に調和しています。つまり、子どもたちはまだ「ボルテックス」の中にいるのです。そういうわけで、あなたが子どもに「あなたはダメな子だね」と何かを指摘しても、子どもは聞く耳をもとうとはしなかったり、同意しようとしないことが多いのです。ここにも間違った前提がありますね。

間違った前提 その21

親の仕事は、自分の子どもに教えてあげられるように、すべての答えをもつことだ。

すべての答えをもつことは決してできません。なぜなら、すべてを問い終えることは決してないからです。あなたは永遠に新たなコントラストの舞台を見つけ、その舞台でさらに問いが生まれ、答えられていきます。それこそが永遠の命の喜び――永遠に進化し、拡大し、発見する喜びなのです。言葉は教えてくれません。人生経験が教えてくれるのです。子どもたちは、あなたの言葉から学ぶためではなく、子ども自身の人生経験から学ぶためにこの物質世界にやってきたのです。

物質世界の自分と、非物質世界の自分の関係性を理解することで、あなたは子どもたちにとって最も価値がある存在でいられます。自分の感情のガイダンスシステムを効果的に使い、毎日、自分自身のボルテックスにできるだけ近づけるように取り組むことです。

もし、あなたがボルテックスの中に入っていないために、あまり良い気分でないのなら、気分が良いふりをしないでください。実際のままでいてください。本当の自分と調和していないことにあなた自身気づいていることが、子どもにもわかるようにしてください。あなたが調和を見つけたいと願っている様子を子どもに見せてあげてください。自分が学んできた「気分が良くなるプロセス」を子どもに見せましょう。それをできるだけ頻繁に、オープンに実践し、いつでも上手にボルテックスに入ることができるまで、子どもに見せてください。

幸せでないときに幸せなふりをしたり、恐れを感じているときに自信があるふりをしたりしたら、子どもたちを混乱させてしまうだけです。物質世界の自分の波動と非物質世界の自分の波動、その2つの波動のギャップを意識して管理することで、どれだけ人生が良い方向に向かうのかということを、自らがわかりやすいお手本となって子どもに見せることです。あなたが気分良く感じたいと望んでいること、周りで何が起こっていても、自分の選択次第でいつでも良い気分になれることを、子どもたちがわかるようにするのです。

何より大切なことは、あなたの気分が、「子どもたちや子どもたちの行動とは関係がない」と、子どもたちに理解してもらうことです。あなたを喜ばせないといけないという、無理難題から子どもたちを自由にしてあげてください。そうすることで、自身の素晴らしいガイダンスシステムに従えるよう、解放してあげるのです。

家庭崩壊したのは誰のせいか？

質問者　わたしが子どもの頃、両親は叫ぶし、怒鳴るし、けんかもするし、子どもたちは殴られていました。わたしは「世界は安全な場所ではなく、本当にひどいことが起こり得るものなのだ」と信じて育ったのです。その後、セラピーに5年間通ったのですが、そこでわたしは、「自分に起こったことは自分のせいではない。手に負えない両親の犠牲になったのだ」と考えるようになりました。

エイブラハム　そのセラピストは、「自分の身に起こったことは自分のせいだ」と、自分自身を責めてほしくなかったのでしょう。とはいえ、親のせいにするのもあまり意味がありません。なぜなら、あなたが親を責める気持ちのときも、罪悪感を抱いているときも、どちらもボルテックスの外側にいることには変わりないからです。すなわち、あなたが本当の自分と調和できていないということです。「わたしは被害者だ。ほかの人には、わたしに痛みや苦しみを与える力がある」と信じるに至ることほど、あなたにとって害になることはありません。

そうは言っても、実際に誰かがやったことによって、直接苦痛を与えられたときは、わたしたちの意図を理解するのは難しい、というのは理解できます。わたしたちが伝えたいことをわかってもらうために、大事なことを説明しなくてはいけません。あなたの親があなたを叩いたのは、あなたが悪い子どもだったからではありません。また、悪い親だったからあなたを叩いたのでもありません。親があなたを叩いたのは、調和しておらず、無力感を感じていたからです。それは理不尽なことではありません。実際、無力感を感じている人が、復讐心や怒りへと向かうのは、とても理にかなっています。なぜなら、「波動のスケール」で見ると、それが自分自身との調和へと向かうステップとなっているからです。

どういうことかと言うと、無力感という感情は、本当の自分のボルテックスから一番離れた位置にいることを示しています。復讐心は、無力感より本当の自分に近く、怒りはさらに近くなります。圧倒される感覚はそれよりも近く、苛立ちはもっと近いです。希望になると、本当の自分にうんと近づき、ほぼ到達していて、ボルテックスの中にいると言ってもいい状態なのです。ウェルビーイング（健康と幸せ）への確信や、ウェルビーイングを知っている感覚はボルテックスの中にいる状態です。感謝や愛、情熱、熱意、あらゆる心地良い感情も同じです。

あなたが何もできない、ひどい状況に直面したとき、恐れを感じました。恐怖で体をすくめて泣くことで（もちろんそういう反応になるのは理解できます）、あなたは両親から、望まない行動をさらに引き出してしまったのです。理解しがたいかもしれませんが、もしあなたが両親の争いごとを全く気にせず、自分のおもちゃにフォーカスして、自分の部屋にいたまま、そこに波動的に交わらずにいられたなら、両親はあなたを放っておいてくれていたでしょう。ですが、目の前で起こっていることに気づかないでいることや、感情的に反応をしないというのは簡単なことではありません。

同じことがあなたの両親にも当てはまります。彼らの人生で間違いなく望まないことが起こっていて、そのことを無視するのが難しかったのでしょう。そうやって、彼らはさらなる望まない状況に巻き込まれていったのです。それは「負の連鎖」のようなもので、何かが理由で不満をもった人が、別の人に怒りをぶつけ、その怒りをぶつけられた人がまた別の人に当たり……というように続いていきます。

この「負の連鎖」に巻き込まれた多くの人々は、大人であれ子どもであれ、自分の不快な人生から、「自分には価値がない」「自分には良いことなんて起こらない」と考えるようになってしまいます。そのように感じているので、そのようなことが起きるのです。

それがセラピーを受けている人であったとしても、関係している人たちのふるまいについて、それが正しかったのか間違っていたのかを見分けようと、かなりの時間をかける人がたくさんいます。子どもは自分のことを責めたり、親を責めたりするし、親は自分たちのことを責めたり、子どもを責めたりして、負の連鎖が果てしなく続いていくのです。

どんな思考でもいいので、気持ちが和らぐ思考を見つければ、本当のあなたを表す愛や感謝のほうへと感情のスケールを登っていくことができます。あなたがボルテックスの内側にいるときしか、それがもたらした経験や、与えてくれた拡大、理解を心から味わうことはできません。

ほとんどの人は、自分が探し求めているのは、誰か自分のことを愛してくれる人だと信じていますし、親には子どものことを愛する責任がある、とも信じています。しかし、絶望している親は、ウェルビーイングのボルテックスからかけ離れているため、与えられる愛をもっていません。そこで子どもは、自分に何か悪いところがあるから愛されないのだと思い込んでしまい、愛されないのは親が愛と調和していないからだとは理解できません。

やはり、あなたたちは、全く間違った場所に愛を探しているのです。ボルテックスに目を向けてください。拡大した自分に目を向けてください。あなたの源に目を向けてください。愛のリソース（資源）に目を配るのです。愛はいつもあなたのためにそこにありますが、あなたの中の波動が愛と調和していなければいけません。あなたの波動の周波数を、愛の周波数に合わせなくてはならないのです。そうすれば、ボルテックスがあなたを包み込み、あなたは愛に囲まれるでしょう。

赤ちゃんは望まない経験をどうやって「引き寄せる」のか?

質問者 それでは、わずか9カ月の赤ちゃんは、どうやって恐ろしい経験を引き寄せるのでしょうか?

エイブラハム たとえ物質世界の肉体では生後9カ月であっても、その存在は、赤ちゃんの肉体にフォーカスしている、とても古くて賢いクリエイター(創造者)です。コントラストを経験し、波動の現実に明確な願望のロケットを打ち上げることで拡大するという、パワフルな意図をもって物質世界にやってきたのです。

まだ言葉を話さない子どもは、自分の経験を創造するクリエイターにはなれないと思われることが多いですが、ほかの誰もあなたの経験を創造することはできないと断言します。子どもは生まれた瞬間からも波動を放っており、その波動によって引き寄せているのです。

ほとんどの子どもたちは、自分自身の「ボルテックス」との調和が邪魔されない環境に生まれてきます。ほとんどの場合、まだ生まれて間もない時期は、周りの人の影響を受けてボルテックスから外れてしまうようなことはありません。しかし、時には、ウェルビーイング（健康と幸せ）を教えるという強い意志をもってこの物質世界に生まれてきて、早いうちからコントラストを経験することを生まれる前から意図してくることがあります。なぜなら、その経験から生まれる、求めのパワーを理解していたからです。自分が何を望んでいないか、がわかると、より明確に望むものを求めます。その結果、ボルテックスがより急速に拡大するのです。

また、あなたは生まれる前の非物質世界の視点から、不快感、ネガティブな感情、病気、あらゆる望まないことが起こる真の原因は、ボルテックスや本当の自分との不調和だと理解していました。そのため、すべての存在が肉体を持って生まれてくるとき、創造のボルテックスに願望を放つために、早いうちからコントラストを経験したいと強く思っていたのです。ボルテックスがパワフルに渦巻くほど、源からの呼び声が強くなるからです。すべての非物質世界の存在は、願望が強ければ、抵抗への気づきも大きくなるということをわかっています。喜びのある創造を邪魔するものはただ一つ、抵抗だけです。従って、抵抗への気づきは大きければ大きいほど良いのです。

もしあなたが、人生のコントラストから生まれたパワフルな自分と切り離されて、いまだにボルテックスの外にいる状態ならば、説明しても何も腑に落ちないとは思います。ですが、声を大にして言いましょう。あなたがもっと良い気分になることを見つければ、自分を傷つけたり裏切ったりした親や誰かを非難せずにポジティブに捉えようとし、ボルテックスの中に入れれば、わたしたちが説明したことをきっと理解できるはずです。あなたが進化し拡大した部分の自分と一体となり、あなたが求めてきたすべてと波動の現実で完成したものに囲まれたとしましょう。そのとき、あなたは、それを求めるきっかけとなってくれた人に対して敵意を抱くことはないでしょう。それどころか、あなたの喜びに満ちた拡大に、彼らが一役買ってくれたことに対して感謝するはずです。

なぜ生まれつき自閉症の子がいるのか？

ジェリー　望まない身体の状態をもって生まれる子どもがいるのはなぜでしょう？ 例えば、生まれつき自閉症と呼ばれる症状をもつ子どもの数が急激に増えています。

赤ちゃんは、生まれる前のどの段階で不足の思考を考えることがあるのでしょうか？

エイブラハム　物質世界の視点では、コントラストや違いがもつ計り知れない価値をあまり覚えていません。しかし、みなさんが生まれる前にいた非物質世界の視点からは、多くの場合、物事を選択する上で、コントラストは非常に大きな要素なのです。コントラストや違いの価値を忘れてしまっている親や教師が多いため、子どもたちが周りに溶け込むことを強く望んでいます。その結果、本当に厄介なことに画一化が広まっているのです。そのために、非物質世界にいる多くの存在が、画一化に向けたコントロールをされることがないように、「ほかと違った存在になる」という明確な意図をもってこの物質世界にやってくるのです。非物質世界からこの物質世界にやってくるすべての存在は、明晰さも、熱意も、確信ももち合わせているのです。「不足している」という立場からこの物質世界にやってくることは決してありません。例外なく、です。

Part
5

自己肯定感と引き寄せの法則

感謝がボルテックスへの鍵

感謝がボルテックスへの鍵

宇宙の叡智、「引き寄せの法則」におけるみなさんの大切な役割について共有できて、とても楽しい交流となりました。人間の友達と交流するときに、わたしたちがいつも一番に意図しているのは、「**本当の自分を思い出してもらうこと**」です。あなたが永遠に続く楽しい世界の創造に関わる役割を心から楽しむサポートがしたいのです。「物質世界の視点」と「非物質世界の視点」の両方を、行き来するみなさんとの「共同創造のダンス」の会話はとても大切です。なぜなら、どちらの視点も全体にとって不可欠だからです。永遠に続く拡大にとって、物質世界と非物質世界の両方の視点は欠かせません。そしてこの本で一番大事なのは、存在する限りで最も重要な知識である「2つの波動の観点の融合」です。

肉体のいろいろな感覚で解釈したものを詳細に観察し、探究したから、みなさんの物質世界の観点には、揺るぎない説得力があります。触覚の多様性や五感を刺激する香り豊かな地球環境は、すべてが詳細で鮮やかなので、この世界を「現実」と呼べるのです。あなたがこの物質世界に意識を向けることは、あなたと「存在するすべて」

に対して大いに役立っています。この素晴らしい惑星、銀河、時空と現実であなたが肉体の感覚で体験しているよりも、もっと大きな全体像、深いものがあるのです。こういったすべて、あなたが見るものすべてが、未来にやってくるものの先駆けで、より楽しい現実、より楽しい誕生の出発点になります。

自分たちの銀河や惑星の不思議を見たときに、みなさんは非物質世界の力で、何らかの方法で誕生したと推測します。それらに対する人々の理解と説明が乏しいものではありますが、本質的には間違っていません。

あなたの物質世界は、非物質世界のエネルギーと創造の延長です。今手にしているものすべては、源(ソース)のエネルギーが意識的に注意を向けたことで創造されました。あなたとあなたの世界の創造の物語は、過去に起きた物語ではありません。今も起こっている物語なのです。この世界を創造した源のエネルギーは、あなたに向かって流れつづけていて、あなたを通して流れつづけながら、創造の継続と宇宙の拡大に寄与しています。

多くの場合、人間は謙虚さから「存在するすべて」が拡大しつづけるための大事な役割を受け入れようとはしません。そのため、この本を届けたいと思ったのです。なぜここにやってきたのか、「本当のあなた」の記憶を目覚めさせるのが、わたしたちの望みです。あなたの創造する能力に対する知識に立ち戻れるように手助けし、肉体が担っている重要な役割の恩恵も受け取ってほしいと思っています。みなさんにボルテックスに戻ってほしいと思っています。

物質世界に肉体を持って生きるなかで、どうすれば良い人生になるかという考えや願望を形成するために必要なコントラストが与えられます。たとえ、目に見えなくても、多くの場合、気づかなかったとしても、改善の願望は波動のロケットとして、リクエストのメッセンジャーとして、あなたから放たれます。あなたの惑星が創造されたときに放たれた大本(おおもと)のロケットと同じように、波動の領域に放たれるのです。この願望のロケットは、世界を創造する源のエネルギー、「存在するすべて」の源と同じ源のエネルギーを受け取るのです。アイデア、リクエストや願望はすべて、放たれた瞬間に理解され、答えられるのです。

願望のロケットを放っている意識も、源から答えを受け取っている認識もないでしょう。それでも、パワフルな新しい創造が始まっているのです。中にはこのことを熟考して、永続的である本質をもつ創造の論理について理解できる人もいます。創造の力がまだ存在していて、その拡大が続いていることを受け入れられる人も多いでしょう。しかし、人間のみなさんによく誤解され、見過ごされている部分があります。それは、物質世界に生き、拡大した願望のロケットを放つことで、自分が創造する世界が拡大しただけでなく、あなた自身も拡大したことです。

あなたは、自分や誰かが病気になったら、健康で幸せな状態を求める新たな波動のリクエストを放ちます。すると、源がそれを受け取り、応えてくれます。不正や腐敗のようなコントラストを物質世界で見たら、公正かつ正義を、新たに波動のリクエストで放ちます。誰かがあなたに失礼なことをしたら、願望のロケットでもっと優しい経験をリクエストするのです。お金が足りない場合は、もっとお金が欲しいとあなたのロケットは求めます。一日中、毎日、それぞれのリクエストが送られることで、波動の現実、ボルテックスは形成されていきます。非物質世界の広い視点の「あなた」、ここに生まれてくる前から存在する「あなた」の部分、物質世界にいる今も存在している非物質世界の「あなた」、あなたの中の源（あなたの「インナービーイング」）は、改善のリクエストに対して応えてくれるだけでなく、そのものになるのです。

地球がほかの惑星と完璧な距離で軌道を回転しているような、素晴らしいものを生み出す創造主、フォース、プロセスがどのように成り立っているのか、理解するのは難しいでしょう。理解できなかったり、説明できなかったりしたとしても、みなさんは、生きているだけで、それらすべての拡大に貢献しつづけています。波動の現実に放ちつづけている願望のロケットは、いつの日か物質世界の生き物たちによって完全に現実化されるのです。

あなたが創造をしている波動の現実に意識を向けてほしいという理由から、わたしたちはこの本を書きました。あなたが創造するボルテックスのことを知ってほしいのです。何よりも大事なのは、意図的にあなた自身の意識、思考を渦巻く創造のボルテックスと、波動的に一致させるように導くことです。なぜなら、これまでにあなたの内側で生まれた願望はすべてあなたが夢見た通りにそこに存在していて、あなたの調和を待っています。

あなたが物質世界で見て触れて聞く「現実」はどれも、かつては波動の現実、創造の「ボルテックス」の中で渦巻いていました。最初は「思考」として存在し、次は「思考の形態」として、みなさんが知る物質世界の「現実」となったものです。あなたの夢や願望の数々、より良いものを求めるアイデアは、あなたのより広い部分が受け取ります。あなたのより古く、大きく、賢い部分は、あなたのリクエストに純粋に何の抵抗もなくフォーカスし、強力な「引き寄せの法則」がそれに応えてくれるのです。渦巻く波動の現実に、波動的に同じ周波数の協力的な要素すべてが、引き込まれていきます。これら物質世界の現実の前身を、あなたが手に取ることができるよう準備されるわけです。

波動の現実が物理的に現実となるためには、たった一つのことが必要です。ものや体験として現実化し、見て、聞いて、香りも嗅いで、味わって、触るためには、「ボルテックスに入らなくてはいけません！」。

夫が、苛立ちのなか、あなたを怒鳴りつけたとき、今彼が見せている愛のない状態に動揺しているとき、あなたはリスペクトされ、愛されたいという願望のロケットを放つわけです。気分のいいパートナー、あなたを愛してくれるパートナーを望むのです。カチッ、カチッ、カチッ、カチッと、それらのリクエストは波動の現実、創造の「ボルテックス」が受け取り、融合します。今度は、「引き寄せの法則」がこの渦巻く創造に応えて、協力的な要素をすべて引き込みます。そうして、新しく修正された創造の「ボルテックス」は拡大するのです。しかし、とても大事な質問があります。

今現在、**あなたは**協力的要素ですか？　あなたは「ボルテックス」に入っていますか？

- もし、まだパートナーの暴言に動揺して不快な状態なら、あなたはボルテックスに入っていません
- もし、女友達に起こったことを話し、この件について自分の無実を主張しているなら、あなたはボルテックスに入っていません
- 彼が優しかった頃のことを切望しているなら、あなたはボルテックスに入っていません
- 手放すことができて、彼と結婚しようと決めたときのことを思い出しているなら、あなたはボルテックスに入っています
- 彼がキレたことを個人的に受け止めず、この経験のポジティブな側面にフォーカスしているなら、あなたはボルテックスに入っています
- 気分が非常に悪い場合は、あなたはボルテックスに入っていません
- 気分がマシになっていたら、あなたはボルテックスにより近づいています

ボルテックスについて理解するための簡単な方法を教えましょう。

- この肉体に生まれてくる前、あなたはボルテックスの中にいました（その中には抵抗の思考は存在しません）
- 非物質世界のあなたの意識の一部が、物質世界のあなたにフォーカスしたのが、あなた自身が知る「あなた」です
- 人生でのコントラストが、拡大を求めるロケットの数々をボルテックスの中に放ちます。そこには非物質世界の大きな部分のあなたが存在しています
- 拡大と改善のポジティブなリクエストだけを保管するボルテックスには、その拡大と改善を邪魔するような思考は一切ありません
- 「引き寄せの法則」は、あなたのボルテックスの中の純粋で抵抗のない波動に反応して、その創造の完成に必要な、波動的に合致した協力的な要素をすべて集めます
- あなたも、あなたの創造の要素の一つです

- 実のところ、あなた自身が創造そのものです
- 唯一の質問は、「あなたはその肉体を持つ物質世界の立場として、今現在、あなたの創造と波動的に合致していますか？　合致していないでしょうか？」
- あなたの創造というテーマについて、今フォーカスしたときに、どう感じているかが、その答えです
- 怒っているなら、あなたは波動的に合致していないので、ボルテックスに入っていません
- 感謝しているなら、あなたは波動的に合致しているので、ボルテックスに入っています

波動の現実、創造のボルテックスの中に入る鍵、完全に抵抗のない状態を経験する鍵、拡大したあなたと望むことすべてに完全に調和する鍵、物質世界の人生で望むことすべてが現実化する鍵は、感謝の状態にあることです。最も重要なことは、感謝を注ぐべき対象が、あなた自身ということです。ほとんどの人を創造のボルテックスの外に追いやる思考の癖(くせ)、または信念、思い込みは、ほかのあらゆる思考を全部合わせた中でも、自

分を大事にしない、自己肯定感の不足が原因なのです。

なぜ人は自信を失うのか？

ジェリー　何が起きたか、どう感じたかを一番わかっているので、自分の経験を話すことが多いのですが、子どもの頃のわたしは、自分に対して自信をもっていました。知らない人とまだ出会っていなかったですし、何でも達成できる気がしていました。でも、時が経つにつれて、他人からの批判を受け入れ、自分を批判的に見て、自信をなくしていきました。内向的と言えるような状態になったのです。

今の幼い子どもたちは自信満々ですが、自分もかつてはそうだったのを思い出します。でも、徐々にそういう子どもたちも「切り倒される」ような感じで、自分への自信が失われているように見受けられます。なぜわたしたちは、自己肯定感が低くなるような経験をするのでしょうか？　それを防ぐにはどうしたらよいのでしょうか？どうしたら自己肯定感が高くなるように、ほかの人の気分を上げたり向上させられたりするのでしょうか？

エイブラハム　あなたの言う通りです。自分の経験を通してでしか、物事を本当の意味で理解することはできません。人生経験によって、波動の現実、創造のボルテックスの中に願望のロケットを放ち、あなたは拡大しました。しかし、真の知識、真の理解を得るためには、あなたが打ち上げたロケットの数々に追いつき、融合しなければなりません。他人が打ち上げたロケットに追いつこうとしても、その知識を手に入れることはできません。言葉では教えられないのは、そのためです。自分自身の人生経験からしか、学べないのです。

だから、幼い頃はとても自立していて、他人の言うことを聞きたがらず、自分で体験し、自分で決めたがり、自分で選ぶ自由が欲しいのです。そういう望みはなくなることも、減ることもありません。実のところ、増すばかりなのです!

生まれながらにもっていた揺るぎない自信が揺らぐ理由は、たいていあなた自身が、ボルテックスからそれてしまうのを許したからです。つまり、他人に説得されて、あなたがどう感じるかよりも、他人の気持ちに意識を向けるほうが大事だと、思ってしまうからです。

あなたが感じるすべての感情は、ボルテックスとの関係性の指標です。自信があるときは、内なる源が創造のボルテックスの中であなたに対して感じていることと、今のあなたの思考が完璧に一致していることを意味します。恥ずかしいと思ったときは、「内なる源があなたに対して思っていること」と、「あなたの現在の思考」が合っていないことを意味します。

両親や先生、友達があなたに否定的な態度をとったとき、あなたが自分の思考や言動を変えて相手を喜ばせようとしたとしましょう。そうすると、あなた自身の真のガイダンス、真の自信の源から、自分を遠ざけてしまいます。

つまり、あなたの自信がなくなるのではなく、自信の源を継続して補充するのを、あなたが阻んでいるのです。他人の承認を求めることで、自分のためのエネルギーの泉から離れてしまいます。いつも言っていることですが、「愛を探す場所が間違っている」ということです。

他人の気分を上げるためには、彼ら自身のエネルギーの泉に導いてあげなければなりません。あなたの承認、不承認に反応するように求めていては、彼らの助けにはなりません。他人の気分をよくさせる方法は、相手を肯定し賞賛を浴びせればいいと、多くの人は思っています。でも、誰かが元気を回復するためにあなたを頼りにしているとき、あなたがほかに注意を向けたいことがある場合は、彼らが困るでしょう。あなた自身が源とつながっておらず、補充できていないとき、彼らが頼りにしてきたとしても、何も与えられないので、彼らが困るわけです。しかし、独立して補充できる源がそれぞれにあり、自分の創造のボルテックスの本質だけを理解して調和すればいいのだと、彼らに理解してもらう手伝いができれば、真の助けとなる向上を提供することができるでしょう。それは、一生涯毎日、その人その人を独立して助けてくれるものとなるでしょう。

自己肯定感を上げ、自分を大事にすることへの最初の一歩とは何か？

ジェリー　ネガティブなことを自分に向けられたり、批判されたりして、自分のことがとても嫌になったことを思い出しますが、祖父が自分を激励してくれたのも覚えています。また、わたしのことを萎縮させて辱(はずかし)めたり、小さな存在と思わせたりする先生たちもいましたが、スピーチのヘインリー先生が気分を上げてくれて、自信をもたせてくれました。ジムでバカにしてくる人たちがいましたが、コーチのピアース先生が大変よく励ましてくれました。教会やコーラスグループ、ボーイスカウトなどで、10代の若者が参加するプログラムに楽しく参加したのも覚えています。しかし教会では、ほかの教会や世の中への批判がひどかったので、そこから逃げ出したいと思っていました。物理的にそこからいなくなりたいとも思っていました。

でも今、エイブラハムたちが言っているのは、望まないことから立ち去るとか、行動に関する問題ではないということですよね。助けになるとは思いますが、先生や家族などほかの人たちに、気分を上げてもらったり、自信をもたせてもらったりする必要はないわけですよね。周囲で何が起きていようが、直接、自分たちの中に自信を見つけることができると考えていいのでしょうか？

エイブラハム　気分を上げてもらうために、他人を頼りにすることの問題点を、あなた自身の人生の例をもって指摘してくれました。あなたを高く評価した人たちは、源と調和していて、ボルテックスの中にいて、世界を創造する純粋でポジティブなエネルギーと共にいたわけです。彼らが、源と調和した状態であなたに意識を向けたので、彼らのポジティブな眼差しの恩恵を感じたわけです。しかし、ボルテックスに入っていない、源と調和していない人たちが、あなたに不足の視点で注意を向けた際には、彼らの眼差しに不利益を感じたのです。他人の一貫しない反応のせいで、徐々に自信が失われていくのです。

あなたの創造のボルテックス、内なる源（インナービーイング）は一貫していて、頼りになります。あなたが選ぶ思考を通して、創造のボルテックスに向かえたら、常にあなたは満たされるでしょう。バランスのとれた、気分のいい人生を送るためには、水分補給をするように源に頻繁に戻って補充することです。

「引き寄せの法則」は競争にどのような影響があるのか？

ジェリー　競争は役立つのでしょうか？　あるいは役に立たないのでしょうか？　10代の頃、プールの飛び込み台で素晴らしい飛び込みをした人を見て、その人よりすごい飛び込みをしたいという気持ちになったことがあります。わたしをしのぐジャグラーがいたら、誰もやったことのないジャグリングのルーティンをつくろうと試みました。他人の才能や能力と比べて、常に自分を評価していたように思います。でも大人になってから、競争のようなものには関わらないようにしました。なぜなら、「誰かが勝つためには誰かが負けなくてはならない」という考え方が好きではなかったからです。勝つのは好きでしたが、負けるのは嫌いでした。また、自分が勝っていたとしても、本当はほかの人が負けるのも楽しくありませんでした。

エイブラハム　思考の刺激を促してもらえるのが楽しいから、多様性とコントラストに満ちたこの時空の現実に、あなたは意図的に身を置いたわけです。多様性、競争という概念と経験をより効果的に活かすための鍵は、願望を刺激するのに活用することです。願望が生まれて、あなたの願望のロケットがボルテックスに打ち上がったら、今度はあなた自身に集中してください。あなたの思考の一つ一つと、ボルテックスの関係性に、意識を集中してください。願望のロケットが打ち上がることで、物質世界の競争は目的を果たしてくれたことになります。つまり、競争は創造のプロセスにおける

「ステップ1」の絶大な推進力となり、「ステップ3」においては、甚大な妨げになるものです。

ジェリー　競争というよりは、比較の話ではないのですか？

エイブラハム　競争は比較の進んだバージョンにすぎません。覚えておくべきは、このゲームに終わりがないということです。いつだって次のコントラストの組み合わせが登場し、また別の願望のロケットを打ち上げることになるからです。なので、常にボルテックスに向かっていくこと、波動のギャップを閉じることを楽しめるでしょう。新しい拡大を詳細に体験することも楽しめるでしょう。

ほかの人と自分を不利に比べるのはどうなのか？

ジェリー　高級車を買えるようになってからもしばらくは、保守的な車を運転しつづけていました。なぜなら、高級車を運転する人に対して、昔は批判的だったからです。

高級車を所有する人たちに対する批判をしなくなってからは、最も高級な車を運転しました。いずれの場合も、他人からの反応に影響されていたと思います。こういうことは、不健全なゲームだと思いますか？

エイブラハム　自分自身とのバランスよりも、他人がどう思うかが大事になってしまうと、あなたは健全でない立場にいることになります。あなたに対する意見や態度を操るため、影響を与えるために、行動することは、健全ではありません。なぜなら、彼らの意見をあなたの「ガイダンスシステム」の代わりにしているからです。

世界規模の金融危機を恐れている場合はどうすれば？

ほとんどの人が、他人がしていること、考えていることに気をとられて、自身の拡大に合わせることを忘れてしまいます。その結果感じる空虚感を、他人の意見や行いのせいだと勘違いするのです。しかし、決してそうではありません。

気分がいい、気分が悪いなどのすべての感情は、今あなたがもっている思考と、内なる源が同じテーマについてどう考えているか、その関係性によるものです。

今現在、個人的に仕事や収入がないため、不安や恐れを感じている人たちがいます。しかし、ほとんどの人が現代で抱えている恐れは、まだ起きてもいない悪い事態、それが将来及ぼすかもしれない悪影響、望まない状態が自分の人生に影響するかもしれない、というネガティブな推測のせいです。

一部の人たちが経験している経済的なトラウマに注意を向けることで、どれだけ事態が悪くなり得るかと予期してしまうことがあります。その行動によって、意図せず、当然望んでいないのにもかかわらず、経済状況のさらなる悪化に加勢してしまっています。彼らの心配の思考が、ビジネスや雇用、資源を破壊しているネガティブな根源ではありません。彼らの心配の思考が、強く望んでいる経済的ウェルビーイングを遠ざけているのです。

苦難に立たされている人を見て、自分も同じ状態に陥るのではないかと恐れると、波動が緊張した状態になり、本来のウェルビーイングがあなたに流れ込むのを邪魔してしまいます。

このような人たちが多くなれば、ほどなくして、人口全体にとてもネガティブな抵抗のパターンがまん延していくのです。このシナリオにおいて幸いなことは、経済状況についてのネガティブな感情を、それぞれが感じたすべての瞬間に、より多くの豊かさを求める波動のリクエストが放たれているということです。そのリクエストを、源がはっきりと聞き入れ、即座に応えます。非物質世界の、波動の現実、創造のボルテックスがパワフルに渦を巻いて、そのパワフルな望みに対して応えはじめるのです。すべての協力的な要素、安心できる解決策の要素が、ボルテックスに引き込まれていきます。それらの要素は、ボルテックスに入ることができた人たちに発見されるのを待っているのです。

国や世界の経済状況をどうするべきか、多大な混乱がありますが、解決策はどんな行動をとるかではありません。行動ではなく、求めている解決策への道がはっきりと見えて受け取れるような、波動の姿勢が大事です。簡単に言えば、求めている解決策はすでに、パワフルな「引き寄せの法則」によって、波動の現実である創造のボルテックスの中に集められています。ボルテックスの外にいつづけるような考えを、やめるだけでいいのです。そのテーマについて、本質的に波動が矛盾するような考えをよくしていると、求めている解決策が見つけられなくなるのです。

豊かさや経済的なウェルビーイングに逆行する個人の思考、集団としての思考が、社会や政府で広く見られます。解決策を提案している人たちの頭の中、一般大衆でもそうです。つまり、両立はできないのです。人々に商品やサービスを買ってほしいし、経済を動かすためにお金を使ってほしいし、繁栄するビジネスが一般的に経済の繁栄をもたらすことを、多くのビジネスは知っています。しかし、お金をたくさん使っていい暮らしをすることで、裕福さを見せつけるのは傲慢で不適切だという、矛盾する主張の声も大きくなります。

多くの人は、個人的にはもっと豊かさを経験したいと思いながら、同時にすでに豊かな暮らしをしている人たちを批判しているのです。

- 「お金を使ってもらわないといけない／あなたがお金を使うと、わたしたちは不快になる」
- 「裕福になりたい／裕福な人はどこかしら道徳観がない」
- 「お金持ちになりたい／金持ちは貧しい人たちから搾取している」
- 「お金を使うと経済活動を促進する／お金を使うのは無駄遣いだ」

- 「お金を使って、経済を動かそう／貯蓄をして、経済のために犠牲を払おう」
- 「繁栄したい／全員にいき渡るお金が充分にない」

あなたが繁栄するのは自然なことであり、全員が繁栄するための資源はあるのです。しかし、いつも不足のことを考えたり、成功者に対抗することを考えたりすると、あなた自身の願望と矛盾することになります。さらに重要なのは、あなたが創造のボルテックスに入れたものと矛盾した状態でいつづけるのです。誰かに奪われていると信じているときに起こるネガティブな感情は、彼らが手に入れているせいで、自分には手に入らない、という理由で感じるのではありません。あなたがネガティブな感情になるのは、いかなる場合でも、あなた自身が受け取ることを邪魔しているからです。さらに大事なことがあります。あなたが豊かさを求めてこなければ、豊かさがボルテックスの渦の中で渦巻きながらあなたが受け取るのを待っていなかったら、自分から遠ざけることに対してネガティブな感情を感じなかったはずです。

もしあなたが経済的なウェルビーイングを望んでいるならば、豊かさを見たらどんなときでも称賛してください。自分や大切な人たちのためにもっと豊かさが欲しいと思ったのなら、すでに豊かさを享受している人たちを批判してはいけません。どんなことでも、批判したり、非難したり、抵抗したりすれば、あなたが望んでいるものと真逆の波動を活性化してしまいます。例外なく、いつでもそうです。
これがまた次の間違った前提へとつながります。

間違った前提 その22

成功している人を批判しながら、自分も成功できる。

いつでも、何かを批判したり、抵抗すると、あなたはボルテックスの中に入れなくなります。あなた自身の成功は、ボルテックスの中にいなければ実現しません。間違った前提の数々が、豊かさの渦巻くボルテックスの外に人々を追いやり、彼らが受け取るべきウェルビーイングや安心を受け取れなくしてしまいます。「あなた自身を批判」して、成功はできません。「あなた自身を非難」していては、ウェルビーイングを受け取れません。がっかりしたり、怒ったり、非難するときに起こるネガティブな感情は、あなたの内なる思考と逆行していることを教えてくれています。あなたの成功に対して、自分で反対しているのです。あなたの豊かさとあなたが矛盾していま す。源との調和に、あなたが逆行しているのです。あなたが望むすべてを保持してく れるボルテックスに、あなたが逆行しているのです。

自己中心性と「引き寄せの法則」?

「気分がいいこと」に対してこれだけ重きを置いているので、自己中心的になること を教えていると責め、わたしたちを批判する人たちがいます。真の意味で自己中心的 であることが、わたしたちの教えの核であることは認識しています。なぜなら、十分 に自己中心的でなければ、自分の気持ちを大切にしなければ、いい気分になるよう自 分の思考を軌道修正する意思がなければ、内なる源と調和できないからです。源と調 和していなければ、他人に何も与えられないのです。源との調和、つまりあなたの創 造のボルテックスの中にいること、真に拡大したバージョンのあなたと一つになるこ と、これが究極の「自己中心性」なのです。

その調和の状態にあってこそ、すべてのいいものがあなたのもとにやってきて、あなたが放ったすべての願望のロケットが実現されるのです。

真の成功とは、ものを得ることでも、任務を達成することでも、経済的な豊かさを達成することでもありません。真の成功とは、「あなた」と調和することです。自己中心的になって、あなたの願望、明晰さ、自信、知識、愛、「あなた自身」と調和してください！

ほかの人の意図で導かれるべきなのか？

ジェリー　もしわたしたち一人一人が自分と一つになれたら、安定してボルテックスの中に入れたら、指図したり、コントロールしようとしたりする存在やリーダーは、この世界に必要なのでしょうか？

エイブラハム　あなたの源との調和は、ほかの場所から得られるどんなガイダンスよりも、はるかに偉大です。個人、あるいは文化でも、ボルテックスの中にいるリーダーが導く恩恵は時としてあるでしょう。そのリーダーの話を聞いたときに明晰さと気づきが得られ、その人自身の力も感じられるでしょう。しかし、得てして多くの場合は、リーダーになったら、解決すべき問題の数々にフォーカスしてしまうので、ボルテックスの外に出てしまいます。その脆弱な立場から、人々を導こうとするのです。もし、わたしたちが人間の立場なら、リーダーを求めませんし、導いてもらうためにボルテックスに入ってほしいと要求もしません。自分たち自身でボルテックスの中に入る方法を見つけ、安定してその中にいられるようにします。自分の中を流れ、自分たちの手元にある、この世界を創造する力を見つけるでしょう。

よく人々は、心細さから、数で勝負しようとします。不安の立場から、物事をよくしようとするのです。しかし、ボルテックスに入っていない人が大勢集まったとしても、明晰さや強さ、解決策は絶対に得られません。

ボルテックスに一貫して入っている一人の人間は、ボルテックスに入っていない何百万の人たちよりも、もっとパワフルなのです。

自己肯定感を上げるにはどうすればいいのか？

ジェリー　この哲学は、明らかにわたしたちがいい気分でいることの価値について語っていますよね。どうやったらいい気分になれるのか、教えていただけますか？　自分たちのことをよく思うためのテクニックやプロセスも教えてください。意図的に自分を肯定して大事に思えるようになるにはどうすればいいでしょうか？

エイブラハム　自己肯定感の究極の形は、自分の源、つまりボルテックスの中の拡大した「あなた」と、波動的に調和することです。そのためには必ずしも、あなたが自分自身にフォーカスしなくてもいいのです。実は、ほとんどの人にとって、特に初めのうちは、自分以外のほかのものにフォーカスして調整しようとするほうが簡単です。

時間とともに、あなたは自分自身への多くの意見や態度、思考の癖、自分に対する思い込みができて、それが活性化されるとボルテックスの中に入ることができません。そのため、いい気分になりやすい別のテーマにフォーカスして、ボルテックスに入るほうが簡単なのです。

例えば、大好きなペットのことを考えてもいいでしょう。そのペットを大切に思う気持ちで、すぐにボルテックスに入ることができるでしょう。なぜなら、ペットに対しては妬みや非難、罪悪感など、抵抗する思考をもたないからです。ぜひ猫のこと、あるいはボルテックスに対して全く抵抗がないものを、何でもいいので考えてみてください。そうするといとも簡単にボルテックスの中に入って完全な「あなた」と交わることができるでしょう。もっと正確に言うと、完全な「あなた」と融合することを自分に許すことができるのです。わたしたちはこれを、究極の自己肯定感と呼びます。あなたが「自分」のことを考えずに達成したとしてもです。わたしたちが人間の立場だったなら、簡単にいい気分になれるテーマを選んで、それをフォーカスの中心にしてボルテックスに入るようにするでしょう。

物質世界の環境では、客観的に事実を見るように訓練され、すべてのテーマのメリットとデメリットをはかります。しかし、このゲームをするにつれてわかってくるのが、メリットにフォーカスしているとすぐにボルテックスに入ることができ、デメリットにフォーカスしていると、ボルテックスの外にすぐに放り出されることです。望まないことにフォーカスしたまま、ボルテックスの中にいることはできないのです。

「**いい気分でいること以上に大事なものはない**」と頻繁に言っていれば、ボルテックスにどれだけ近い距離にいるかを、もっと認識できるようになるでしょう。

何のために生きているのか？

物質世界においてコントラストを経験しているとき、「何のために生きているのだろう？」とか「どうしてここにいるのだろう？」とか、思いを巡らすことがあると思います。ですが、あなたはこの時空の現実で起こるコントラストを楽しむために意図的にこの世界にやってきました。コントラストを経験することで、インスピレーションが湧き、新しいアイデアや願望が生まれるということを知っていたからです。実際にそれこそが拡大の土台だとわかっていたのです。

物質世界で肉体に宿るあなたが、創造という大きな枠組みの中での、自分の位置づけや果たす重要な役割について、より理解してくれることを期待しています。

あなたは現在、物質世界の現実において、肉体を持つ存在として、自分にフォーカスしています。ですが、波動の現実を創り出していることを思い出してほしいと強く願っています。その波動の現実は、未来に実現する約束を保管してくれているのです。自分が望むものが実現するまでの時間は、あなたがボルテックスに入るのにかかる時間と同じなのです。つまり、あなたの気分や態度や感情を見れば、ボルテックス、波動の現実、望むものすべて、なりたい自分にあなたがどれだけ近いかがわかるのです。

わたしたちの教えを少しでも学んできたのであれば、前のシリーズの本を読んだのであれば、たくさんのプロセスや方法についてお話ししてきたことがわかるでしょう。どのプロセスも、ボルテックスに入るのを妨げているネガティブな感情を手放すお手伝いをする意図があるのです。

この本を締めくくるにあたり、非常にシンプルなプロセスをいくつかお伝えしましょう。もし繰り返し実践することができたら、徐々に、しかし着実に「本当のあなた」と調和できるようになり、ボルテックスに確実に入ることができるでしょう。ボルテックスに一貫していつづけることができれば、物質世界での人生は劇的に変わるでしょう。

ボルテックスに入るためのプロセス

自分の波動を上げてボルテックスに入るために、これからお話しするプロセスを意図的に実行する必要はありません。多くの場合、単にいい気分が好きだから、と継続して心地良い思考をして、自然とボルテックスに入るのです。わたしたちがこの本の中でお話ししている内容について何も知らなくても、「引き寄せの法則」について何も知らなくても、創造の3つのステップについて何も知らなくても、自分が、源のエネルギーの延長だということに気がついていなくても、ボルテックスに継続していることができるのです。単に、いい気分でいたいがために、考えをポジティブなほうに導いているのです。例えば、あなたのおばあちゃんは明るくて、いつも人や物事のいい面を見るようなよいロールモデルになってくれたとします。あなたはおばあちゃんから（源との）「つながり」をもつことの影響力を感じ、あなたも同じようにしているのかもしれません。ですが、他人と同じように周りの世界をただ観察しているだけであれば、自分のためにならない思考パターンを形成してしまっているでしょう。気づいていないかもしれませんが、ボルテックスに入るのを妨げてしまっているのです。

何かについて信じていることがある場合（信念とは、あなたが繰り返し考えていることにすぎません）、そのことを繰り返し考えつづけることで、その思考は波動の中で活性化しつづけます。すると「引き寄せの法則」は、その信念を裏づけるように、信じていることを実現するような出来事を引き寄せます。なぜなら、望むものであっても、そうでなくても、考えていることが引き寄せられるからです。その信念に含まれる波動パターンを変えようとしない限り、現在経験していることは変わらないでしょう。ボルテックスにも、「拡大したあなた」やあなたが望んでいることにも、意図的に近づくことはできません。

では、抵抗を手放し、ボルテックスに確実に入るためのプロセスをご紹介しましょう。

寝る前に心の中でイメージするプロセス
（ビジュアライゼーションプロセス）

今夜、ベッドで横になったときに、できるだけ心地良いことにフォーカスしてみてください。日々の負担に感じるような細かいことは忘れて、意識を内側に向けてください。今いる場所にフォーカスすることで心地良さを感じてください。自分が寝ているベッドの細部まで考えてみましょう。その快適さや寝具の感触を感じてください。自分の身体がどのようにマットレスと接しているかを考えてみましょう。マットレスが浮いているようにイメージしたり、自分の身体がマットレスに吸い込まれていったりするのを想像してみてください。リラックスして、深呼吸して、ベッドの心地良さを楽しんでください。「これが好き」「これはいいことなんだ」「わたしはいい人生を送っている」といったことを口に出してみましょう。それから寝てください。

目が覚めたら

朝、目が覚めたら、意図的にベッドの中でしばらく過ごしましょう。目は閉じたままで、5分ほど過ごしてください。思いつく限り心地の良いことを考えて、その状態を楽しんでください。寝ている間、あなたはすべての抵抗を手放しました。それを再び活性化させなければ、抵抗が出てくることはないでしょう。そのため、ベッドに横たわっている5分間は、本来の高い波動の状態が1日の基盤となるためのものです。

自分の頭の中でポジティブなものを見つけ、その心地良い場所にできるだけ長くいてください。少しでも不安なことが浮かんだら、深呼吸をし、ベッドの心地良さに意識を戻し、感謝できることを見つけましょう。それから体を起こし、1日を始めるのです。

「フォーカスの輪」を実践するプロセス

朝食を済ませて身体をリフレッシュさせたら、「フォーカスの輪」を1つか2つ行う目的で、快適な場所に座りましょう。このプロセスは、抵抗を手放し、ボルテックスにフォーカスして入れるようつくられたものです。これを実践するプロセス自体が、渦巻きながら、勢いを増していくボルテックスを再現したものになっています。

学校の校庭や公園などで、手押し式の回転遊具を見かけたことがありますか？

子どもたちが集まって、遊具をどんどん速く回転させている様子をよく目にします。遊具が止まっていたり、ゆっくり回転しているときは、簡単に飛び乗ることができます。でも、それが速く回っているときは、飛び乗るのが難しいし、場合によっては不可能でしょう。無理に飛び乗ろうとすると、回転の勢いで後ろの茂みに投げ出されるかもしれません。この回転遊具を想像すると、「フォーカスの輪」のプロセスを理解しやすくなると思います。

日々の生活で目にしたり、思い出したりしたときに、抵抗の気持ちが起こるようなことがよくあります。新聞で目にする嫌なニュースかもしれないし、誰かがあなたに対して言った言葉かもしれません。抵抗が生じたとき、ネガティブな感情でチクリと心がうずくのを感じるでしょう。そういう抵抗の思考にすぐに向き合うのは難しいかもしれません。ですが、心の中で、もっといいのは文字で、書き留めておくことをお勧めします。例えば、「わたしへの上司の態度が不快だ。会社のためにがんばっているのに評価してくれない」といったことを書いてみましょう。これで、翌日の「フォーカスの輪」に取り組む際のテーマが決まりました。

昨日は、ベッドの中で眠りにつく前に、抵抗を手放しました。寝ている間は、抵抗をすべて手放した状態です。朝、目覚めたときに、心地良い感覚を楽しむことで、意識して抵抗のない状態を保ちました。朝食をとり、シャワーを浴び、歯も磨き終えました。今度は、15分から20分ほど座って、頭の中に残っている抵抗感を整えていきます。いい気分のときに、これを実践するのがベストでしょう。

メモに書き留めた「上司の自分への態度」を読み返すと、上司に対して抵抗する思考が再び活性化するでしょう。そこで、大きな紙を1枚用意し、紙の一番上の部分に、「上司のわたしへの態度が嫌だ。会社のためにがんばっているのに、評価してもらっていない」と書いてください。

その次に、紙いっぱいに大きな円を描きます。その大きな円の中央に、小さな円を描きます。そして、時計の文字盤の数字の位置のように、大きな円の周囲に沿って12個の小さな円を描きます。

人生で望んでいないことを経験したときは、「自分が何を望んでいるか」も、同時に明確にわかるようになります。上司が自分の働きを評価していないという考えにフォーカスすれば、それと同等の願望が生まれます。

「上司は、わたしの関心の深さを理解してくれ、会社の成功に貢献しているわたしの働きを評価してくれるのがうれしい」

「フォーカスの輪」の中央の円の中にこう書き込んでください。

次に、公園で回転遊具に乗るように、遊具に乗る方法を見つけなければいけません。

抵抗する思考がグルグルと速く回転しすぎていたら、遊具に乗ることはできません。回転の勢いで、後ろの茂みに飛ばされてしまうでしょう。ですので、中心の円の中の言葉を書いたときに感じた感情と、すでに合致している信念を見つけてみてください。

例えばこんなことが頭に浮かぶかもしれません。

1.「上司はわたしのことを評価している」（これでは茂みに飛ばされます。本当のところ、今はそう信じられないからです）。
2.「わたしの上司として、彼はふさわしくない」（これは、努力すらしていません）。

「フォーカスの輪」の中心にある言葉にフォーカスを戻しつづけてください。その言葉を書いたときの感情と合致する信念が、あなたの中で活性化するのを感じる手助けになるでしょう。

● 「上司は、会社を成功させたいと思っている」（回転する輪に乗ることができました）。これを「フォーカスの輪」の12時の位置に書いてください

● 「わたしが入社したとき、この会社はすでに順調だった」（問題を解決したわけではありませんが、この言葉は信じられますよね。少し気分がよくなるものです）。この言葉を、輪の1時の位置に書いてください

● 「今やっている仕事は心から楽しめる部分もある」（これも真実なので、回転に少しモメンタム、勢いが出てきました）。この言葉を、輪の2時の位置に書いてください

● 「上司と息が合っているときは、心から楽しい」（これは真実なので、いい気分になります）。これを3時の位置に書いてください

● 「協力し合うことで、お互いに相乗効果を感じている」（さらにモメンタム、勢いがついてきました。あなたも回転しだしています）。この言葉を輪の4時の位置に書きます

● 「今まで、上司からインスピレーションを受け、新しいアイデアが生まれたことがある」（勢いに乗って進んでいます。抵抗はなくなりました）。この言葉を

5時の位置に書きます

・「上司はわたしからインスピレーションを受けて、新しいアイデアを思いついたことが過去にあると確信している」。これを6時の位置に

・「わたし、上司、同じ職場にいるみんなが一緒に取り組んでいる意識をもっている」これを7時の位置に

・「わたしにこの仕事があってよかった」。これを8時の位置に

・「上司は、わたしにプロジェクトの指揮を執り、人の指導をするよう頼むことがよくある」。これを9時の位置に

・「上司は、明らかにわたしのことを信頼している」。これを10時の位置に

・「上司と一緒に働けてうれしい」。これを11時の位置に

輪の中心に太字で強調するように、「上司がわたしの価値を評価していることを知っている」と書きます。さっき書いた言葉の上、言葉の周りに、あるいは紙全体に書いてもいいでしょう。

これで、このテーマに関して、あなたの波動が新しい場所に移り、引き寄せポイン

トも変わりました。あなたとボルテックスの関係も変わりました。これが意図的に創造する理想の形です。この短いプロセスを通じて、あなたは抵抗を手放し、上司との関係を改善させました。「本当のあなた」との調和も取り戻し、ボルテックスに入ることができました。そんなボルテックスの中にいるあなたは今、源の視点で世界を見ているのです。

ポジティブな側面をリストに書き出すプロセス

あなたは今、「上司に対する抵抗の気持ち」を手放しました。このテーマに関して、より高い、抵抗のない波動を確立しました。この新しい波動の土台と、引き寄せポイントを確固たるものとするために、この抵抗のない状態を保ちつづけることはとても大事なことです。つまり、しばらくこの感覚を味わって、このモメンタム、勢いを活用することで得られるよいことを最大限に引き出しましょう。

あなたは「インナービーイング」と調和している状態なので、源の視点から上司と職場のポジティブな側面を見つけてリストを作りましょう。ボルテックスの中にいたら、この作業は簡単にできるでしょう。

この作業を推奨する理由は、ボルテックスの中にいることに大きな価値があるからです。ボルテックスにいる時間が長ければ長いほど望ましいでしょう。

では、紙を裏返して、裏面の上部に次のような見出しを書いてください。

「**上司のポジティブな側面**」

- 自分のビジネスを大切にしている
- 誰を採用するかちゃんと意図して選んでいる
- 率先してプロジェクトをサポートしてくれる
- よく笑顔を見せる
- みんなに好かれている
- 会社が経済的に安定している
- わたしたちを雇う前に、事業を軌道に乗せていた
- いつも遅れずに給与を支払ってくれる
- 会社は着実に成長している

- この会社で働けてうれしい
- 自分の仕事が好きだ
- 上司のことを人として好きだ

源と調和しているあなたは、頭が冴えています。そのため、このリストはさらに長くなるかもしれません。言葉がスラスラ出てくるように感じるでしょう。不快に思っていた相手に対して、こんなふうにスラスラと褒める言葉が出てきたことに、後になって驚くかもしれません。ですが覚えておいてください。**この瞬間、あなたは源の視点から上司のことを見ている**のです。

感謝のランページ（勢いを強める）プロセス

さて、このテーマに関して新たに得た高い波動を、確実に自分のものにしたいと望むなら、次の最終プロセスに進みましょう。「感謝のランページ（勢いを強める）プロセス」です。まっさらの紙を用意し、上司に対して感謝する言葉を書き出し、声に出して言ってみましょう。

わたしは感謝しています。

- 上司の美しい車に
- 上司が自分の事業に再び投資することに
- よく昼食をごちそうしてくれることに
- きれいな職場に
- この会社の規模に
- この会社が向かう方向性に
- この会社で働くことで得られるみんなの可能性に
- この会社が社会にどれだけ役立っているか、ということに
- 柔軟な職場環境に
- 上司の学びたいという意欲に
- 上司が、よいアイデアを大歓迎してくれることに
- 上司の素晴らしい笑い声に

・上司の会社への献身的な姿勢に
・上司の事業が安定していることに
・上司がわたしに与えてくれる仕事に対して
・挑戦することに対して感じるワクワクした気持ちに
・拡大する機会に
・拡大するのを手助けしてくれるコントラストに
・拡大に追いつけるように助けてくれるガイダンスシステムに
・この世界に
・素晴らしいテクノロジーの時代に
・わたしの人生に!

ボルテックスから見る人生

この本は、波動の現実である「ボルテックスの存在」を受け入れやすくするために書かれています。頻繁にボルテックスに入りたくなるように書かれています。あなたが創り出すボルテックスの中にいることで、わたしたちは恩恵を受けているからです。ボルテックスの中から、わたしたちは、あなたが望んだすべてのものにフォーカスしています。従って、拡大したあなたにもフォーカスしています。自分の感情を意識し、そのときに最もいい気分になれる思考を選べば、いつでもボルテックスに入ることができます。ボルテックスに頻繁に入れば入るほど、またボルテックスに戻りたくなるでしょう。なぜなら、ボルテックスの中にいる人生は、素晴らしいものだからです。

ボルテックスに入っているとき、望むものだけがあなたの目の前に流れるようにして現れます。出会う人々は、あなたの関心に完璧に合致した人々であり、本当のあなたに追いつけていない人とは会うことはありません。あなたは生き生きとし、エネルギーにあふれ、頭が冴えわたり、確信に満ちた状態になるでしょう。

たとえ相手が気づいていなくても、他人の一番いいところを見つけることができるでしょう。感謝できるものにフォーカスすることで、自分の人生に対して感謝の気持ちが全身に波紋のように広がり、心が震えるほどワクワクした気持ちになるでしょう。

時々、または頻繁に望まないことを思い出したり、目にしたりすることもあるでしょう。そんなときは、ボルテックスから弾き出されてしまいますが、心配する必要はありません。あなたは意図的に自分をコントラストの環境に置いているのです。新しいアイデアはいつもその環境から生まれるということを知っています。自分が望まないものが明確になる「ステップ1（求める）」の瞬間があるのは自然なことです。そんな瞬間に、ボルテックスに向けて具体的な願望のロケットを打ち上げているのです。自分の中の抵抗をなくすことができたら、ボルテックスに簡単に戻ることができます。それで、これまで経験したコントラストの恩恵を受けることができるのです。

これで全体像を理解できたと思います。これからは、自信を感じながら、気楽に「創造の3つのステップ」を実践することができるでしょう。ボルテックスとその入り方を理解した今、この先、何かが起こって、改善が必要な状況になっても、不快感や無力感で苦しむことはなくなるでしょう。

生きている上でどんな不快な問題に直面しても、あなたから改善を求める願望やリクエストは放たれます。その解決策が協力的要素をすべて集め、組み立てられてボルテックスの中に完成します。あとは、あなたがボルテックスに入ってくるのを待っているのです。

このことを誰かに説明する必要はありません。実のところ、説明しようとしても、あなたの言っていることを理解できないかもしれません。ですが、確信をもって言えるのは、本書を読むことで、あなたはボルテックスと自分自身の関係が理解できるようになったということ。喜びに満ちたあなたの人生経験を通じて、ほかの人たちも知りたいと思うようになるかもしれません。

この交流は非常に楽しいものでした。

いつだって、あなたへの大きな愛は存在していて、わたしたちは楽しく未完成なままです。

エイブラハム

訳者おわりに

本書を最後まで読んでくださって、ありがとうございました。

本を買っても、最後まで読まない人は、たくさんいます。わたしもその一人であることを正直に告白しましょう。そんな中で、この文章を読んでくださっているあなたは、最後までたどり着いたことになります（最初に後書きを読むという特殊な習慣がない限り）。

そんな本好きのあなたは、引き寄せの法則について、エイブラハムだけでなく、すでに何冊も読まれたのではないかと思います。そして、この本を読んだ後、どんな感想をおもちでしょうか？

本当ならお茶でも飲みながら、感想を聞いてみたいものですが、本を介在しているので、そういうわけにはいかないことも理解しています。レストランのように、提供したお料理をお客さんがどう楽しんでいただけているか、こっそりキッチンから覗くことができません。

作家としては、みなさんのことを想像するしかありません。本書にもある通り、思考が向いたものを引き寄せるという法則があります。わたしが翻訳者としてできることは、あなたが本書を読みながら、理想の人間関係（パートナーシップ）を引き寄せて幸せにしている姿を想像することです。

今までなぜ人間関係がうまくいかなかったかを整理して、新たな理想像に意識を向けるだけで、人生は変わっていくでしょう。読者のあなたの人間関係が素晴らしいものになるのをイメージすることが、翻訳者の密かな喜びでもあります。

翻訳者の役得の話を少しだけすると、エイブラハムの翻訳をやるたびに、これまでたくさんのご褒美をもらってきました。自分で本を書くよりも、何倍もの時間と精神的エネルギーが要求されるのが、翻訳作業です。よほど大好きな本でなければ、断りたいのが本音ですが、エイブラハムが好きすぎて、ついがんばってきました。

そんな努力を察してか、1冊目『新訳 引き寄せの法則』を書いた時には、『happy money』の世界出版というご褒美をもらいました。2冊目『新訳 お金と引き寄せの法則』を翻訳した時には、本書の版元であるヘイハウス出版から『True Weealth』を出版させていただくことになりました。

そして、今回の3冊目『新訳 人間関係と引き寄せの法則』の時には、「ロサンジェルストリビューン」という新聞がスポンサーとなってできたシークレット20周年企画の映画『Pillars of Power』に出演させていただくことになりました。グローバルで活躍する未来を引き寄せたいと思っていたので、まさしく夢が実現しつつあります。

人間関係は、あなたに幸せも不幸ももたらします。それは、あなたの意識がどちらに向かうか次第だと、エイブラハムは角度を変えて、何度もあなたに伝えています。本書を翻訳するにあたって、わたしもいろいろ考えさせられました。

翻訳をしながら、誰かに感謝したり、反省したり、感情的に忙しかったように思います。そんな感情のジェットコースターを楽しんでいるうちに、本書が出来上がりました。本書の中でもありますが、人間関係は人生の鍵です。

本書のクオリティが高くなったのは、ＳＢクリエイティブの齋藤舞夕さんの献身的な編集作業のおかげです。

翻訳には、下訳作業というものが必要です。原書から忠実に日本語に訳す作業ですが、それを日本で最もエイブラハムに詳しいこうちゃん、レイチェル夫妻にやっていただけたことも、この本にとってはラッキーなことでした。

フィレンツェにて　本田健

エスター・ヒックス、ジェリー・ヒックス

(Esther Hicks, Jerry Hicks)


見えない世界にいる教師たちの集合体であるエイブラハムとの対話で導かれた教えを、1986年から仲間内で公開。

お金、健康、人間関係など、人生の問題解決にエイブラハムの教えが非常に役立つと気づき、1989年から全米50都市以上でワークショップを開催、人生をよりよくしたい人たちにエイブラハムの教えを広めている。

エイブラハムに関する著書、カセットテープ、CD、ビデオ、DVDなどが700以上もあり、日本では弊社から『引き寄せの法則 エイブラハムとの対話』『実践 引き寄せの法則』『引き寄せの法則の本質』『いつでも引き寄せの法則』『お金と引き寄せの法則』『理想のパートナーと引き寄せの法則』がシリーズ化されている。

本田 健
（ほんだ・けん）

神戸生まれ。経営コンサルタント、投資家を経て、29歳で育児セミリタイア生活に入る。

4年の育児生活中に作家になるビジョンを得て、執筆活動をスタートする。「お金と幸せ」「ライフワーク」「ワクワクする生き方」をテーマにした1000人規模の講演会、セミナーを全国で開催。そのユーモアあふれるセミナーには、世界中から受講生が駆けつけている。

著書は、『ユダヤ人大富豪の教え』『20代にしておきたい17のこと』（以上、大和書房）、『きっと、よくなる！』（サンマーク出版）、『大好きなことをやって生きよう！』（フォレスト出版）など200冊以上、累計発行部数は800万部を突破している。

新訳 人間関係と引き寄せの法則
パートナー・家族・セクシュアリティの秘密

2025年4月29日　初版第1刷発行

著者　エスター・ヒックス　ジェリー・ヒックス
訳者　本田 健
発行者　出井貴完
発行所　SBクリエイティブ株式会社
〒105-0001 東京都港区虎ノ門2-2-1

装丁+本文デザイン　松田行正＋倉橋 弘
DTP　株式会社RUHIA
校正　ペーパーハウス
翻訳協力　レイチェル・チャン＋こうちゃん＋Mariko
編集担当　齋藤舞夕（SBクリエイティブ）
印刷・製本　三松堂株式会社

本書をお読みになったご意見・ご感想を
下記URL、またはQRコードよりお寄せください。
https://isbn2.sbcr.jp/27805/

落丁本、乱丁本は小社営業部にてお取り替えいたします。定価はカバーに記載されております。本書の内容に関するご質問等は、小社学芸書籍編集部まで必ず書面にてご連絡いただきますようお願いいたします。

ISBN 978-4-8156-2780-5

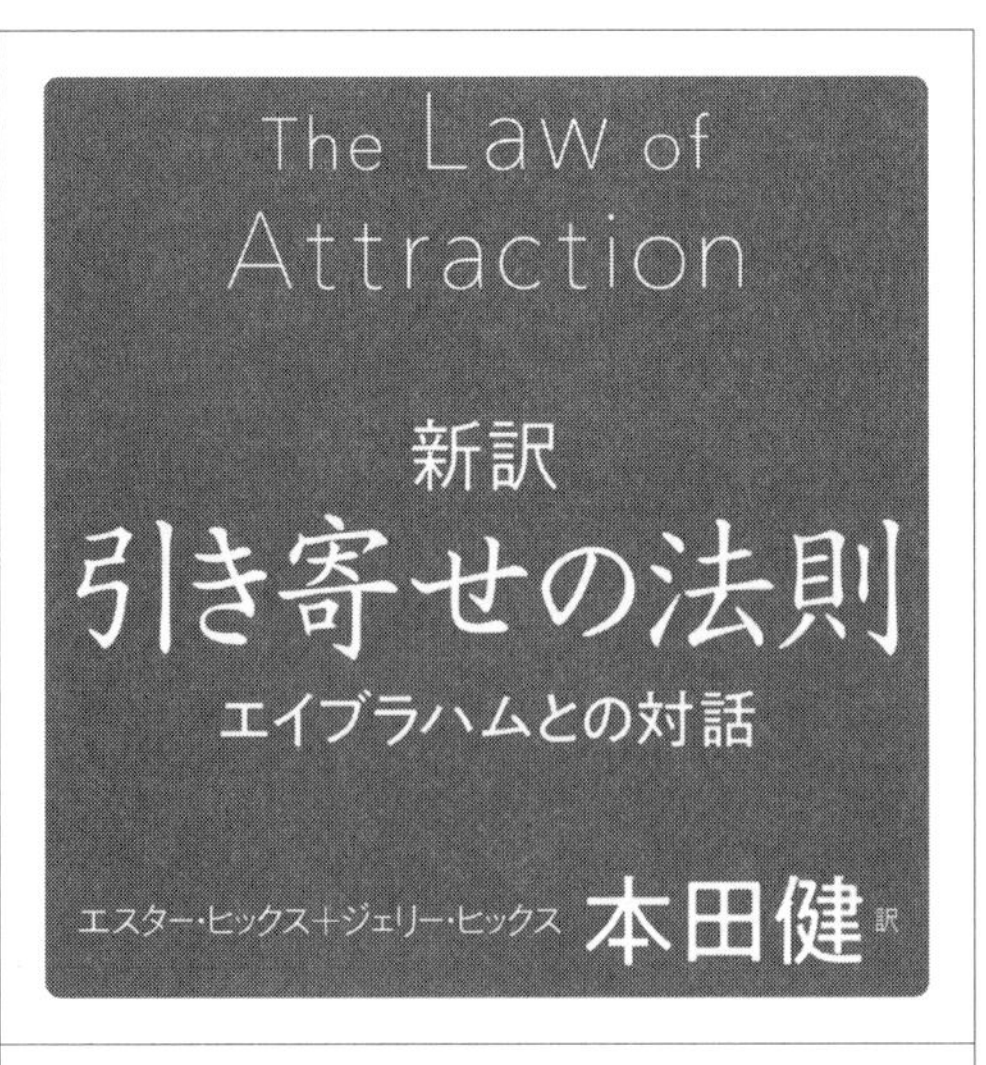

自分の望む世界を、
ただ選択するだけ。

伝説の名著が"ですます調"で
読みやすく生まれ変わる！

世界的
ベストセラー

SB Creative

伝説の名著が本田健氏の新訳で生まれ変わる！

新訳 引き寄せの法則
エイブラハムとの対話

ISBN978-4-8156-1525-3
四六判　1,700円（本体価格）+税